Écoute-la

L'auteur

Sarah Dessen est née aux États-Unis en 1970. Elle a baigné très jeune dans la littérature puisque ses parents, professeurs de lettres, lui offraient des livres en guise de jouets. Enfant, elle reçoit une machine à écrire et se lance dans l'écriture. Après son diplôme de lettres, elle décide de travailler comme serveuse et d'écrire le reste du temps. Son premier roman est publié au bout de trois ans. Elle enseigne aujourd'hui l'écriture et vit avec son mari et ses deux chiens.

Du même auteur

Cette chanson-là
Pour toujours… jusqu'à demain
Toi qui as la clé…
En route pour l'avenir
Quelqu'un comme toi
Te revoir un jour

SARAH DESSEN

Écoute-la

Traduit de l'anglais par
Frédérique Fraisse

POCKET JEUNESSE
PKJ·

Directeur de collection :
Xavier d'Almeida

Titre original :
Just listen

Publié pour la première fois en 2006
par Viking, Penguin Group, New York.

Loi n° 49 956 du 16 juillet 1949 sur les publications
destinées à la jeunesse : mai 2013.

ISBN 978-2-266-23809-0

REMERCIEMENTS

Il faut un village entier pour élaborer un livre du début à la fin et j'ai la chance d'avoir de bons voisins. Merci à Leigh Feldman, la personne la plus honnête que je connaisse ; à la fabuleuse Hayes qui prend le meilleur de moi et l'améliore sans cesse ; à Joy Peskin qui m'a apporté une mise en perspective et l'expérience quand j'en avais le plus besoin. J'ai aussi une dette envers Marianne Gingher et Bland Simpson de UNC-Chapel Hill qui m'ont offert la meilleure relecture que j'ai jamais connue et, plus important, qui continuent à comprendre pourquoi l'écriture passe en premier. Je remercie Ann Parrent de WCOM 103.5 Community Radio et Jeff Welty, un étonnant avocat de la défense végétarien pour les faits et les informations précises qu'il m'a données. Encore merci à mes parents qui m'ont convaincue, un jour, de m'éloigner du rebord de la fenêtre. Et enfin, ce livre, comme tous les autres, est dédié à Jay qui m'a donné Bob Dylan, Tom Waits, Social Distortion et un million d'autres chansons. Merci d'avoir écouté.

« Le meilleur moyen d'en finir est d'y aller carrément. »

Robert FROST,
« La domestique des domestiques »,
trad. Edmée Hitzel, in *Anthologie de la littérature américaine* de C. Cestre et B. Gagnot, Paris, 1926

Chapitre 1

J'avais enregistré le spot publicitaire en avril, bien avant que mon univers bascule, et il m'était sorti de l'esprit. Et puis il y a quelques semaines, sa diffusion a démarré, et là, j'ai eu l'impression qu'on me voyait partout.

Sur les télés suspendues au-dessus des tapis de course dans les salles de fitness. Sur l'écran installé à la Poste afin de faire oublier les longues minutes perdues dans la file d'attente. Et ici, dans ma chambre, alors que j'étais assise sur mon lit, les poings serrés, incapable de me lever et de partir.

« Voilà revenue cette époque de l'année… »

J'observais cet autre moi-même à l'écran, filmé cinq mois plus tôt, et je cherchais une différence, une preuve visible de ce qui m'était arrivé. D'abord, j'ai été frappée de me voir sans l'intermédiaire d'un miroir ou d'une photographie – je ne m'y suis jamais habituée, même après tout ce temps.

« *Les matchs de football* », déclamait ma voix. En uniforme de pom-pom-girl bleu pastel et queue-de-cheval, je brandissais un mégaphone archaïque décoré d'un K.

« *En salle d'étude.* » Dans le décor suivant, je portais une jupe à carreaux et un grand pull en laine marron qui, je m'en souviens, me grattait et me tenait chaud en cette belle journée de printemps.

« *Et bien entendu, la vie sociale.* » Assise sur un banc, vêtue d'un jean et d'un T-shirt à paillettes, je me tournais vers la caméra pour prononcer mon texte pendant qu'un groupe de filles discutait à voix basse à mes côtés.

Le réalisateur, qui faisait ses premiers pas dans le cinéma, m'avait expliqué le concept de sa création en ces termes : « La fille qui a tout. » Ses mains avaient esquissé un petit mouvement circulaire, comme si ce geste suffisait à englober une notion aussi vaste que vague. À ses yeux, cela signifiait posséder un mégaphone, de la jugeote et de nombreux amis. Je me serais sans doute attardée sur l'ironie de ces mots, mais mon moi télévisé était déjà passé à autre chose.

« *Une année décisive !* » m'exclamais-je dans ma robe rose barrée d'une écharpe qui disait REINE DU LYCÉE. Un garçon en smoking s'avançait vers moi, la main tendue. Un grand sourire aux lèvres, je m'éloignais à son bras. Mon cavalier, en deuxième année de fac, était resté dans son coin pendant le tournage du spot, même si plus tard, alors que je partais, il m'avait demandé mon numéro. Comment avais-je pu oublier ce détail ?

« *Les meilleurs moments,* chantonnait à présent ma voix. *Les meilleurs souvenirs. Retrouvez les vêtements adaptés à ces précieux instants chez Kopf, votre Grand Magasin de la Mode.* »

Gros plan sur mon visage.

Ce spot avait été tourné avant cette fameuse soirée, avant cette histoire avec Sophie, avant ce long été de solitude, de secrets et de silence. J'étais à ramasser à la petite cuillère alors que pour cette fille-là, à la télé… tout allait bien. Pour preuve : sa manière de m'observer de l'autre côté de l'écran, et cette assurance avec laquelle elle regardait le monde au moment où elle ouvrait la bouche pour reprendre la parole.

« *Faites de cette nouvelle année la meilleure d'entre toutes.* »

J'ai retenu mon souffle, alors que j'attendais déjà la phrase suivante, la dernière, la seule qui était vraie, finalement.

« *Il est temps de retourner à l'école.* »

L'image s'est figée, le logo Kopf est apparu derrière moi. Encore quelques instants, et ces quinze secondes seraient englouties dans le flot télévisuel et remplacées par une autre publicité ou un bulletin météo. Pas question que j'assiste à ça. J'ai attrapé la télécommande, je me suis zappée et j'ai filé.

J'avais eu trois mois pour me préparer à revoir Sophie. Et le jour J, je n'étais toujours pas prête.

Assise dans ma voiture sur le parking avant la première sonnerie, je rassemblais tout mon courage pour sortir et laisser cette nouvelle année démarrer officiellement. Tandis que les gens passaient à côté de moi, riaient et discutaient sur le chemin des cours, je ne cessais d'aligner les peut-être : peut-être avait-elle passé l'éponge ; peut-être un autre événement estival avait-il effacé notre petit drame ; peut-être n'était-ce pas aussi terrible que ce que j'imaginais. Peut-être…

J'ai attendu la dernière seconde avant d'enlever la clef de contact. Au moment où je mettais la main sur la poignée, elle était là, devant moi.

Pendant une minute, nous nous sommes regardées dans le blanc des yeux et aussitôt, j'ai remarqué combien elle avait changé. Elle avait coupé ses cheveux bruns frisés, et portait de nouvelles boucles d'oreilles. Elle était aussi plus mince, si c'était possible, et à la place de l'épais trait d'eye-liner qu'elle mettait le printemps précédent, elle arborait un maquillage plus naturel, dans les roses et les bronzes. Je me suis demandé si, au premier coup d'œil, elle me trouvait différente, moi aussi.

À cet instant, Sophie a ouvert sa bouche parfaite, a plissé les yeux et a prononcé la sentence que j'avais attendue tout l'été.

« Salope. »

La vitre qui nous séparait n'a pas assourdi la réaction des passants. Une fille qui était en anglais avec moi l'année d'avant a froncé les sourcils ; une autre que je ne connaissais pas a éclaté de rire.

Impassible, Sophie m'a tourné le dos, a jeté son sac sur son épaule et s'est dirigée vers la cour. Écarlate, je sentais tous les regards braqués sur moi. Je n'étais pas prête à affronter le monde et peut-être ne le serais-je jamais, mais cette année, elle, ne m'attendrait pas. Puisque je n'avais pas d'autre choix, je suis sortie de ma voiture sous les regards des curieux et j'ai commencé cette année scolaire, seule et déterminée.

J'avais rencontré Sophie quatre ans plus tôt, au début de l'été, après la sixième. J'attendais devant le bar de la piscine municipale, deux dollars humides en main pour m'acheter un Coca, quand j'ai senti quelqu'un dans mon dos. J'ai tourné la tête et là, j'ai vu cette inconnue vêtue d'un bikini orange, d'épaisses tongs assorties aux pieds. Elle avait la peau mate, des cheveux bruns frisés relevés en queue-de-cheval. Ses lunettes noires cachaient son impatience teintée d'ennui. Puisque tout le monde connaît tout le monde dans notre quartier, il était difficile de la rater. Apparemment, je devais la fixer parce qu'elle s'est exclamée : « Quoi ? »

Je me voyais en reflet dans ses lunettes, lointaine et déformée.

« Tu veux ma photo ? »

J'ai senti mes joues virer au rouge, comme chaque fois qu'une personne élève la voix en ma présence. J'étais ultrasensible aux intonations, à tel point que certaines émissions télé me mettaient mal à l'aise.

« Pardon », ai-je bafouillé.

Quelques instants plus tard, le type du bar m'a fait signe d'approcher d'un air fatigué. Pendant qu'il me versait à boire, je percevais la présence pesante de la fille derrière moi, tandis que je lissais mes billets sur le comptoir comme si je m'efforçais d'en faire disparaître le moindre pli. Après avoir payé, je me suis éloignée en prenant soin de fixer l'allée cimentée et j'ai rejoint mon amie Claire Reynolds près du grand bain.

« Emma m'a dit de te prévenir qu'elle rentrait », m'a-t-elle annoncé. Elle s'est mouchée alors que je posais avec précaution mon Coca sur le dallage à côté de mon transat. « Un peu de marche ne nous fera pas de mal.

— O.K. »

Comme elle venait juste de décrocher son permis, ma sœur Emma était contrainte de me servir de chauffeur à l'aller. Par contre, je devais me débrouiller sans elle pour rentrer à la maison – à pied depuis la piscine, en bus depuis le centre commercial. À cette époque, Emma était déjà une solitaire. L'espace qui l'entourait était sa propriété privée. Rien qu'en existant, on avait l'impression de s'incruster.

Ce n'est qu'une fois assise que je me suis permis de regarder à nouveau la fille en bikini orange. Debout de l'autre côté de la piscine, sa serviette dans une main, une boisson dans l'autre, elle observait les rangées de bancs et de transats.

Claire m'a tendu le paquet de cartes.

« Tiens ! À toi de distribuer. »

Sa famille avait quitté Washington l'année de ses six ans. Il y avait des tonnes de gamins dans notre quartier, mais la plupart étaient alors ados, comme mes sœurs, ou allaient à la maternelle. Lors d'une réunion entre voisins, nos mères avaient sympathisé et depuis la primaire, nous étions les meilleures amies du monde.

Claire était née en Chine. Les Reynolds l'avaient adoptée quand elle avait six mois. Mis à part la taille, nous n'avions aucun point commun. J'étais blonde aux yeux bleus – une vraie Greene – et elle avait les cheveux les plus noirs et brillants que j'aie jamais vus. Ses yeux étaient si foncés qu'ils en étaient presque noirs. Alors que j'étais timide et toujours prête à faire plaisir, Claire était plus sérieuse ; le ton de sa voix, sa personnalité, son apparence étaient toujours mesurés et réfléchis. Je faisais du mannequinat depuis aussi longtemps que je m'en souvienne, comme mes sœurs avant moi. Claire, elle, était un vrai garçon manqué, la meilleure joueuse de foot de l'école, une championne de rami au point qu'elle me laminait tous les étés.

« Je peux t'en prendre un peu ? m'a demandé Claire dans un reniflement. Il fait chaud, non ?

— Hum », ai-je répondu en lui donnant mon verre.

Claire souffrait d'allergies tout au long de l'année, mais l'été, c'était pire. Elle se mouchait d'avril à octobre, peu importait le nombre de médicaments ou de piqûres prescrits. Moi, je m'étais habituée à sa voix nasillarde et à son éternel paquet de Kleenex.

Autour de la piscine, la hiérarchie était bien organisée : les maîtres nageurs occupaient les tables de pique-nique près du bar, pendant que les mamans et leurs bébés squattaient la pataugeoire (qui contenait plus de pipi que d'eau). Claire et moi préférions le coin ombragé derrière les toboggans, tandis que les lycéens les plus populaires – comme Chris Pennington, trois ans de plus que moi, sans mentir LE canon du quartier et, croyais-je à l'époque, du monde – traînaient près du grand bain. L'emplacement le plus convoité, la rangée de chaises entre le bar et le bassin, était la chasse gardée des filles les plus en vue du lycée. Parmi elles, ma sœur aînée, Christine. Assise sur une chaise longue, en bikini fuchsia, elle s'éventait à l'aide du dernier *Glamour*.

Après avoir distribué les cartes, j'ai été surprise de voir la fille en orange s'approcher de Christine et s'asseoir à côté d'elle. Maud Clayton a poussé ma sœur du coude et a fait un signe de tête dans sa direction. Christine a levé les yeux, puis elle a haussé les épaules avant de s'allonger.

« Annabelle ? » Cartes en main, Claire mourait d'impatience de me battre. « Tu pioches ? »

— Pardon ? Ah ! Oui ! »

Le lendemain après-midi, la fille était de nouveau là. Vêtue d'un maillot de bain argenté, elle s'était installée dans la chaise longue occupée la veille par ma sœur. Elle avait étendu sa serviette, posé sa bouteille d'eau à côté d'elle et lisait un magazine. Claire était à sa leçon de tennis, si bien que j'étais seule quand Christine et ses copines ont débarqué une heure plus tard, aussi bruyantes qu'à leur habitude. Leurs tongs claquaient en rythme sur le dallage. Quand elles sont arrivées à leur coin préféré et ont vu la fille assise là, elles ont ralenti avant de se dévisager. Tandis que Maud Clayton semblait irritée, Christine est allée quatre chaises plus loin et a installé son petit campement comme si de rien n'était.

J'ai passé les jours suivants à observer la nouvelle qui s'obstinait à vouloir infiltrer le groupe de ma sœur. Après l'épisode de la chaise, elle a entrepris de les suivre au bar, puis dans l'eau où elle restait à moins d'un mètre d'elles, tandis qu'elles papotaient et s'éclaboussaient. Au bout d'une semaine à peine, elle les suivait comme leur ombre et son comportement commençait à les agacer sérieusement.

À plusieurs reprises, Molly l'a foudroyée du regard ; Christine lui a demandé de reculer un peu, « s'il te plaît », sans obtenir de résultat. Au contraire, la nouvelle semblait redoubler d'efforts. Même si elles la rembarraient, au moins, elles lui adressaient la parole !

« Il paraît qu'une nouvelle famille a emménagé chez les Daughtry, sur Sycamore, a annoncé ma mère un soir au dîner.

— Les Daughtry ont déménagé ? a demandé Papa.

— Oui, en juin. Ils sont partis à Toledo, tu ne te souviens pas ?

— Exact, a répondu mon père au bout d'une seconde. Dans l'Ohio.

— Il paraîtrait aussi, a continué Maman tout en passant le plat de pâtes à Emma qui me l'a aussitôt tendu, qu'ils ont une fille de ton âge, Annabelle. Je crois l'avoir vue l'autre jour à la librairie.

— Vraiment ? ai-je répondu, interloquée.

— Oui, les cheveux bruns, un peu plus grande que toi. Tu l'as peut-être croisée dans le quartier ?

— Ça ne me dit rien…

— Je vois qui c'est ! s'est exclamée Christine qui a fait tinter sa fourchette contre son assiette. Le pot de colle de la piscine. Je le savais ! Je savais qu'elle était beaucoup plus jeune que nous.

— Cette fille te harcèle ? s'est inquiétée Maman.

— Non, pas vraiment. Mais elle n'arrête pas de nous suivre. J'en ai la chair de poule rien que d'y penser. Comment dire… Elle s'assoit à côté de nous, va où on va sans prononcer un mot, écoute tout ce qu'on raconte. Je lui ai bien demandé d'aller voir ailleurs, elle m'ignore. Mon Dieu ! Je n'arrive pas à croire qu'elle n'a que douze ans. Je vais vomir.

« — Quel drame... », a marmonné Emma qui coupait en quatre une feuille de laitue avec sa fourchette.

Elle avait raison – Christine était notre tragédienne à domicile. Elle était également un vrai moulin à paroles, qui se fichait qu'on l'écoute ou non. À l'opposé, Emma se complaisait dans le silence et les rares mots qu'elle prononçait étaient chaque fois lourds de sens.

« Christine, est intervenue Maman. Sois gentille.

— Mais j'ai essayé ! Si tu la voyais, tu comprendrais. Elle est trop bizarre. »

Maman a bu une gorgée de vin.

« Ce n'est pas facile d'emménager quelque part. Peut-être ignore-t-elle comment se faire des amis...

— Ah ça, c'est sûr !

— ... ce serait donc bien que tu y mettes un peu du tien, a achevé Maman.

— Elle n'a que douze ans ! s'est insurgée Christine, aussi dégoûtée que si cette fille avait la peste ou le choléra.

— Ta sœur aussi, a remarqué Papa.

— Exactement », a répliqué Christine en pointant sa fourchette vers lui.

À côté de moi, Emma a reniflé. Et bien évidemment, sur qui l'attention s'est-elle portée ?

« Annabelle, a repris Maman, peut-être pourrais-tu faire un effort si tu la voyais ? Lui dire bonjour, lui parler... »

Je n'ai pas révélé à ma mère ma rencontre avec la nouvelle ; elle aurait été trop horrifiée par la manière grossière dont elle m'avait traitée. Maman est réputée pour son savoir-vivre, et quoi qu'il arrive, nous devons nous montrer nous aussi d'une politesse extrême.

« O.K. », ai-je soupiré.

Le lendemain après-midi, quand Claire et moi sommes arrivées à la piscine, Christine s'y trouvait déjà. Maud était allongée à sa droite, la nouvelle à sa gauche. J'ai eu beau les ignorer, je sentais le regard pesant de Christine sur moi. Quand elle s'est levée un peu plus tard, les sourcils froncés, et s'est dirigée vers le bar, la fille sur ses talons, j'ai su ce qu'il me restait à faire.

« Je reviens dans une seconde, ai-je prévenu Claire qui lisait un Stephen King tout en se mouchant.

— D'accord. »

Les bras croisés sur la poitrine, j'ai contourné le grand bain. Je suis passée devant Chris Pennington qui était allongé sur un transat, une serviette sur les yeux, tandis que deux de ses copains se bagarraient sur le plongeoir. Au lieu de jeter des coups d'œil furtifs à mon Apollon, de nager et de perdre aux cartes (mes occupations estivales habituelles), voilà que je devais obéir à ma mère, parce qu'elle nous avait élevées en Bons Samaritains. Génial.

Je n'avais pas raconté à Christine mon premier tête-à-tête avec cette fille. Contrairement à moi, ma sœur ne fuyait pas les conflits. Non, elle se précipitait sur eux et finissait toujours par avoir le dernier mot. Elle était le baril de poudre familial et je ne comptais plus le nombre de fois où je m'étais tapie dans un coin, tremblante et rougissante, pendant qu'elle se déchaînait contre un vendeur, un chauffeur de taxi ou un ex-petit ami. Je l'aimais, mais elle me mettait mal à l'aise.

À l'inverse, Emma ruminait en silence et ne montrait jamais sa colère. On devinait qu'elle bouillonnait à l'expression de son visage : ses yeux d'acier se plissaient, elle poussait des soupirs lourds de sens. Nous, nous aurions préféré un mot, n'importe lequel, à ces soupirs accablants. Quand Christine et elle se bagarraient, ce qui arrivait assez souvent vu que seules deux petites années les séparaient, la dispute était unilatérale car Christine était la seule à débiter des accusations et des critiques. Au final, ses silences absolus et ses rebuffades, si rares fussent-elles, allaient droit au but et blessaient beaucoup plus que les commentaires désordonnés de Christine.

L'une ouverte, l'autre fermée. Pas étonnant que la première image qui me venait à l'esprit en pensant à mes deux sœurs fût celle d'une porte. Christine représentait la porte d'entrée qu'elle ne cessait d'emprunter, dans un sens ou dans l'autre, toujours volubile, toujours suivie par une nuée de copines. Emma était telle la porte de sa chambre qui la séparait du reste du monde, à jamais.

Quant à moi, j'étais la petite dernière, la personnification de l'immense zone grise qui les séparait. Ni audacieuse ni franche, ni silencieuse ni loquace, j'ignorais quel adjectif les gens pouvaient utiliser pour me décrire, quelle image leur venait à l'esprit quand mon nom était mentionné. J'étais juste Annabelle.

Maman, elle-même hostile aux conflits, détestait que mes sœurs se disputent.

« Soyez gentilles ! » les suppliait-elle.

Moi, j'avais compris le message : la gentillesse était le lieu idéal où les hurlements intempestifs et les murs de silence ne vous terrifiaient pas. Quand on était gentille, on évitait les disputes en tout genre. Attention, ce n'est pas si facile d'être gentille, surtout dans un monde où la perfidie est reine.

Le temps que j'arrive au bar, Christine avait disparu (bien entendu), mais la fille était encore là, à attendre que le serveur lui rende sa monnaie. *Allez*, me suis-je motivée. *Pas de quoi en faire une montagne.*

« Salut ! Moi, c'est Annabelle. » Elle s'est contentée de me regarder, sans ciller. « Tu viens d'emménager, c'est ça ? »

Elle n'a rien dit pendant ce qui m'a semblé un très long moment. En sortant des toilettes, Christine s'est arrêtée net quand elle nous a vues ensemble.

« Je…, ai-je continué, encore plus mal à l'aise. Je… je pense que nous sommes dans la même classe. »

La fille a remonté ses lunettes noires sur son nez.

« Et alors ? a-t-elle rétorqué sur un ton aussi sarcastique que la dernière fois.

— Je me disais… tu vois… comme nous sommes du même âge… tu aurais peut-être envie de te joindre à nous, histoire de faire connaissance, de discuter, de… »

Nouvelle pause.

« Tu veux qu'on fasse connaissance ? a-t-elle déclaré, comme pour clarifier les choses. Toi et moi ? »

Sa question rendait la situation si ridicule que j'ai commencé à reculer.

« Tu… Tu n'es pas obligée. Je… Je…

— Non », m'a-t-elle coupée brusquement. Elle a penché la tête en arrière avant d'éclater de rire. « Il n'en est pas question ! »

Si cela n'avait tenu qu'à moi, j'aurais filé rejoindre Claire sans demander mon reste, le visage cramoisi. *Game over*. C'était sans compter sur… Christine.

« Attends ! s'est-elle écriée. Répète voir un peu ? »

La fille a fait volte-face. Quand elle a aperçu ma sœur, elle a écarquillé les yeux.

« Pardon ? »

Je n'ai pas pu m'empêcher de remarquer le changement de ton dans sa voix.

« J'ai dit, a insisté Christine avec son habituelle fermeté, répète voir un peu. »

Oh, oh !

« Rien, a répliqué la fille. Je…

— C'est ma sœur et je n'aime pas le ton sur lequel tu lui parles. »

De mon côté, je rétrécissais à vue d'œil. Christine a mis son poing sur la hanche. Les festivités ne faisaient que commencer.

La fille a ôté ses lunettes.

« Ce n'est pas vrai. Je…

— Arrête de mentir, je t'ai entendue, l'a interrompue ma sœur. Et puis arrête de me suivre aussi ! Tu me fais flipper. On s'en va, Annabelle. »

Pétrifiée, je dévisageais la fille. Sans ses lunettes de soleil, avec son air abasourdi, elle faisait bien ses douze ans, tandis qu'elle regardait ma sœur qui m'attrapait par le poignet et m'entraînait auprès de ses copines.

« J'hallucine, j'hallucine ! » ne cessait-elle de répéter.

De l'autre côté de la piscine, Claire me lançait des regards interrogateurs. Christine m'a assise sur son transat, Maud s'est redressée et a entrepris de rattacher les cordons de son bikini tout en clignant des yeux.

Pendant que Christine lui expliquait le pourquoi du comment, j'ai jeté un coup d'œil au bar. La fille était partie. Soudain, je l'ai aperçue de l'autre côté de la palissade ; elle traversait le parking pieds nus, tête baissée. Elle avait laissé toutes ses affaires sur la chaise à ma gauche – une serviette, ses chaussures, un sac contenant un magazine et un portefeuille, une brosse à cheveux rose. Contrairement à ce que j'aurais pensé, elle n'a pas fait demi-tour.

Je suis retournée m'asseoir auprès de Claire et je lui ai tout raconté. Ensuite nous avons joué au rami avant d'aller nager jusqu'à ce que nos doigts ressemblent à des pruneaux. Après le départ de Christine et Maud, d'autres personnes ont pris leur place. Quand le maître nageur a sifflé la fin de la journée, Claire et moi avons remballé nos affaires. Nous partions avec un bon coup de soleil et une faim de loup.

Je savais que cette fille n'était pas mon problème. Elle m'avait montré son mépris par deux fois et ne méritait donc ni ma pitié ni mon aide. Tandis que nous passions devant sa chaise, Claire s'est arrêtée.

« On ne peut pas laisser son sac ici, a-t-elle dit en se baissant pour le prendre. Et puis sa maison est sur notre chemin. »

J'allais protester, mais j'ai repensé à cette fille pieds nus sur le parking, seule. J'ai ramassé sa serviette que j'ai pliée sur la mienne.

« O.K. »

Lorsque nous sommes arrivées devant l'ancienne maison des Daughtry, j'ai été soulagée de ne pas voir de lumière à l'intérieur ni de voiture dans l'allée. Nous n'avions qu'à poser le sac sur le perron, et basta ! Au moment où Claire l'accrochait à la poignée, la porte s'est ouverte sur la fille.

Elle portait un jean coupé et un T-shirt rouge. Ses cheveux étaient peignés en queue-de-cheval. Pas de lunettes, pas de sandales à talons hauts. Quand elle nous a vues, elle a rougi.

« Salut ! » s'est exclamée Claire, après un silence suffisamment long pour être embarrassant. Elle a reniflé avant d'ajouter : « On t'a rapporté tes affaires. »

La fille l'a dévisagée une seconde, comme si elle ne comprenait pas notre langue – possible, avec le nez bouché de Claire. Je lui ai tendu son sac.

« Tu l'as oublié à la piscine », ai-je ajouté.

D'un œil prudent, elle nous a examinés tour à tour, Claire, le sac et moi.

« Oh ! Merci ! »

Derrière nous, un groupe de gamins bruyants remontaient la rue à vélo. Nouveau silence.

« Trésor ? l'a interpellée une voix au bout du couloir sombre. À qui tu parles ?

— C'est pour moi », a-t-elle lancé par-dessus son épaule. Elle a fermé la porte derrière elle et même si elle est passée devant nous rapidement, nous avons vu ses yeux rougis et gonflés – elle avait pleuré. Soudain, comme de nombreuses fois auparavant, j'ai entendu la voix de ma mère. *Ce n'est pas facile d'emménager quelque part. Peut-être ignore-t-elle comment se faire des amis…*

« Écoute, ai-je commencé. Pour tout à l'heure. Ma sœur…

— Non, ça va », m'a-t-elle interrompue.

Sa voix était légèrement chevrotante. Une main sur la bouche, elle nous a tourné le dos et aussitôt, Claire a dégainé son fidèle paquet de Kleenex. Elle a sorti un mouchoir qu'elle a tendu à la fille. Une seconde plus tard, celle-ci le lui a pris en silence et s'est tamponné le visage.

« Je m'appelle Claire. Et voici Annabelle. »

Jamais je n'oublierai cet instant. Moi, Claire, en cet été qui a suivi notre sixième, le dos tourné de cette fille sur le perron, chez elle. La vie aurait pu être tellement différente, pour moi, pour nous tous, s'il s'était passé autre chose ce soir-là. À l'époque, je l'avais considéré comme un instant éphémère et sans importance. La fille nous a fait face, elle ne pleurait plus.

« Moi, c'est Sophie », s'est-elle présentée d'un ton posé.

Chapitre 2

« Sophie ! »

L'heure du déjeuner avait sonné, ce qui signifiait que la moitié de cette première journée d'école était terminée. Malgré le vacarme – le couloir était bondé et bruyant, les portes des casiers claquaient, le haut-parleur émettait ses annonces grésillantes –, je n'ai pas pu rater la voix limpide d'Emily Shuster.

Je me suis tournée vers l'escalier principal et, oui, elle venait bien dans ma direction, ses cheveux roux se faufilant parmi la foule. Quand elle a fini par émerger à deux mètres de moi, nos regards se sont croisés, un bref instant. Ensuite, elle s'est empressée de rejoindre Sophie qui l'attendait à l'autre bout du couloir.

Emily et moi étions amies, avant. Une barrière avait été érigée depuis et apparemment, je devais rester derrière.

J'avais d'autres amis, bien sûr. Des camarades de classe, des mannequins de l'agence Lakeview

Models que je côtoyais depuis de nombreuses années maintenant. À l'évidence, l'isolement que je m'étais imposé durant l'été avait porté ses fruits. Au-delà de mes espérances. Après cette fameuse soirée, je m'étais coupée du monde pour ne pas avoir à affronter le jugement des autres. Je ne répondais plus au téléphone, j'évitais les copines aperçues au supermarché ou au cinéma. Comme je ne voulais pas parler de ce qui était arrivé, le plus facile était de ne pas parler du tout. Le résultat m'a sauté à la figure toute la matinée. Quand je m'arrêtais pour dire bonjour à des filles que je connaissais ou si je m'approchais de groupes en pleine discussion, je ressentais aussitôt un courant d'air froid, une distance qui s'installait jusqu'à ce que je m'excuse et m'éloigne. En juin dernier, je ne désirais qu'une chose : être seule. Mon vœu était exaucé.

Mon association avec Sophie ne m'aidait pas. Comme je traînais avec elle avant, j'étais devenue la complice de ses dérives sociales et de ses rébellions en tout genre – je ne les comptais plus. Par conséquent, je ne devais pas attendre qu'on me saute au cou. Les filles que Sophie avait insultées et méprisées sans que j'intervienne devaient penser que je méritais bien mon sort. Comme on ne pouvait exclure Sophie, on se contenterait d'Annabelle.

Dans le hall principal, je me suis arrêtée derrière les grandes baies vitrées qui donnaient sur la cour.

Dehors, les bandes diverses – athlètes à deux balles, filles se prenant pour des artistes, accros à la politique, tire-au-flanc – étaient dispersées sur le gazon ou le long des allées. Tout le monde avait sa place et l'année dernière, moi aussi j'avais la mienne : le grand banc en bois à droite de l'allée principale, sur lequel Sophie et Emily étaient assises en ce moment. J'hésitais : sortir ou rester là ?

« *Voilà revenue cette époque de l'année…* » s'est écrié quelqu'un derrière moi avec une voix de fausset.

Éclats de rire. Quand je me suis retournée, un groupe de footballeurs était aggluliné devant le bureau principal. Un grand type avec des dreadlocks imitait la manière dont je tendais le bras à mon cavalier dans le spot de pub, tandis que ses copains ricanaient. Ils ne faisaient pas de mal et en d'autres circonstances, je ne leur aurais pas prêté attention. Là, le visage rouge pivoine, j'ai ouvert la porte vitrée et je suis sortie.

J'ai longé le muret sur ma droite à la recherche d'un endroit, n'importe lequel, où m'asseoir. Seuls deux élèves étaient assis dessus ; vu la distance qui les séparait, il était évident qu'ils ne déjeunaient pas ensemble. L'un était Phil Armstrong, l'autre Claire Reynolds. N'ayant pas l'embarras du choix, je me suis installée entre les deux.

Les briques étaient chaudes contre mes jambes nues. J'ai sorti le déjeuner que ma mère m'avait préparé : sandwich à la dinde, bouteille d'eau et nectarine. J'ai bu une grande gorgée avant de m'autoriser un petit coup d'œil aux alentours. Et là, j'ai croisé le regard de Sophie sur son banc.

Aussitôt, elle a esquissé un sourire pincé avant de secouer la tête et de se tourner vers Emily.

Pathétique, l'ai-je entendue dire dans ma tête. J'ai vite chassé cette pensée. Je n'avais absolument pas envie de la rejoindre mais jamais je ne me serais imaginée en pareille compagnie, avec Claire d'un côté et le garçon le plus dangereux du lycée de l'autre.

Je connaissais Claire ; du moins je l'avais connue. Quant à Phil Armstrong, je n'avais entendu que des rumeurs à son sujet. Grand et musclé, il avait de larges épaules et de gros biceps ; il portait toujours des bottes dont l'épaisse semelle en caoutchouc le grandissait encore et alourdissait son pas. Il avait les cheveux bruns et courts, avec quelques épis sur le dessus ; et je ne l'avais jamais croisé sans son iPod et ses écouteurs qu'il portait en cours, à la récré, qu'il pleuve ou qu'il vente. Alors qu'il devait forcément avoir des amis, je ne l'avais jamais vu discuter avec qui que ce soit.

Et puis il y avait eu cette bagarre, en janvier dernier, sur le parking avant la première sonnerie. Je sortais de ma voiture quand j'avais aperçu Phil, sac à dos sur l'épaule, écouteurs dans les oreilles comme toujours, qui se dirigeait vers le bâtiment principal. Il est passé devant Ronald Waterman. Adossé à sa voiture, ce dernier discutait avec ses potes. Chaque lycée a son Ronald, un gros balourd célèbre pour ses croche-pieds dans les couloirs, le genre à crier « Joli petit cul » à la première jupe venue. À l'opposé, son grand frère Luc, capitaine de l'équipe de foot et président de l'association des étudiants, était quelqu'un de courtois et de très apprécié. Et c'est pour cette unique raison que l'on supportait son affreux petit frère. Quand Luc était entré à la fac en septembre, Ronald s'était retrouvé seul.

Perdu dans ses pensées, Phil se rendait en cours lorsque Ronald lui a crié quelque chose. Comme Phil ne lui répondait pas, il s'est décollé de sa voiture et a décidé de lui bloquer le passage. De là où j'étais, j'ai tout de suite flairé la mauvaise idée. Ronald était petit, voire minuscule à côté de Phil Armstrong qui mesurait au moins une tête de plus que lui et était deux fois plus large. Ronald ne semblait pas remarquer la différence. Il a encore invectivé Phil qui l'a toisé une seconde. Au moment où Phil le contournait, Ronald l'a frappé au menton.

Phil a vacillé d'un poil, lâchant son sac. Puis son bras droit a effectué un grand arc et a fini sa course au centre du visage de son agresseur. D'où j'étais, j'ai entendu le bruit du poing contre l'os.

Ronald s'est effondré en plusieurs étapes – ses genoux se sont dérobés sous lui, ses fesses ont percuté le sol, puis ses épaules et enfin sa tête qui a rebondi légèrement. De son côté, Phil a baissé le bras, l'a enjambé avec un calme olympien, a ramassé son sac, et a continué son bonhomme de chemin, tandis que la foule arrivée sur les lieux s'écartait pour le laisser passer.

Réunis en cercle autour de Ronald, ses amis ont appelé le vigile du parking. Moi, je me souviens juste de Phil qui s'éloignait d'un pas tranquille, comme si de rien n'était.

À l'époque, Phil était nouveau. Parmi nous depuis un mois seulement, il a été exclu du lycée un mois entier à la suite de cet incident. À son retour, tout le monde parlait de lui – il sortait d'un foyer pour délinquants juvéniles, avait été renvoyé de sa précédente école, faisait partie d'un gang… Les rumeurs étaient si nombreuses que quelques semaines plus tard, quand j'ai entendu dire qu'il s'était battu en boîte, j'ai cru à une blague. Seulement, le lundi, il n'est pas revenu en cours. Jusqu'à aujourd'hui.

Vu de plus près, Phil ne ressemblait pas à un monstre avec ses lunettes de soleil et son T-shirt rouge. Il pianotait sur son genou et écoutait sa musique. Pourtant, j'ai eu peur qu'il me surprenne en train de l'observer. Après avoir déballé mon sandwich et mordu dedans, j'ai concentré mon attention sur Claire, à ma droite.

Elle se trouvait à l'autre extrémité du muret, un carnet ouvert sur les genoux, une pomme entamée dans une main, un crayon dans l'autre. Un simple élastique retenait ses cheveux. Elle portait un T-shirt blanc, un treillis et des tongs, des lunettes de vue qu'elle mettait depuis la rentrée précédente, petites et à monture d'écaille, perchées sur son nez. Au bout d'un moment, elle a levé la tête vers moi.

Il était impossible qu'elle ignore ce qui s'était passé en juin dernier. Tout le monde était au courant. Alors que les secondes s'écoulaient, elle ne détournait pas le regard. M'avait-elle pardonné ? Et si cette nouvelle rupture me permettait de mettre un terme à l'ancienne ? Ce serait un juste retour des choses, puisque désormais, Sophie nous fuyait toutes les deux. Nous avions un point commun.

Tandis qu'elle me regardait, j'ai posé mon sandwich et pris une profonde inspiration. Il ne me restait plus qu'à entamer la conversation, à dire quelque chose de gentil, quelque chose qui…

Et soudain, elle s'est détournée. Elle a fourré son carnet dans son sac qu'elle a fermé d'un geste sec. Son corps raidi me parlait mieux que des mots. Elle a sauté du muret, a glissé son sac sur l'épaule et s'est éloignée.

J'ai examiné mon sandwich à moitié mangé ; j'avais une boule dans la gorge. Ce qui était stupide vu que Claire me détestait depuis la nuit des temps. Il y avait plus frais comme nouvelle.

En attendant la sonnerie, je me suis fait un point d'honneur de ne regarder personne. J'ai jeté un œil à ma montre. Encore cinq minutes. Je me suis dit que le pire était passé. Comme j'avais tort !

J'ai rangé ma bouteille dans mon sac quand j'ai entendu une voiture manœuvrer au bout du muret. Une jeep rouge se garait au bord du trottoir. La porte du passager s'est ouverte sur un brun avec une cigarette sur l'oreille. Il s'est penché pour parler au chauffeur. Une fois le passager parti, j'ai entraperçu le garçon derrière le volant. Il s'agissait de Will Cash.

Mon estomac a fait un bond, comme si je venais de sauter en parachute. Mon champ de vision s'est rétréci, les bruits de fond ont disparu, tandis que mes paumes devenaient moites, mon cœur battait dans mes oreilles, boum boum boum.

Je ne pouvais m'empêcher de le regarder. Assis là, les mains sur le volant, il attendait que la propriétaire du break devant lui finisse de décharger son violoncelle de son coffre. Il lui a fallu moins d'une seconde pour s'énerver.

Chut, Annabelle. Ce n'est que moi.

J'avais dû croiser un million de jeeps rouges ces derniers mois, et chaque fois, il fallait que je vérifie le visage du conducteur. Et là, c'était lui. Alors que je m'étais convaincue qu'en plein jour, je serais forte et courageuse, je me suis sentie aussi vulnérable que cette nuit-là. Comme si à l'extérieur, à la lumière du soleil, je n'étais toujours pas en sécurité.

La fille a enfin extirpé son instrument puis a claqué la portière avant de faire signe au conducteur. Au moment où la voiture avançait, Will a jeté un œil à la cour du lycée, a balayé du regard les élèves sans remarquer personne en particulier et a fini par tomber sur moi.

Le cœur battant à cent à l'heure, je l'ai dévisagé. Pendant une longue seconde, il n'a pas semblé me reconnaître. Je n'étais qu'une inconnue, une fille parmi d'autres. Le regard vide, il a passé son chemin, sa voiture est devenue un point rouge au loin. Terminé.

Tout à coup, j'ai repris conscience du bruit et du mouvement autour de moi – les gens qui se dépêchaient d'aller en cours, qui s'interpellaient, qui jetaient leurs déchets dans la poubelle. Moi, je ne pouvais quitter des yeux la jeep qui gravissait la colline en direction de la nationale, qui s'éloignait petit à petit de moi. Soudain, au milieu des bruits, des voix, de l'agitation incessante, j'ai tourné la tête, une main sur la bouche et j'ai vomi dans l'herbe derrière moi.

Quand j'ai pivoté quelques instants plus tard, la cour était quasiment déserte. Les faux athlètes avaient abandonné le muret opposé, la pelouse au-delà des arbres était vide, Emily et Sophie avaient quitté leur banc. Je m'essuyais la bouche quand j'ai remarqué que Phil Armstrong était toujours là, à ma gauche. Ses yeux foncés me regardaient avec intensité. Mon étonnement était si grand que j'ai baissé la tête. Une minute plus tard, il s'était volatilisé.

Sophie me détestait. Claire me détestait. Tout le monde me détestait. Ou peut-être pas ?

« Les gens de Mooshka ont adoré tes photos ! »

Au milieu des bouchons provoqués par la fin des cours, la voix joyeuse de ma mère contrastait avec mes sentiments.

« Ils étaient surexcités quand ils ont appelé Linda.

— Vraiment ? » J'ai changé mon téléphone d'oreille. « Super ! » ai-je ajouté sur un ton qui se voulait enthousiaste.

J'avais complètement oublié que, quelques jours plus tôt, Linda, mon agent, avait envoyé mes photos à Mooshka Surfwear, un fabricant de maillots de bain, en prévision d'une nouvelle campagne de publicité. Inutile de dire que le mannequinat était le cadet de mes soucis ces derniers temps.

« D'après Linda, a-t-elle continué, ils aimeraient beaucoup te rencontrer.

— Ah ! D'accord. Quand ?

— Eh bien… Euh… Aujourd'hui.

— Aujourd'hui ? »

J'ai pilé pour éviter d'emboutir Amanda Cheeker qui venait de me couper la route dans sa BMW flambant neuve.

« Il semble qu'un de leurs chefs de la publicité soit en ville… Jusqu'à ce soir uniquement.

— Maman… Je ne peux pas. J'ai eu une journée horrible et…

— Je sais, mon cœur », a-t-elle affirmé comme si elle le savait pour de bon.

Mère de trois filles, elle n'ignorait rien du comportement des adolescentes actuelles, ce qui m'avait facilité la tâche quand il avait fallu lui expliquer la disparition soudaine de Sophie de mon existence. *Elle est trop bizarre en ce moment* et *Je n'ai aucune idée de ce qui lui arrive*. Officiellement, Sophie et moi n'étions plus sur la même longueur d'onde. J'imaginais très bien comment elle aurait réagi si je lui avais raconté la vérité et je préférais ne pas prendre de risque.

« Selon Linda, tu les intéresses beaucoup. »

J'ai jeté un regard dans le rétroviseur à mon visage congestionné, au contour de mes yeux moucheté de mascara, résultat d'une crise de larmes dans les toilettes en milieu d'après-midi. Et au-dedans de moi c'était encore pire.

« Tu ne comprends pas, ai-je insisté tandis que ma voiture avançait à deux à l'heure. Je n'ai pas bien dormi la nuit dernière. J'ai l'air fatigué, j'ai transpiré…

— Oh ! Annabelle ! » Une boule s'est aussitôt formée dans ma gorge, quand j'ai entendu ce ton doux et compréhensif, si apaisant après une journée aussi pénible. « Je sais, mon cœur. Mais cet entretien ne te prendra que quelques minutes.

— Maman. » J'avais le soleil dans les yeux. L'odeur des pots d'échappement m'incommodait. « Je…

— Écoute. Voilà ce que je te propose : tu rentres à la maison, tu prends une bonne douche, je te prépare un sandwich, je te maquille et je te conduis là-bas. On passe l'entretien et on repart aussi sec. D'accord ? »

Ma mère possédait un talent incroyable pour vous proposer un marché clef en main qui, en définitive, n'était guère différent de son offre première, mais présentait mieux. Avant, j'aurais pu me permettre de dire non. Maintenant, je passerais pour une ingrate.

« D'accord », ai-je fini par accepter. La circulation était plus fluide. Devant moi, le vigile faisait signe aux conducteurs de contourner une Toyota bleue au pare-chocs arrière enfoncé. « À quelle heure est le rendez-vous ?

— Dix-huit heures. »

J'ai regardé ma montre.

« Maman, il me reste trois quarts d'heure et je ne suis pas encore sortie du parking du lycée. Où sont les bureaux ?

— Euh… » Bruit de papiers froissés à l'autre bout du fil. « Mayor's Village. »

À une vingtaine de minutes en voiture. J'aurais de la chance d'arriver à l'heure en partant directement… et en priant le dieu des feux verts.

« Mayor's Village ! »

Je savais que je me montrais difficile. Je savais aussi que j'irais à ce rendez-vous, bon gré mal gré. Ma mère détestait que je me montre difficile. Après tout, n'étais-je pas le gentil petit mouton de la famille ?

« Et si j'appelais Linda ? a-t-elle suggéré avec sa petite voix. Je lui dirai que tu ne peux pas y aller. Ce n'est pas un problème.

— Non. » Enfin au bout du parking, j'ai mis mon clignotant. « D'accord. J'y vais. »

Je jouais les mannequins depuis toujours, ou presque. J'ai passé mon premier casting à neuf mois pour une publicité où je devais porter un body pour une chaîne de supermarchés. Comme ma nourrice ne pouvait pas me garder, ma mère avait dû m'emmener à une séance de photos de ma sœur Emma. La femme qui l'employait lui a demandé si j'étais disponible, ma mère a dit oui, et je me suis retrouvée dans le circuit.

Tout a commencé avec Christine. Elle avait huit ans quand un dénicheur de talents l'a repérée sur un parking après un ballet. Il a donné sa carte à mes parents et a insisté pour qu'ils l'appellent. Croyant à une blague, Papa lui a ri au nez, mais Maman a été assez intriguée pour convenir d'un rendez-vous. L'agent l'a aussitôt inscrite à une audition – une publicité pour un revendeur de voitures du coin – qu'elle a ratée. La suivante – pour le journal de Lakeview à l'occasion de Pâques – a été couronnée de succès. Si ma carrière a débuté avec un body, Christine pouvait se vanter qu'un énorme lapin bleu avait déposé un œuf brillant dans son panier pendant que, dans sa belle robe blanche, elle souriait au photographe.

Dès que Christine a eu du travail régulièrement, Emma a elle aussi voulu tenter sa chance et très vite, elles ont couru les auditions, bien souvent pour le même job, ce qui ne faisait qu'envenimer leur animosité naturelle. Il était facile de les différencier. Emma était belle, avec une ossature parfaite et un regard pénétrant, alors que Christine transmettait d'entrée de jeu sa personnalité pétillante. Emma était magnifique sur papier ; Christine, elle, crevait l'écran. Etc. Etc.

Lorsque mon tour est venu, ma famille était connue dans le circuit local où mes sœurs et moi posions pour des catalogues de supermarchés ou tournions des spots publicitaires régionaux. Tandis que mon père optait pour une politique de non-intervention (il fuyait nos histoires de filles : Tampax, cœurs brisés, coiffure, maquillage), ma mère se régalait. Elle adorait nous conduire aux séances de photos, parler business avec Linda au téléphone, rassembler les clichés pour mettre à jour nos books. Elle répétait à qui voulait l'entendre que ce passe-temps était notre choix, pas le sien.

« J'aurais été heureuse qu'elles fassent des pâtés de sable dans le jardin, l'ai-je entendue dire des millions de fois. Mais si c'est ce qu'elles veulent… »

En vérité, ma mère adorait cette ambiance, même si elle ne l'eût jamais admis. Non, il y avait autre chose. Au fond, je crois que notre hobby lui a sauvé la vie.

Pas au début, bien entendu. Au départ, jouer les mannequins nous amusait beaucoup et lui procurait une occupation quand elle n'aidait pas Papa à son bureau. Pour rire, nous disions que c'était l'endroit le plus fertile de la planète, car ses secrétaires tombaient enceintes les unes après les autres et laissaient le soin à ma mère de répondre au téléphone jusqu'à ce qu'il leur trouve une remplaçante. Et puis, l'année de mes neuf ans, ma grand-mère est morte et quelque chose a changé.

Les souvenirs qu'il me reste de ma grand-mère sont lointains, muets, plus basés sur des photos que sur des faits réels. Fille unique, Maman était très proche de sa mère, même si elles vivaient chacune à un bout du pays et se voyaient cinq à six fois par an. Elles se téléphonaient quasiment tous les matins, à l'heure où Maman se préparait une tasse de café. Ce rituel était réglé comme du papier à musique. Si vous entriez dans la cuisine aux environs de 10 h 30, vous trouviez ma mère assise devant la fenêtre en train de remuer son café au lait, le combiné coincé entre l'oreille et l'épaule. Je trouvais leurs conversations ennuyeuses à mourir ; elles parlaient de gens que je n'avais jamais rencontrés, du dîner qu'elles avaient préparé la veille, de ma vie qui me paraissait d'une monotonie absolue. Mais pour Maman, c'était différent, capital. Nous ne nous étions pas rendu compte à quel point jusqu'à ce que ma grand-mère décède.

Je ne peux pas dire que ma mère soit quelqu'un de fort. Douce, jamais un mot plus haut que l'autre, le visage paisible, elle était la personne à qui l'on s'adresse dans les lieux publics, en cas de problème, celle auprès de qui on cherche du réconfort. Et je pensais qu'elle resterait à jamais ainsi. Voilà pourquoi nous avons été surpris par son changement dans les semaines qui ont suivi l'enterrement de ma grand-mère. Disons qu'elle est devenue encore plus… paisible. La fatigue et la lassitude qui se lisaient alors sur son visage étaient flagrantes, même pour la fillette de neuf ans que j'étais. Au début, Papa nous a assurées qu'il s'agissait du processus normal de deuil, que Maman était fatiguée, que cela passerait. Faux. Elle s'est levée de plus en plus tard, jusqu'à ne plus sortir de son lit du tout.

Ou bien nous la retrouvions à onze heures du matin, assise devant la fenêtre, une tasse vide à la main.

Quand je lui parlais, elle ne me répondait pas. Il me fallait plusieurs tentatives avant qu'elle ne tourne lentement la tête vers moi, et là, son visage me terrifiait, comme si elle s'était transformée en une inconnue que je préférais ne pas voir.

Mes sœurs se souviennent mieux que moi de cette époque. Plus âgées, elles étaient dans la confidence. Et forcément, elles affrontaient la situation de manière différente. Quand Maman n'était pas bien, Christine s'occupait des tâches ménagères, des repas avec une expression de défi, comme si de rien n'était. À l'inverse, je surprenais souvent Emma en train d'épier Maman derrière la porte à moitié fermée de sa chambre. Dès que j'arrivais, elle s'éloignait, l'air détaché. En tant que benjamine, j'ignorais comment réagir, alors je me faisais discrète et je ne posais pas de questions.

L'état de santé de ma mère a vite dicté nos vies. Il nous servait de baromètre dès le matin. Si elle était levée et habillée à une heure décente et préparait le petit déjeuner, la journée se passerait bien. Si mon père s'activait à la cuisine, se battait avec les céréales et les tartines brûlées, ou, pire, si aucun des deux n'était présent, je savais que la journée était fichue. Quoique rudimentaire, ce système fonctionnait à peu près bien. Et puis à quoi d'autre se raccrocher ?

« Votre mère ne se sent pas bien », nous répondait Papa quand nous la demandions à l'heure du dîner, alors que sa place restait obstinément vide, ou quand de la journée entière elle ne sortait pas de sa chambre, simple bosse sous les couvertures, à peine visible dans la pénombre. « Nous allons faire notre possible pour lui faciliter la vie en attendant qu'elle aille mieux, d'accord ? »

Mes sœurs et moi hochions la tête, alors que la tâche était de taille. Comment lui faciliter la vie ? Peut-être était-ce ma faute si elle était difficile ? Il était vital que nous protégions Maman des moindres contrariétés. Mais desquelles ? Je l'ignorais totalement. Petit à petit, j'ai adopté un autre système : en cas de doute, rester hors de vue, hors de portée et la laisser dans sa bulle.

La dépression de ma mère – ou son « épisode dépressif », peu importe le nom, je n'ai jamais su le terme exact – durait depuis trois mois, quand mon père l'a persuadée de consulter un thérapeute. Au début, elle y est allée à reculons avant d'abandonner au bout de deux séances, puis elle y est retournée et a tenu une année. Le changement n'a pas été soudain – un matin, je suis entrée dans la cuisine à 10 h 30 et elle était là, joyeuse et rayonnante, comme si elle m'attendait. Non, le processus a été long, très long, telle une plante qui pousse millimètre après millimètre. Pour commencer, elle n'a plus passé ses journées au lit. Elle se levait à midi, préparait le petit déjeuner de temps à autre. Ses silences, si pesants pendant les repas, se sont transformés en débuts de conversation.

Pour finir, c'est le mannequinat qui m'a convaincue que le pire était derrière nous. Comme Maman ne nous organisait plus d'auditions et de castings avec Linda, nous travaillions beaucoup moins. Papa avait bien accompagné Emma une ou deux fois, et j'avais participé à une séance photo programmée de longue date, mais les affaires périclitaient. Linda avait appelé un soir au dîner, sans se faire d'illusions.

« Oui, oui… Vous avez raison, avait déclaré Papa qui s'était éloigné avec le téléphone. Je pense que c'est trop tôt.

— Trop tôt pour quoi ? a demandé Christine qui mâchouillait un quignon de pain.

— Un travail, a répondu Emma d'une voix neutre. Pourquoi Linda appellerait-elle pendant le repas sinon ? »

Papa fouillait dans le tiroir près du téléphone.

« Bon, d'accord. » Il a écrit quelque chose sur un carnet. « Je note, mais a priori… O.K. Répétez-moi l'adresse ! »

Tandis qu'il griffonnait, mes sœurs l'observaient en se demandant quel travail et pour qui. Moi, je regardais ma mère qui le fixait elle aussi, tout en se tamponnant le coin de la bouche avec sa serviette. Lorsqu'il est revenu à table, j'attendais que mes sœurs l'assaillent de questions, mais c'est Maman qui a pris la parole la première.

« Que voulait-elle ?

— Oh ! Juste une audition demain. Linda pensait que cela nous intéresserait.

— Nous ? est intervenue Christine.

— Toi, a précisé Papa qui a porté des haricots à sa bouche. Je lui ai dit que c'était trop tôt. L'audition a lieu le matin et je dois être au bureau… »

Il n'a pas pris la peine de finir sa phrase. Architecte, il avait beaucoup de travail, sans compter la maladie de ma mère et l'organisation de la maison. Il ne fallait pas lui demander, en plus, de courir les castings dans toute la ville. Bien que déçue, Christine a fait bonne figure. Soudain, alors que nous mangions en silence, j'ai entendu ma mère prendre une profonde inspiration.

« Je peux l'emmener, a-t-elle proposé sous nos regards ébahis. Enfin, si elle veut y aller.

— Vraiment ? l'a interrogée Christine. Ce serait…

— Grace, s'est inquiété Papa. Tu n'es pas obligée.

— Je sais. » Maman a esquissé un sourire triste, mais un sourire quand même. « Ça me ferait plaisir. »

Le lendemain, Maman était levée à l'heure du petit déjeuner – je m'en souviens comme si c'était hier. Emma et moi sommes parties à l'école, tandis que Christine et Maman se rendaient à l'audition d'une publicité pour une salle de bowling locale. Christine a décroché le job. Ce n'était ni le premier ni le plus gratifiant, mais chaque fois que ce spot a été diffusé par la suite, chaque fois que je voyais ma sœur faire un *strike* (soit dit en passant, ma sœur est la reine du bowling, une vraie tueuse), je repensais à ce dîner et à l'infime espoir que nos vies reprennent leur cours normal.

Ce qui est arrivé, plus ou moins. Maman a recommencé à nous accompagner aux auditions, sans se montrer toujours enthousiaste et radieuse. Peut-être ne l'avait-elle jamais été ? Peut-être l'avais-je imaginé ? Au fil des mois, j'ai eu du mal à croire que ma mère allait mieux. Mon espoir était si grand que j'avais l'impression de vivre en apnée, persuadée qu'elle rechuterait très vite. Le fait que cette dépression était apparue si soudainement, n'avait eu ni début ni fin véritables, me poussait à croire qu'elle réapparaîtrait de la même manière, sans crier gare. À l'époque, j'avais l'impression qu'il suffirait d'un grain de sable, d'une déception pour que Maman nous abandonne à nouveau. Peut-être n'ai-je jamais cessé de le penser ?

Voilà pourquoi je n'avais pas encore dit à ma mère que je voulais arrêter le mannequinat. En vérité, cet été-là, quand j'allais aux castings, je me suis sentie pour la première fois bizarrement nerveuse. Je n'aimais pas ces regards scrutateurs, ces étrangers qui m'examinaient sous toutes les coutures. Lors d'une séance photos pour des maillots de bain en juillet, je n'avais cessé de me contracter tandis que le styliste essayait d'ajuster mon haut. Une boule dans la gorge, je m'excusais, répétant que ça allait.

Chaque fois que je m'apprêtais à avouer la vérité à ma mère, un événement m'en empêchait. Mes sœurs étaient passées à autre chose. Comment pouvais-je la priver de la seule activité qui semblait la rendre heureuse ?

Voilà pourquoi je n'ai pas été surprise, un quart d'heure plus tard, de voir ma mère à Mayor's Village. En fait, ce qui m'a frappée, comme toujours, c'est sa petite taille. Ma perspective, il est vrai, est un peu faussée vu que je mesure un mètre soixante-treize (Christine mesure un mètre soixante-quinze et Emma, un mètre soixante-dix-huit). Comme Papa approche le mètre quatre-vingt-dix, Maman paraît minuscule quand nous sommes tous réunis, comme dans ces dessins où il faut retrouver un intrus au milieu d'une foule.

Alors que je me garais, j'ai aperçu Emma côté passager, les bras croisés sur la poitrine. Elle semblait énervée, ce qui n'était ni une surprise ni une nouveauté. Je ne me suis pas attardée sur son humeur de chien. J'ai attrapé ma trousse à maquillage dans mon sac et j'ai rejoint ma mère qui patientait près de son coffre ouvert.

« Tu n'étais pas obligée de venir, lui ai-je dit.

— Je sais. » Elle ne m'a pas regardée. Elle m'a tendu un Tupperware et une fourchette en plastique. « Salade de fruits. Je n'ai pas eu le temps de te préparer un sandwich. Assieds-toi. »

J'ai obéi. Quand j'ai plongé ma fourchette dans la salade, je me suis rendu compte que je mourais de faim. Normal, j'avais vomi le peu que j'avais mangé à midi. Quelle journée pourrie !

Maman m'a arraché la trousse des mains et a

commencé à fouiller. Elle en a sorti un fard à paupières et mon poudrier.

« Emma ! Tu veux bien me donner les vêtements de ta sœur ? »

Emma a poussé un gros soupir avant de se retourner pour prendre les cintres accrochés derrière elle.

« Tiens ! » a-t-elle marmonné sans vraiment tendre le bras.

Comme Maman ne parvenait pas à les attraper, je suis intervenue. Alors que ma main se refermait sur les cintres, Emma n'a pas lâché prise et j'ai été surprise par sa force. Nos regards se sont croisés puis elle s'est retournée.

J'essayais d'être patiente avec ma sœur, car ce n'était pas elle qui me contrariait mais ses troubles alimentaires.

« Bois un peu d'eau, m'a ordonné Maman qui a échangé mes habits contre une bouteille. Et regarde par ici. »

J'ai bu une gorgée sans bouger, pendant qu'elle me poudrait le visage. Puis j'ai fermé les yeux ; les voitures fonçaient sur l'autoroute derrière nous. Elle m'a mis du fard et de l'eye-liner avant de passer en revue mes vêtements dont les cintres s'entrechoquaient. J'ai ouvert les yeux, elle me tendait un haut en daim rose.

Chut, Annabelle. Ce n'est que moi.

« Non ! » me suis-je exclamée sur un ton plus agressif que je ne l'aurais voulu. J'ai pris une profonde inspiration et d'une voix moins vive, j'ai ajouté : « Pas celui-là. »

Surprise, Maman nous a regardés, le vêtement et moi.

« Tu es sûre ? Ce top te va à ravir, pourtant ! Je croyais qu'il te plaisait...

— Non, ai-je répondu au bout d'une seconde. Il... je trouve qu'il me grossit.

— Oh ! Et ce col en V bleu ? » Elle a enlevé l'étiquette du prix qui était encore accrochée à la manche. « Monte derrière et change-toi, il est déjà six heures moins le quart. »

Obéissante, j'ai ouvert la portière arrière, je suis montée et au moment où j'enlevais mon débardeur, je me suis figée.

« Maman ?

— Oui ?

— Je n'ai pas de soutien-gorge. »

J'ai entendu ses talons claquer sur le trottoir.

« Pardon ? »

J'ai secoué la tête, tout en me rapetissant sur le siège.

« Mon débardeur a un soutif intégré. »

Maman a réfléchi une seconde.

« Emma... Tu peux...

— Pas question », l'a-t-elle interrompue.

Au tour de ma mère de soupirer.

« Trésor, s'il te plaît. Tu nous rendrais un grand service. »

Nous avons agi comme nous agissions depuis neuf mois : nous avons patienté et nous nous sommes rongé les sangs. Au bout d'un inquiétant silence, Emma a fini par glisser la main sous son

T-shirt avant d'extirper un soutien-gorge chair par le col et de le lancer derrière elle. Je l'ai ramassé par terre et l'ai mis – nous ne faisions pas la même taille, mais tant pis – puis j'ai enfilé le maillot.

« Merci. »

Elle m'a ignorée.

« 17 h 52 ! » a signalé Maman.

Je suis descendue et je l'ai rejointe derrière la voiture ; elle m'a tendu mon sac puis a examiné une dernière fois mon visage.

« Ferme les yeux. »

Elle m'a enlevé un paquet de mascara au bout d'un cil. Quand j'ai rouvert les yeux, elle me souriait.

« Tu es superbe !

— Si tu le dis… » Elle m'a lancé un regard de travers. « Euh… merci. »

Elle a tapoté sa montre.

« Va ! On t'attend.

— Vous n'êtes pas obligées. Tout se passera bien. »

Le moteur de la voiture a soudain ronflé ; Emma avait tourné la clef de contact. La vitre s'est abaissée, elle a mis le bras dehors. Elle portait des manches longues, comme toujours, mais on apercevait son poignet, pâle et maigre, tandis qu'elle tapait sur le rétroviseur. Maman nous a regardées tour à tour.

« Nous attendons que tu sois entrée, a décidé Maman. D'accord ? »

Je me suis penchée afin de l'embrasser au-dessus de la joue, de peur que mon rouge à lèvres ne bave.

« D'accord. »

Devant le bâtiment, je me suis retournée. Elle m'a fait un signe de la main que je lui ai rendu. Dans le rétroviseur, j'ai aperçu le visage impassible d'Emma. Alors qu'elle me regardait, j'ai ressenti comme un coup de poignard dans le ventre.

« Bonne chance ! » m'a crié Maman.

Tassée dans son siège, Emma avait disparu du rétroviseur.

Chapitre 3

Alors que Christine était pulpeuse et bien propor-
tionnée, j'avais une silhouette élancée et athlétique.
Seule Emma avait un vrai corps de mannequin,
grand et mince. Les photographes nous répétaient, à
Christine et moi, que nous avions de jolis visages,
mais que nous étions trop potelées (trop petites,
trop…) pour envisager une grande carrière.

Vu son potentiel, il avait semblé logique que
l'année de son entrée à la fac, Emma emménage à
New York pour tenter sa chance dans le métier.
Comme Christine, deux ans auparavant. À force de
les supplier pour qu'elle puisse prendre un appartement avec deux filles de l'agence, nos parents
avaient fini par accepter à condition qu'elle s'ins-
crive à la fac. Au début, Christine jonglait avec les
deux activités, mais dès qu'elle a eu du travail régu-
lier (photos, publicités), elle a vite abandonné ses
cours. À côté, elle gagnait un peu d'argent comme
serveuse ou hôtesse.

Cela ne l'inquiétait pas du tout. Depuis le lycée et sa découverte des garçons et de la bière (pas forcément dans cet ordre), Christine s'intéressait de moins en moins au mannequinat. Alors qu'Emma s'assurait d'avoir bien dormi la veille et d'arriver à l'heure, Christine se présentait en retard avec des cernes et une bonne gueule de bois. Un jour, elle est allée à un shooting avec un énorme suçon impossible à masquer. Quand la pub est passée quelques semaines plus tard, elle riait comme une baleine en me montrant le cercle brun, à peine visible sous le col de sa robe de princesse.

Maman caressait de plus grandes ambitions pour Emma. Deux semaines après l'obtention de son diplôme, elles ont fait ses bagages et ont rejoint Christine qui vivait désormais seule à New York. À mon avis, cette cohabitation était une mauvaise idée depuis le départ. Mes parents se sont montrés fermes : Emma n'avait que dix-huit ans, elle avait besoin qu'un membre de la famille prenne soin d'elle. En outre, ils payaient déjà une partie du loyer, alors elle n'avait pas à se plaindre (ce qu'elle a fait, bien entendu). Maintenant qu'elles étaient plus âgées, pensait Maman, leurs vieilles querelles appartenaient au passé.

Le premier mois, Maman est restée avec mes sœurs, le temps qu'Emma s'installe. Elle l'a inscrite à plusieurs cours, l'a accompagnée lors de ses premiers rendez-vous dans des agences de mannequins. Chaque soir, elle appelait à la maison pour nous raconter leur journée ; elle semblait plus heureuse que jamais quand elle nous disait avoir aperçu des célébrités, rencontré des agents, mené la vie trépidante des New-Yorkais. Il a fallu moins d'une semaine pour qu'Emma décroche son premier job. En un mois, elle avait plus travaillé que Christine en deux ans. Tout se passait comme prévu… enfin, pas exactement.

Mes sœurs vivaient ensemble depuis quatre mois quand Christine nous a téléphoné pour nous signaler qu'Emma avait un comportement étrange. Elle avait perdu du poids, ne mangeait plus, prenait la mouche chaque fois que Christine abordait le sujet. Au début, il n'y avait pas vraiment lieu de s'inquiéter. Emma était d'un tempérament lunatique ; mes parents s'attendaient à des heurts entre elles. Ma mère a raisonné Christine qui, pensait-elle, dramatisait la situation. D'accord, Emma avait perdu un peu de poids, mais elle travaillait dans un secteur très compétitif où seul le physique comptait. Dès qu'elle reprendrait confiance en elle, les choses s'arrangeraient.

Quand nous l'avons revue pour Thanksgiving, le changement était flagrant. Ma sœur si svelte et élégante avait le visage émacié ; sa tête semblait trop grosse pour son corps, trop lourde à porter. Lorsque nous sommes allés chercher mes deux sœurs à l'aéroport, le contraste nous a saisis. Les joues rondes, les yeux bleu clair, Christine portait un pull fuchsia. Sa peau était chaude quand elle s'est jetée à mon cou en criant que nous lui avions tellement manqué. À ses côtés, Emma était vêtue d'un pantalon de jogging et d'un pull noir à col roulé et manches longues. Sans maquillage, sa peau paraissait si pâle… Malgré le choc, personne n'a rien dit. Nous avons juste échangé des bonjours, des baisers et des banals « le voyage s'est bien passé ? ». Alors que nous attendions leurs bagages, ma mère a brisé le silence.

« Emma, mon amour, tu m'as l'air fatiguée. Encore ce fichu rhume ?

— Je vais bien, a répondu Emma.

— C'est faux, est intervenue Christine tout en s'emparant de sa valise sur le carrousel. Elle ne mange rien. Elle se tue à petit feu. »

Mes parents se sont regardés.

« Non, a décrété ma mère. Elle a juste pris un coup de froid, n'est-ce pas, mon bébé ? »

Emma foudroyait Christine du regard.

« Faux, archifaux, a insisté Christine. Emma, on en a discuté dans l'avion. Soit tu leur parles, soit je m'en charge.

— La ferme, a marmonné Emma entre ses dents.

— Allons, allons, les a interrompues mon père. Tenez, voici vos bagages. »

Typique. Mon père, le seul mâle de notre famille à forte concentration d'œstrogènes, a toujours réagi à une situation ou à un conflit d'ordre émotionnel par une attitude concrète et adaptée. Conversation sur les règles douloureuses au petit déjeuner ? Papa se levait et allait faire la vidange de sa voiture. L'une de nous rentrait en pleurs à la maison et ne voulait pas en discuter ? Il lui préparait un croque-monsieur qu'il terminait une fois sur deux. Une crise familiale sur le point d'exploser dans un lieu public ? Les bagages, vite, attrapez vos bagages.

Les traits tendus, Maman scrutait le visage d'Emma.

« Mon cœur, a-t-elle murmuré pendant que Papa s'approchait du tapis roulant. Tu m'en parlerais s'il y avait un problème ?

— Je vais bien, Maman. Elle est jalouse parce que je travaille plus qu'elle.

— Arrête ça ! s'est exclamée ma sœur. Je m'en tape et tu le sais ! »

Ma mère a écarquillé les yeux. Et à nouveau, je l'ai trouvée si petite, si fragile.

« Surveille ton langage, l'a sermonnée Papa.

— Papa, tu ne comprends pas. C'est sérieux. Emma souffre de troubles alimentaires. Si personne ne l'aide, elle…

— Tu ne vas pas la fermer ? » a crié Emma d'une voix très aiguë.

Nous en sommes restés bouche bée, tellement nous étions habitués à ce que ce soit Christine qui monte sur ses grands chevaux, et non Emma. Au bout d'une seconde sans réagir, nous nous sommes aperçus que les gens nous observaient. Ma mère est devenue toute rouge.

« David, je ne…, a-t-elle commencé.

— En voiture, a décidé Papa, une valise dans chaque main. Tout de suite. »

Nos parents ont ouvert la marche, Emma derrière eux, tête baissée dans les courants d'air. Christine

59

et moi fermions le cortège. Soudain, elle a pris ma main, sa paume était chaude malgré le froid.

« Il fallait qu'ils sachent, a-t-elle marmonné sans me regarder. Il fallait que je leur en parle. »

Quand nous sommes montés en voiture, personne n'a dit un mot. Silence dans le parking souterrain, sur l'autoroute. Coincée à l'arrière entre mes deux sœurs, je m'attendais à ce que Christine relance le débat chaque fois qu'elle prenait une profonde inspiration. De l'autre côté, le nez collé contre la vitre, les mains entre les cuisses, Emma semblait perdue dans ses pensées. Je ne pouvais me retenir d'examiner ses poignets, si fins et noueux, si pâles sur son pantalon noir. À l'avant, mes parents regardaient droit devant eux. De temps à autre, l'épaule de mon père se soulevait et je savais qu'il tapotait la main de Maman pour la consoler.

Nous étions à peine arrivés dans le garage qu'Emma a ouvert la portière. En quelques secondes, elle a atteint la porte qui donnait dans la cuisine et a disparu à l'intérieur après l'avoir claquée. Christine a poussé un gros soupir.

« O.K., a-t-elle lancé à Papa qui coupait le moteur. Il faut qu'on parle. »

Ils m'ont alors fait comprendre que je n'étais pas la bienvenue dans cette conversation père-fille. (« Annabelle, tu n'as pas des devoirs à terminer ? ») Je suis donc montée dans ma chambre. Un livre de maths entre les mains, j'ai essayé d'imaginer ce qui se tramait au rez-de-chaussée en me fiant à la voix basse de Papa, à la voix un peu plus haute de

Maman et aux changements de ton dans celle de Christine. Derrière la cloison qui séparait nos chambres, Emma demeurait silencieuse.

Un quart d'heure plus tard, j'ai entendu Maman frapper à la porte de ma sœur sans obtenir de réponse.

« Emma, mon cœur, laisse-moi entrer. »

Elle a patienté deux longues minutes avant qu'Emma ne daigne lui ouvrir.

Je suis descendue à la cuisine où j'ai trouvé Christine et mon père attablés devant un croque-monsieur froid.

« Vous savez quoi ? a lancé Christine au moment où je prenais un verre dans le placard. Je lui donne trois minutes pour laver le cerveau de Maman.

— Fais un peu confiance à ta mère, est intervenu Papa.

— Je te répète qu'elle est malade ! Elle ne mange presque rien et quand elle passe à table, elle a un comportement bizarre. Elle prend un quartier de pomme au petit déjeuner, trois biscuits salés à midi. Et puis elle passe son temps à la salle de gym du coin de la rue qui est ouverte vingt-quatre heures sur vingt-quatre. Chaque fois que je me réveille au milieu de la nuit et qu'elle est partie, je sais qu'elle est là-bas.

— Peut-être pas.

— Je l'ai suivie, Papa ! Elle court pendant des heures sur le tapis de jogging. Écoute, une de mes amies avait une colocataire qui se comportait comme

61

Emma. Elle est descendue à trente-sept kilos. Ils ont dû l'hospitaliser. Je suis inquiète.

— Attendons qu'elle nous donne sa version, a déclaré Papa au bout d'un moment. Ensuite, nous aviserons. Annabelle ? »

J'ai sursauté.

« Oui ?

— Tu n'as pas des devoirs à finir ?

— Si. »

J'ai mis mon verre dans le lave-vaisselle et je suis remontée. Le nez sur mes parallélogrammes, j'entendais ma mère qui parlait d'une voix douce et réconfortante de l'autre côté de la cloison. J'avais presque terminé mes maths quand sa porte s'est ouverte.

« Va prendre une bonne douche et repose-toi. Je t'appellerai pour le dîner. D'accord ? On aura les idées plus claires ce soir. »

J'ai entendu un reniflement – Emma qui devait être d'accord. Quand Maman est passée devant ma chambre, elle a entrouvert la porte.

« Tout va bien, m'a-t-elle déclaré. Ne t'inquiète pas. »

Maintenant que j'y réfléchis, Maman ne devait pas en penser un mot. Plus tard, j'ai appris qu'Emma l'avait rassurée : elle avait simplement beaucoup de travail, elle était épuisée. Elle consacrait plus de temps à la salle de sport parce qu'elle était un peu plus grosse que ses rivales ; elle mangeait moins sans en arriver à des folies. Christine pensait qu'elle ne se nourrissait pas, avait-elle insisté, parce qu'elles prenaient leurs repas à des heures différentes – Christine travaillait la nuit, et elle le jour. Au fond, avait-elle continué, l'inquiétude de Christine cachait autre chose. Depuis son arrivée à New York, Emma avait décroché dix fois plus de castings qu'elle. Peut-être l'avait-elle mal pris ? Peut-être était-elle… jalouse ?

« Je ne suis pas jalouse, s'est écriée Christine quelques minutes après que ma mère fut descendue. Elle t'a embobinée ! Tu n'as donc pas compris ! Ouvre un peu les yeux ! »

Je n'ai pas entendu la suite. Une heure plus tard, quand ils m'ont appelée pour dîner, le débat était clos et nous étions repassés en mode « Famille Greene chez qui tout allait pour le mieux dans le meilleur des mondes ». Vus de loin, nous devions ressembler à la famille parfaite.

Mon père a dessiné les plans de notre maison, la plus moderne du quartier à l'époque où elle a été construite. Tout le monde l'appelait la « Maison de Verre », alors qu'en réalité seule la façade était vitrée. De l'extérieur, on voyait la salle à manger où trônait une immense cheminée en pierre, la cuisine à l'arrière, puis la piscine dans le jardin. On apercevait également l'escalier et une partie du premier étage – la porte de ma chambre, celle d'Emma, le palier entre les deux. Le reste était caché. Les passants croyaient tout voir alors qu'en vérité, ils ne voyaient rien, si ce n'était quelques éléments par-ci par-là qui semblaient former un ensemble.

Étant donné que la salle à manger se situait en

façade, nous nous retrouvions comme exposés dans une vitrine pendant le dîner. De mon siège, je voyais les voitures ralentir, les passagers jeter un œil à cet instantané, cette famille heureuse réunie autour d'un bon repas. Les apparences sont parfois trompeuses.

Ce soir-là, Emma a dîné avec nous. Christine a bu un peu trop de vin, ma mère n'a cessé de dire combien elle était heureuse que nous soyons ensemble, au point de le répéter trois soirs de suite.

Le matin de leur départ, elle les a assises toutes les deux dans la cuisine et a exigé d'elles une promesse. Emma devait prendre plus soin d'elle, dormir davantage, suivre un régime équilibré. Christine devait garder un œil sur sa sœur en essayant de comprendre sa difficulté à s'adapter dans une nouvelle ville et à la pression de son travail.

« D'accord ? leur a-t-elle demandé tour à tour.

— Oui, a répondu Emma. Promis. »

Christine a secoué la tête.

« Cela ne vient pas de moi. » Elle a poussé sa chaise et s'est levée. « Je vous ai prévenus. Je n'ai rien à ajouter. J'ai tiré le signal d'alarme, mais vous avez préféré ne pas m'entendre. Je voulais juste que ce point soit clair.

— Christine… »

Elle était déjà partie dans le garage où mon père mettait les valises dans le coffre.

« Ne t'inquiète pas, a ajouté Emma qui s'est levée et a déposé un baiser sur la joue de Maman. Tout va bien. »

Et pendant quelque temps, tout a semblé bien aller. Emma décrochait job sur job, y compris un shooting pour le magazine *New York*, son plus gros coup. Christine effectuait des animations pour un célèbre restaurant, tournait des publicités pour le câble. S'entendaient-elles ou non, nous l'ignorions. Elles n'appelaient plus ensemble, une fois par semaine. Désormais, Christine téléphonait en fin de matinée et Emma le soir. Puis, environ une semaine avant leur retour pour les fêtes de Noël, nous avons reçu un appel durant le repas.

« Vous êtes désolée ? » a dit ma mère, le téléphone plaqué contre l'oreille. Mon père l'a dévisagée tandis qu'elle se bouchait l'autre oreille pour mieux entendre. « Vous voulez répéter ?

— Grace ? s'est inquiété Papa. Que se passe-t-il ? »

Maman a secoué la tête.

« Je l'ignore, a-t-elle dit en lui tendant le combiné. Je ne…

— Allô ? s'est exclamé Papa. Qui est-ce ? Oh… Je vois… O.K. Ce doit être une erreur. Attendez… je vais vérifier. »

Il a posé le combiné sur la table.

« Je n'ai pas compris ce qu'elle voulait…, a commencé Maman.

— Un problème avec l'assurance d'Emma, lui a expliqué Papa. Apparemment, elle était à l'hôpital aujourd'hui.

— À l'hôpital ? » La voix de ma mère a atteint cette horrible octave tremblotante qui me donnait chaque fois un coup au cœur. « Elle va bien ? Que lui est-il arrivé ?

— Je ne sais pas. Elle est déjà sortie. Ils ont besoin de sa nouvelle carte… »

Alors que mon père montait dans son bureau pour chercher celle-ci, Maman s'est emparée du téléphone et a essayé de soutirer des informations. Pour des raisons de confidentialité, la secrétaire lui a seulement dit que sa fille avait été emmenée en ambulance le matin même et était partie quelques heures plus tôt. Dès que Papa lui a donné les informations demandées, il a appelé l'appartement des filles. Christine a répondu.

« Je vous avais prévenus », s'est-elle contentée de dire. J'entendais sa voix au loin. « Je vous avais prévenus.

— Passe-moi ta sœur ! » lui a ordonné Papa.

J'ai alors entendu la voix d'Emma, haut perchée, joyeuse et volubile. Côte à côte, mes parents avaient l'oreille collée à l'appareil. Plus tard, ils m'ont raconté ce qui s'était passé – à la suite d'une déshydratation sévère due à une infection chronique des sinus, Emma s'était évanouie pendant la séance photos. Quelqu'un avait paniqué et appelé une ambulance, mais il n'y avait pas de quoi fouetter un chat. Elle n'avait pas prévenu nos parents pour ne pas les inquiéter outre mesure. Ce n'était rien, vraiment rien du tout.

« Tu veux que je vienne ? » a suggéré Maman.

Non. Emma avait dit que c'était inutile. Elles seraient à la maison dans deux semaines. Elle avait simplement besoin d'une pause, d'une cure de sommeil et elle serait vite sur pied.

« Tu es sûre ? »

Oui. Sûre et certaine.

Avant qu'elle ne raccroche, mon père a insisté pour parler à Christine.

« Ta sœur va bien ? lui a-t-il demandé.

— Non, pourquoi ? »

Ma mère n'est pas allée à New York. Je me demande encore aujourd'hui pour quelle raison elle a choisi de croire Emma et n'a pas sauté dans le premier avion. Grande erreur.

Emma est venue seule à Noël car Christine avait encore quelques jours de travail. Mon père est allé la chercher à l'aéroport. Maman et moi préparions le dîner quand ils sont rentrés. Lorsque j'ai vu ma sœur, je n'en suis pas revenue.

Elle était si émaciée ! Sa maigreur était flagrante, même si elle portait plusieurs couches de vêtements encore plus amples que la dernière fois. Ses yeux étaient enfoncés dans leurs orbites ; les tendons de son cou saillaient telles les ficelles d'une marionnette chaque fois qu'elle tournait la tête. Je ne pouvais m'empêcher de la fixer.

« Annabelle, a-t-elle lancé, agacée. Viens m'embrasser ! »

J'ai posé l'épluche-légumes avant de traverser la cuisine d'un pas hésitant. Quand je l'ai prise dans mes bras, j'ai eu peur de la casser. Elle me semblait si fragile. Mon père se tenait derrière elle, sa valise à la main. Son visage m'indiquait que lui aussi était frappé par le changement survenu en à peine un mois.

Surprise ou non, ma mère n'a fait aucune remarque. Dès que j'ai lâché Emma, elle s'est approchée, souriante, et l'a enlacée.

« Mon cœur ! Comme cela a dû être difficile pour toi. »

Le menton appuyé sur l'épaule maternelle, Emma a lentement fermé les yeux. Ses paupières m'ont semblé translucides. Un frisson m'est remonté le long de l'échine.

« Nous allons te requinquer, a décrété Maman. Dès maintenant. Va te rafraîchir pendant que nous mettons la table.

— Je n'ai pas faim, Maman. J'ai mangé en attendant mon avion.

— C'est sûr ? s'est vexée Maman qui avait cuisiné toute la journée. Tu ne veux pas goûter mon potage aux légumes ? Je l'ai préparé juste pour toi. C'est exactement ce qu'il te faut pour renforcer tes défenses immunitaires.

— Merci, mais j'ai sommeil. Je suis épuisée. »

Maman a regardé Papa qui examinait sa fille, le visage fermé.

« D'accord, va t'allonger un moment. Tu mangeras quand tu seras reposée. O.K. ? »

Emma n'a pas mangé. Ni ce soir-là puisqu'elle a dormi toute la nuit sans remuer un orteil chaque fois que Maman montait avec un plateau. Ni le lendemain matin. Debout aux aurores, elle avait déjà pris son petit déjeuner quand mon père, toujours le premier levé, est descendu se préparer un café. Ni au déjeuner, car elle était retournée se coucher. Finalement, au dîner, Maman l'a obligée à passer à table avec nous.

Cela a commencé à la minute où Papa a coupé les tranches de rosbif. Assise à côté de moi, Emma ne tenait pas en place, se trémoussait sur sa chaise, tirait sur la manche de son immense pull. Elle croisait et décroisait les jambes, buvait un peu, tirait sur l'autre manche. Le stress qu'elle évacuait était palpable et quand Papa a disposé devant elle une assiette remplie de viande, de pommes de terre, de haricots verts ainsi qu'un gros morceau de pain à l'ail – spécialité de Maman –, ses nerfs ont lâché.

« Je n'ai pas faim, s'est-elle empressée de dire en repoussant son assiette. Vraiment.

— Emma, mange ! a ordonné mon père.

— Je n'en veux pas », s'est-elle énervée. À l'autre bout de la table, Maman était si déçue que j'avais du mal à le supporter. « C'est Christine, hein ? Elle vous a demandé d'agir ainsi.

— Non, a répondu ma mère. Mon cœur, tu dois reprendre des forces.

— Je ne suis pas malade ! Je vais bien. Je suis juste fatiguée et je ne mangerai pas si je n'ai pas faim. Non, vous ne m'obligerez pas à manger. »

Assis autour de la table, nous la regardions tirer sur ses manches, les yeux baissés.

« Emma, est intervenu mon père, tu es trop maigre. Tu as besoin… »

Elle a bondi sur ses pieds.

« Ne me dis pas ce dont j'ai besoin ! s'est-elle écriée. Tu n'as aucune idée de ce dont j'ai besoin. Sinon, nous n'aurions pas cette conversation.

— Mon cœur, nous voulons t'aider, c'est tout, a insisté ma mère. Nous voulons…

— Alors laissez-moi tranquille ! »

Elle a cogné violemment sa chaise contre la table, ce qui a fait sauter les assiettes, puis elle est partie en trombe.

Quelques secondes plus tard, nous avons entendu la porte d'entrée claquer. Emma était partie.

Ensuite, après avoir fait de son mieux pour calmer ma mère, mon père a pris sa voiture et a sillonné le quartier. Ma mère s'est installée sur une chaise dans le vestibule en attendant qu'il la retrouve. Moi, j'ai englouti mon dîner avant de recouvrir leurs assiettes de film alimentaire et de les mettre au frigo, puis j'ai fait la vaisselle. Je venais de finir lorsque j'ai vu la voiture de mon père entrer en marche arrière dans l'allée.

Emma n'a regardé personne. Tête baissée, les yeux rivés au sol, elle a attendu le verdict de mon père. Elle mangerait un morceau avant d'aller se coucher. Peut-être espérait-il que les choses seraient rentrées dans l'ordre le lendemain ? Personne n'a discuté de cet arrangement ni de l'endroit où il l'avait retrouvée. Sa décision était prise.

Maman m'a demandé de monter dans ma chambre afin qu'Emma dîne au calme. Afin surtout que je n'entende pas une nouvelle dispute. Plus tard, sachant que la maisonnée était endormie, je suis descendue à pas de loup. Il ne restait qu'une assiette sur les trois que j'avais mises au frigo et elle était quasiment intacte.

Je me suis préparé un en-cas et me suis assise devant la télé. J'ai regardé la rediffusion d'une émission sur le maquillage puis les informations régionales, avant de remonter me coucher à cette heure étrange de la nuit où la lune brille de mille feux à travers la baie vitrée. Je me sens toujours mal à l'aise quand le clair de lune illumine ainsi l'intérieur de la maison. Je me suis caché les yeux dans l'escalier.

Le couloir qui mène à ma chambre et à celle d'Emma était éclairé lui aussi, sauf au centre où s'élevait le conduit de cheminée. Au moment où j'abordais cet espace obscur, j'ai senti de la vapeur. Comme si, d'un coup, l'air avait changé, était plus lourd, plus moite.

Pendant une seconde, je suis restée immobile. La salle de bains se trouvait à l'autre bout du couloir ; il n'y avait pas de lumière sous la porte, mais à mesure que j'avançais, l'atmosphère s'épaississait, devenait âcre. J'entendais l'eau couler. Bizarre. On pouvait oublier de fermer un robinet, mais la douche ? Emma se comportait de manière si étrange depuis son retour, tout semblait possible. J'ai entrouvert la porte.

Qui a buté contre un obstacle avant de revenir vers moi. Alors que je la poussais à nouveau, l'écran de buée se condensait déjà sur ma peau. Je ne voyais rien, je n'entendais que le bruit de l'eau. À tâtons, j'ai cherché l'interrupteur.

Emma gisait sur le sol, à mes pieds. C'était son épaule qui m'avait empêchée d'ouvrir en grand. Enroulée dans une serviette, elle était recroquevillée sur elle-même, la joue contre le lino. Comme je m'en doutais, la douche coulait à flots et l'eau s'accumulait au fond de la baignoire.

« Emma ? » Je me suis accroupie à côté d'elle, incapable d'imaginer ce qu'elle faisait là, seule dans le noir, au milieu de la nuit. « Es-tu… »

Et là, j'ai vu que l'abattant des toilettes était soulevé. Dans la cuvette flottait un mélange jaunâtre teinté de rouge. Au premier coup d'œil, j'ai su que c'était du sang.

« Emma ? » J'ai posé ma main sur son front. Sa peau était chaude, humide, ses paupières frémissaient. Je lui ai secoué les épaules. « Emma, réveille-toi. »

Peine perdue. Quand elle a remué, sa serviette s'est défaite. À ce moment-là, j'ai vu le mal que ma sœur s'était infligé.

Elle n'avait plus que la peau sur les os. Je n'apercevais que des creux et des bosses, sa colonne vertébrale et ses hanches saillaient, ses genoux étaient osseux et pâles. Comment pouvait-elle, si maigre, être encore en vie ? Et surtout, comment avait-elle pu nous cacher son état ?

Soudain, j'ai vu ce qui me marquerait à vie : ses omoplates qui ressortaient sous sa peau, telles les ailes brisées de l'oisillon mort que j'avais trouvé un jour dans le jardin, sans aucune plume, à peine sorti de l'œuf.

« Papa ! » ai-je hurlé. Ma voix résonnait dans cette petite pièce. « Papa ! »

Les souvenirs de cette nuit-là me reviennent par bribes. Mon père qui mettait ses lunettes à la va-vite tout en courant dans le couloir en pyjama. Ma mère derrière lui, éclairée par un rai de lumière sur le seuil de sa chambre, comme illuminée, les mains sur le visage, alors qu'il me poussait sur le côté puis s'agenouillait auprès d'Emma, posait l'oreille contre sa poitrine. L'ambulance dont les lumières tournoyantes donnaient à la maison une apparence de kaléidoscope. Le silence après leur départ, Maman et Emma dans l'ambulance, Papa qui les suivait avec sa voiture. Ils m'avaient dit de ne pas bouger et d'attendre leur retour.

Ne sachant pas quoi faire, je suis retournée dans la salle de bains et j'ai nettoyé. Les yeux fermés, j'ai tiré la chasse puis j'ai épongé l'eau sur le lino et descendu les serviettes trempées dans la buanderie. Enfin, je me suis assise dans la salle à manger éclairée par la lune et j'ai attendu.

Mon père a téléphoné deux heures plus tard et m'a réveillée en sursaut. Lorsque j'ai décroché le combiné, le soleil se levait devant la maison, le ciel était rayé de rose et de rouge.

« Ta sœur va s'en sortir. Je te donnerai plus de détails quand nous rentrerons. »

Je suis remontée dans ma chambre et j'ai dormi deux heures. Après avoir entendu la porte du garage s'ouvrir, je suis descendue dans la cuisine. Maman, dos tourné, préparait le café. Elle portait les mêmes vêtements que la veille, ses cheveux n'étaient pas coiffés.

« Maman ? »

Quand elle a pivoté vers moi, j'ai failli m'évanouir. On était revenus quelques années en arrière : elle avait les traits tirés, les paupières gonflées d'avoir trop pleuré, le visage hagard. Prise de panique, j'ai eu envie de la prendre dans mes bras, de m'interposer entre elle, le monde et tout le mal qu'il pouvait lui faire, nous faire.

Et soudain, ma mère s'est mise à pleurer. Les yeux emplis de larmes, elle a regardé ses mains qui tremblaient. Ses sanglots résonnaient dans la cuisine silencieuse. J'ai fait un pas en avant, ignorant comment réagir. Par chance, je n'ai pas eu à intervenir.

« Grace. » Mon père se tenait dans le couloir, à l'entrée de son bureau. « Mon amour, tout va bien. »

Les épaules de ma mère ont frémi, elle a pris une profonde inspiration.

« Oh, mon Dieu, David ! Qu'avons-nous… »

Mon père s'est avancé, il l'a serrée dans ses bras à l'étouffer. Elle a enfoui son visage dans sa poitrine, le bruit de ses sanglots assourdi par sa chemise. À pas de loup, j'ai reculé jusqu'à la salle à manger. Je l'entendais encore pleurer, c'était affreux, mais plus supportable que de la voir.

Au bout d'un moment, Papa a réussi à la calmer et à l'envoyer prendre une douche au premier avant de se reposer. Enfin, il est venu s'asseoir à côté de moi.

« Ta sœur est très malade. Elle a perdu beaucoup de poids et à l'évidence, cela fait des mois qu'elle ne s'alimente pas normalement. Son corps a dit stop hier soir.

— Va-t-elle se rétablir ? »

Il s'est passé la main sur le visage, prenant le temps de la réflexion.

« D'après les docteurs, elle doit se rendre dans un établissement spécialisé. Ta mère et moi… » Son regard est devenu évasif. « Nous voulons ce qu'il y a de mieux pour Emma.

— Elle ne revient pas ?

— Pas tout de suite. Cela fait partie du traitement. Nous devons attendre. »

Il a regardé mes mains que j'avais posées à plat sur la table. Le bois était frais sous mes paumes.

« Hier soir, ai-je continué. Quand je l'ai vue, j'ai cru…

— Je sais. » Il a repoussé sa chaise, s'est levé. « On va l'aider, maintenant. D'accord ?

— D'accord. »

En bref, mon père n'était pas doué pour discuter de l'impact émotionnel de cet incident. Il m'avait fourni les faits, le pronostic vital et ce serait tout.

Au bout de quelques jours à l'hôpital, ma sœur a été transférée dans un centre médical qu'elle détestait au point de ne pas adresser la parole à mes parents lors de leurs fréquentes visites. Petit à petit, jour après jour, elle a repris du poids. Quand Christine est arrivée la veille de Noël, elle a trouvé mes parents épuisés et sous tension, moi qui m'enlevais du chemin, et tous ses espoirs de fin d'année festive anéantis. Ce qui ne l'a pas empêchée de faire sauter une bombe de sa fabrication.

« J'ai pris une décision, a-t-elle annoncé durant le repas ce soir-là. J'abandonne le mannequinat.

— Pardon ? s'est exclamée ma mère qui a posé sa fourchette.

— Cela ne me plaît plus, a expliqué Christine en buvant une gorgée de vin. Pour vous dire la vérité, je ne fréquente plus les podiums depuis un petit moment. Et de toute façon, je n'avais pas tant de contrats que ça. Je voulais simplement que ce soit officiel. »

J'ai jeté un œil à ma mère. Elle qui était déjà si fatiguée et si triste, elle n'avait pas besoin d'une telle nouvelle. Mon père la regardait, lui aussi.

« Tu as bien réfléchi ? lui a-t-il demandé.

— Oui. » Christine a avalé une bouchée de pommes de terre. Elle était la seule à manger autour de la table. « Il faut être honnête. Jamais je ne ferai quarante-sept kilos, ni un mètre soixante-dix-huit, d'ailleurs.

— Tu as de nombreuses propositions telle que tu es, a protesté Maman.

— Quelques-unes, l'a-t-elle corrigée. Ce n'est pas assez pour vivre. Je cours les castings depuis l'âge de huit ans. J'en ai vingt-deux. Je veux faire autre chose.

— Comme… ? s'est enquis Papa.

— Je ne sais pas encore, a-t-elle répondu dans un haussement d'épaules. J'ai ce job d'hôtesse au restaurant. Un de mes amis possède un hôtel et m'a offert le poste de réceptionniste. Je paierai en partie mes factures. J'ai envie de prendre des cours. »

Mon père a froncé les sourcils.

« À l'école ?

— Ne sois pas si surpris », a répliqué Christine.

Je dois l'admettre, j'étais choquée, moi aussi. Avant d'arrêter la fac à New York, Christine n'avait jamais beaucoup aimé l'école. Au lycée, on ne comptait plus les cours qu'elle séchait pour participer à des shootings ou traîner avec son petit ami rebelle de la semaine.

« La plupart des filles de mon âge sont diplômées et font une vraie carrière, a expliqué ma sœur. J'ai l'impression d'être passée à côté de ma vie, vous savez. Je veux une licence.

— Tu peux suivre des cours et continuer le mannequinat, a suggéré Maman. Tu n'es pas obligée de trancher.

— Si. Je suis obligée. »

En d'autres circonstances, mes parents auraient peut-être poussé la discussion un peu plus loin, mais ils étaient fatigués. Et si Christine était réputée pour sa franchise, son entêtement était du même niveau. Sa décision n'aurait pas dû nous surprendre, car sa carrière de mannequin était au point mort depuis des années. En réalité, son annonce quelques jours après l'effondrement d'Emma avait une autre signification. Et cela, je ne l'ai pas compris à l'époque.

Emma est restée un mois au centre et a pris cinq kilos. Elle était persuadée qu'elle retournerait à New York dès sa sortie, en janvier, mais mes parents ont insisté pour qu'elle revienne à la maison. Les médecins n'étaient pas chauds pour qu'elle reprenne son métier de mannequin. Elle risquait de rechuter. Elle consultait en externe, voyait un thérapeute deux fois par semaine et tournait en rond à la maison. De son côté, Christine a tenu parole et s'est inscrite dans une fac new-yorkaise tout en jonglant avec deux jobs. À notre grande surprise, et si l'on songe à ses expériences passées, elle adorait l'école. Elle nous appelait le week-end pour nous dire combien elle était heureuse, elle ne nous épargnait aucun détail sur ses classes, ses cours… Cette fois encore, mes sœurs se trouvaient aux extrêmes, tout en ayant un point commun : chacune recommençait à zéro. Mais une seule avait choisi ce nouveau départ.

Certaines semaines, on avait l'impression qu'Emma allait mieux, prenait du poids, progressait. D'autres, elle refusait de déjeuner ou bien on la surprenait en train de grignoter au milieu de la nuit dans sa chambre. Seule la menace de la ramener à l'hôpital et de la forcer à manger la ramenait sur le droit chemin. Malgré cela, une constante demeurait : elle ne voulait plus parler à Christine.

Pas un mot au téléphone. Pas un mot quand elle est rentrée un week-end au printemps. Au début, Christine était triste, puis elle s'est mise en colère avant de se murer à son tour dans le silence. Mon père, ma mère et moi étions coincés au milieu, nous comblions les vides embarrassants par des bavardages qui tombaient toujours à plat. Depuis que mes parents lui rendaient visite séparément, elle s'était fait un point d'honneur de ne pas rentrer à la maison.

L'ambiance était bizarre. Enfant, je détestais que mes sœurs se chamaillent. Leur mutisme était pire. Leur absence totale de communication qui durait depuis neuf mois maintenant me terrifiait. Serait-ce à jamais ?

Les changements survenus dans la vie de mes deux sœurs au cours de cette unique année étaient à la fois évidents et palpables. L'un était visible, l'autre audible. Quant à moi, je me situais à l'endroit habituel, c'est-à-dire au milieu.

Moi aussi, j'avais changé, même si personne ne l'avait remarqué. J'étais différente. Comme ma famille l'était, les soirs où nous dînions tous les cinq, famille apparemment heureuse et unie dans sa maison de verre, sous les regards envieux des automobilistes circulant dans la rue.

Chapitre 4

Lors de notre première semaine d'école, Sophie m'a complètement ignorée. Ce qui n'était pas facile à vivre. Mais le jour où elle m'a parlé, j'ai amèrement regretté son silence.

« Salope. »

Un mot. Juste un mot, lancé avec assez de mépris pour blesser. Parfois, dans mon dos, il surgissait sans que je m'y attende. D'autres fois, je la voyais arriver et je le prenais en pleine figure. Une seule chose ne changeait pas : son timing était impeccable. Quand je commençais à me sentir un peu mieux, à la fin d'une journée moins pourrie que les autres, elle s'assurait que mon répit soit de courte durée.

Cette fois-ci, elle passait devant moi alors que je déjeunais sur mon bout de muret. Emily l'accompagnait – elle ne la lâchait plus d'une semelle. Concentrée sur mon devoir d'histoire, je ne les avais pas vues venir. J'ai fini d'écrire le mot *occupation* sur mon carnet et je me suis mise à noircir les *o*, jusqu'à ce qu'elles s'éloignent.

Ce devait être mon karma, même si je n'aimais pas trop y penser. En vérité, il n'y avait pas si longtemps, c'était moi qui la suivais comme un petit chien pendant qu'elle faisait son sale boulot. Je ne prenais pas parti moi non plus, mais je ne l'empêchais pas de déverser sa bile. Comme avec Claire.

J'ai levé la tête et j'ai cherché cette dernière du regard dans la cour. Elle était assise à une table de pique-nique avec quelques amies. Au bout d'un banc, un livre ouvert devant elle, elle écoutait leur conversation d'une oreille. Apparemment, son premier repas seule sur le muret était une exception.

Phil Armstrong est resté, lui. D'autres élèves sont venus et partis de notre muret, en groupe, en solo, mais seuls lui et moi étions là jour après jour. Nous gardions une distance de sécurité de deux mètres environ, toujours respectée par celui qui arrivait en second. Il y avait d'autres constantes : il ne mangeait jamais alors que j'avais un repas complet – merci, Maman. Il ne prêtait aucune attention au monde extérieur tandis que je passais mon heure à croire que les autres élèves m'observaient et parlaient de moi. Je faisais mes devoirs, il écoutait de la musique. Et jamais, au grand jamais nous ne nous adressions la parole.

Parce que je passais beaucoup de temps seule ? Parce que je préférais consacrer mon heure de pause à mes devoirs ? Quelle que soit la raison, Phil Armstrong a commencé à me fasciner. Tous les jours, je ne pouvais m'empêcher de lui jeter des regards en biais, de repérer un changement dans son apparence, dans ses habitudes. Pour tout dire, j'avais réussi à glaner quelques informations.

Ses écouteurs, par exemple. Il ne les posait jamais. Apparemment, il aimait la musique et son iPod était soit dans sa poche, soit dans sa main, ou sur le mur à côté de lui. J'avais remarqué que ses réactions variaient quand il écoutait de la musique. En général, il bougeait lentement la tête de manière presque imperceptible. À l'occasion, il pianotait sur son genou et, en de très rares fois, il fredonnait assez fort pour que je l'entende et seulement s'il n'y avait personne en vue. C'était là où je me demandais le plus ce qu'il écoutait et j'imaginais des chanteurs à son image, sombres, en colère, bruyants.

Et puis il y avait son apparence. Sa taille, bien sûr, que l'on remarquait en premier : ses grandes jambes, ses gros poignets, sa présence hors normes. Et les petits détails, comme ses yeux foncés, ni verts ni marron, ou les deux bagues en argent, plates et larges, qu'il portait au majeur de chaque main.

À l'instant où je le regardais, il était assis les jambes allongées devant lui, penché en arrière sur les paumes. Un rayon de soleil lui barrait le visage ; les écouteurs sur les oreilles, les yeux fermés, il remuait la tête. Une fille est passée devant moi, un carton à dessin sous le bras. Elle a ralenti puis lentement, elle l'a enjambé, comme Jack dans *Jack et le haricot magique*, qui a peur de réveiller le géant. Phil n'a pas bougé, elle a continué sa route.

Avant, je ressemblais à cette fille. Tout le monde adopte ce comportement avec Phil. Je dois dire que cette proximité quotidienne m'avait décontractée et que je ne sursautais plus quand il regardait dans ma direction. Ces derniers temps, Sophie m'inquiétait plus que lui. Elle représentait une réelle menace. Quant à Claire, elle m'avait bien fait comprendre qu'elle me détestait encore.

Comme il était étrange que je me sente plus en sécurité avec Phil Armstrong qu'avec les deux meilleures amies que j'aie jamais eues ! Je commençais à comprendre que parfois, il ne faut pas craindre l'inconnu. Les personnes proches représentent un plus grand danger, parce que leurs paroles et leurs pensées sont à la fois terrifiantes et… vraies.

Je n'avais aucun lien avec Phil. Avec Sophie et Claire, nous avions une histoire, des liens, même si je ne voulais pas l'admettre. À tort ou à raison, je me demandais souvent si ce qui m'arrivait était accidentel. Peut-être l'avais-je mérité ?

Après ce fameux soir où Claire et moi lui avons rapporté ses affaires, Sophie a commencé à traîner avec nous, sans que nous le lui demandions. Le lendemain, il y avait un troisième transat au bord de la piscine, un troisième joueur au rami, un troisième Coca à apporter… Claire et moi étions amies depuis si longtemps qu'un regard neuf ne nous a pas fait de mal. Et Sophie se montrait à la hauteur de son rôle. Avec son bikini et son maquillage, ses histoires de garçons à Dallas, elle semblait venir d'une autre planète.

Pétulante et audacieuse, elle n'avait pas peur de parler aux garçons, de porter les vêtements qui lui plaisaient, de dire ce qu'elle pensait. À sa manière, elle ressemblait à Christine. Tandis que le franc-parler de ma sœur me mettait mal à l'aise, celui de Sophie était différent. Je l'appréciais, j'en rêvais presque. Moi qui n'osais jamais m'exprimer, je pouvais compter sur elle pour prendre la parole et déclencher des événements – toujours un peu risqués, pour moi du moins, mais marrants aussi – que jamais je n'aurais expérimentés s'il n'avait dépendu que de moi.

Par moments néanmoins, je ne me sentais pas à l'aise en compagnie de Sophie et j'avais du mal à dire pourquoi. Nous traînions ensemble, elle faisait partie de ma vie de tous les jours, mais je ne parvenais pas à oublier avec quel mépris elle m'avait traitée le premier jour au bar de la piscine. De temps à autre, je la regardais quand elle racontait une histoire ou se peignait les ongles sur mon lit, et je me demandais pourquoi elle avait réagi ainsi. La seconde suivante, je me demandais si elle recommencerait.

Malgré son air sûr d'elle, je savais que Sophie avait ses problèmes. Ses parents venaient de divorcer et tandis qu'elle ne cessait de parler des vêtements, des bijoux, des cadeaux que lui offrait son père quand elle vivait au Texas, j'avais entendu ma mère dire à l'une de ses amies que le divorce s'était très mal passé. Il était parti avec une femme plus jeune. La mère de Sophie s'était battue pour garder la maison de Dallas. En vain. Et depuis, elles n'avaient plus de nouvelles. Comme Sophie n'en parlait jamais, je n'abordais pas non plus le sujet.

En attendant, elle ne nous épargnait rien, à Claire et à moi. Elle nous répétait que nous étions immatures, que nous avions des habits de bébé, des loisirs ennuyeux à mourir, des expériences… inexistantes. D'un côté, elle s'intéressait à mes séances photos et était fascinée par mes sœurs – qui l'ignoraient ouvertement, comme elles m'ignoraient, moi. De l'autre, elle ne se gênait pas pour critiquer Claire.

« Tu ressembles à un garçon, lui a-t-elle lancé un jour que nous faisions du lèche-vitrines. Tu serais jolie si tu tentais un effort. Pourquoi tu ne te maquilles pas ?

— Je n'ai pas le droit, lui a répondu Claire, le nez dans son mouchoir.

— Tes parents ne sont pas obligés de le savoir ! Tu te maquilles dehors et tu te démaquilles avant de rentrer chez toi. »

Claire ne mangeait pas de ce pain-là et je le savais. Elle s'entendait bien avec ses parents et jamais elle ne leur aurait menti. Quand Sophie ne la harcelait pas à propos de son maquillage, c'étaient ses vêtements, son rhume des foins perpétuel, le fait qu'elle rentre une heure avant nous, ce qui nous obligeait à couper court à nos activités de groupe afin qu'elle soit revenue à l'heure chez elle. Si j'avais été plus attentive, j'aurais deviné ce qui se tramait. Non, je me disais qu'il fallait du temps pour que l'on s'adapte les unes aux autres, que nous finirions par nous entendre. Voilà ce que je pensais, jusqu'à ce soir de juillet.

C'était un samedi et nous passions la nuit chez Claire. Ses parents étaient à un concert de musique classique, nous avions la maison pour nous, une pizza surgelée et des films à volonté. Un samedi soir typique. Pendant que le four préchauffait, Claire examinait les vidéos à la demande. Sophie est arrivée, vêtue d'une minijupe en jean, un top blanc décolleté et des sandales blanches à talons hauts.

« Waouh ! me suis-je exclamée, tandis que ses talons claquaient sur le carrelage. Tu es superbe !

— Merci, m'a-t-elle répondu en filant dans la cuisine.

— Tu n'es pas trop habillée pour une pizza ? lui a demandé Claire en reniflant.

— Pas pour une pizza, a-t-elle enchaîné avec le sourire.

— Pardon ?

— Pour les garçons.

— Les garçons ? a répété Claire.

— Ouaip ! » Sophie s'est assise sur le comptoir et a croisé les jambes. « J'ai rencontré deux types aujourd'hui à la piscine. Ils y retournent ce soir et ils m'ont proposé de les rejoindre.

— La piscine est fermée la nuit, a remarqué Claire.

— Et alors ? Tout le monde y va ! »

J'ai tout de suite compris que Claire ne ferait pas partie du voyage. D'abord, ses parents la tueraient s'ils découvraient son escapade. Ensuite, Claire n'enfreignait jamais les règles, même celles dont on se fichait en général, comme prendre une douche avant de se baigner, sortir de l'eau au coup de sifflet du maître nageur.

« Je ne sais pas, ai-je déclaré. Peut-être qu'on ne devrait pas y aller…

— Annabelle ! s'est exclamée Sophie. Tu as la trouille ? En plus, l'un d'eux a demandé si tu viendrais. Il nous a vues ensemble et tu lui as fait de l'effet.

— Moi ?

— Ouais. Il est très mignon. Il s'appelle Chris Penn… Penner… Penning…

— Pennington », ai-je complété. Je sentais les yeux de Claire braqués sur moi. Elle seule connaissait mes sentiments pour lui. « Chris Pennington ?

— C'est ça. Tu le connais ? »

J'ai regardé Claire qui mettait lentement la pizza dans le four, comme si de rien n'était.

« Oui. On le connaît. Hein, Claire ?

— Quel canon ! On a rendez-vous à huit heures. Ils apportent les bières.

— Des bières ?

— Oh ! Du calme ! Tu n'es pas obligée d'en boire. »

Claire a fait claquer la porte du four.

« Je ne peux pas sortir, a-t-elle lancé.

— Pourquoi ? Tes parents ne le sauront même pas.

— Je ne veux pas venir, a décrété Claire. Je reste ici. »

Je savais que sa réponse était la bonne, mais les mots n'ont pas franchi mes lèvres. Peut-être étais-je simplement obnubilée par Chris Pennington que j'avais observé un million d'après-midi à la piscine ?

« Euh… ai-je bredouillé. Et si…

— O.K. Annabelle et moi nous y allons, a décidé Sophie en sautant du comptoir. On va bien s'amuser. »

Claire m'a regardée droit dans les yeux, puis elle a tourné la tête. Tout à coup, j'ai perçu le déséquilibre, l'inégalité entre nous trois, et je devais choisir mon camp. D'un côté, il y avait Claire, ma meilleure amie, notre train-train, notre passé commun. De l'autre, il y avait Sophie et Chris Pennington, mais aussi un univers inconnu, inexploré qui me tendait les bras. Je mourais d'envie d'y aller. Je me suis avancée vers Claire.

« On reste une demi-heure et on revient, lui ai-je proposé. On mange la pizza, on regarde un film et on n'en parle plus, d'accord ? »

Claire ne montrait jamais ses sentiments. Stoïque-née, des plus logiques, elle passait sa vie à se représenter les problèmes, étudier des solutions et ainsi de suite. Là, j'ai lu quelque chose de rare sur son visage : la surprise suivie de la peine. Cette émotion a été si déroutante et furtive que je me suis demandé un instant si je n'avais pas rêvé.

« Non, je ne viens pas. »

Elle est partie dans le salon, s'est assise sur le canapé et s'est emparée de la télécommande. Une seconde plus tard, elle zappait, les images et les couleurs défilaient sur l'écran.

« Très bien, s'est exclamée Sophie dans un haussement d'épaules. On y va ? »

Alors qu'elle était sur le perron, j'ai hésité une seconde. La cuisine des Reynolds, l'odeur de pizza dans le four, le litre de Coca sur le comptoir, Claire à sa place sur le canapé attendant que je m'assoie à côté d'elle… ce décor était si familier. Puis j'ai examiné Sophie dans l'encadrement de la porte. Derrière elle, il faisait noir, les lampadaires brillaient et avant de changer d'avis, je l'ai suivie.

Les années ont passé, mais je me souviens de cette nuit comme si c'était hier. Ce que j'ai ressenti lorsque je me suis faufilée par le trou de la clôture, quand j'ai traversé le parking désert, Chris Pennington qui m'a souri et a prononcé mon nom. Le goût de ma première gorgée de bière, pétillante et légère dans ma bouche. Quand nous avons contourné la piscine, main dans la main, ses lèvres chaudes contre les miennes, le mur frais contre mon dos. Le rire de Sophie au loin, avec le meilleur ami de Chris, un type prénommé Bill qui a déménagé à la fin de cet été-là. Tous ces souvenirs sont gravés dans ma mémoire. Cependant, une image domine les autres. Plus tard dans la soirée, quand j'ai regardé par-dessus la clôture, j'ai aperçu une silhouette de l'autre côté de la rue, sous un réverbère. Une fille aux cheveux bruns, en short, sans maquillage qui entendait nos voix sans nous voir.

« Annabelle. Rentre, il est tard. »

Nous nous sommes tus. Chris louchait pour mieux voir qui criait dans le noir.

« C'était quoi ?

— Chut ! est intervenu Bill. Il y a quelqu'un.

— Non, c'est personne, a remarqué Sophie en roulant des yeux. C'est Calaire.

— Calaire ? »

Sophie s'est pincé le nez.

« Ca-laire », a-t-elle répété.

Sa voix ressemblait tellement à celle de Claire que c'en était frappant. J'ai eu un coup au cœur quand les trois autres ont éclaté de rire. Je me suis retournée, persuadée que la victime avait entendu. Elle se trouvait encore sous la lumière. Je savais qu'elle n'irait pas plus loin, et que je devais la rejoindre. J'ai fait un pas en avant.

« Je ferais mieux de…

— Annabelle ? »

Sophie soutenait mon regard. Plus tard, j'ai appris à reconnaître ce mélange de contrariété et d'impatience. Cette expression, je la lirais des millions de fois sur son visage les années suivantes, chaque fois que je n'agirais pas comme elle le voulait.

Les garçons nous observaient.

« Qu'est-ce que tu fais ?

— Je…, ai-je bafouillé. Je dois y aller.

— Non. Tu restes. »

J'aurais dû partir, loin de Sophie, loin de tout. Je n'ai pas pris la bonne décision. À cause de Chris Pennington ? Il avait glissé sa main dans mon dos, c'était l'été, et plus tôt, ses lèvres sur les miennes, sa main dans mes cheveux, il m'avait murmuré que j'étais belle. Non, en fait, c'est la peur de la réaction de Sophie si je m'opposais à elle qui m'a arrêtée. Et obligée à vivre dans la honte les années suivantes.

Je n'ai pas bougé. Claire est rentrée et plus tard, quand je suis retournée chez elle, les lumières étaient éteintes, la porte fermée à clef. Claire ne m'a pas ouvert. J'ai attendu comme je l'avais fait attendre puis je suis rentrée chez moi.

Je savais qu'elle était dans une colère noire et je pensais que nous trouverions une solution. Ce n'était qu'un soir, j'avais commis une erreur, elle me pardonnerait. Le lendemain, quand je me suis approchée d'elle à la piscine, elle ne m'a pas regardée, elle a ignoré mes bonjours insistants et m'a tourné le dos quand je me suis assise dans le transat voisin.

« Allez ! » Pas de réponse. « J'ai fait une bêtise. Je suis désolée, d'accord ? »

Elle ne l'était pas, vu qu'elle ne m'a pas accordé un regard. Sa fureur égalait mon impuissance. Mal à l'aise, je me suis levée et je suis partie.

« Et alors ? s'est exclamée Sophie quand je lui

ai rendu visite chez elle et raconté toute l'histoire. On s'en fiche qu'elle soit vexée.

— Claire est ma meilleure amie. Maintenant, elle me déteste.

— C'est une gamine. » J'étais assise sur son lit. Debout devant sa coiffeuse, elle s'est emparée d'une brosse et a commencé à se coiffer. « Et pour être honnête, Annabelle, elle est trop nulle. Dis, tu veux vraiment passer ton été à jouer aux cartes et à l'écouter renifler ? Tu es sortie avec Chris Pennington hier soir. Tu devrais être contente.

— Je le suis, ai-je répondu, pas vraiment convaincue.

— Bien. » Elle a posé sa brosse et s'est retournée. « On file. Les magasins, ça te dit ? »

Point final. Des années d'amitié, de jeux de cartes, de soirées pyjama, de pizza-parties rayées en moins de vingt-quatre heures. Si j'avais à nouveau abordé Claire, nous aurions peut-être pu nous réconcilier. Je ne l'ai pas fait. Le temps a passé, ma culpabilité et ma honte ont creusé un gouffre entre nous. Au début, j'aurais pu le franchir d'un bond. Ensuite, il était tellement large que je ne voyais plus l'autre rive, que je ne pouvais plus le contourner.

Claire et moi nous croisions de temps à autre, bien entendu. Nous vivions dans le même quartier, prenions le même bus, allions à la même école. Mais jamais plus nous ne nous sommes adressé la parole. Sophie est devenue ma meilleure amie, bien que rien ne se soit passé avec Chris Pennington qui, malgré ses beaux discours dans le noir cette nuit-là, ne m'a plus jamais parlé. Quant à Claire, elle s'est inscrite dans l'équipe de football à l'automne et s'est jointe à un nouveau groupe d'amis. Finalement, nos fréquentations étaient si différentes qu'il devenait difficile de croire que nous avions été proches. Mon album photos était là pour me rappeler, page après page, notre enfance commune, les barbecues dans le jardin, les balades à vélo, les poses bras dessus bras dessous sur le perron, l'éternel paquet de Kleenex entre nous.

Avant Sophie, les gens me connaissaient au travers de mes sœurs, du mannequinat... Grâce à Sophie, je suis devenue « populaire ». Elle était là, la différence : son intrépidité nous permettait de naviguer parmi les divers clans du collège et du lycée. Les bêcheuses et leurs messes basses ne m'agaçaient plus. En fait, ai-je découvert, il est plus facile de franchir les multiples barrières sociales quand quelqu'un les ouvre devant vous. Du jour au lendemain, tout ce que j'avais observé et convoité à distance – les gens, les fêtes et surtout les garçons – s'était rapproché, était devenu accessible. Grâce à Sophie. Je me disais que cela valait le coup de supporter son humeur maussade et l'éloignement de Claire. Enfin presque.

Notre trio semblait n'avoir jamais existé. Et puis l'été dernier, j'ai beaucoup pensé à Claire, en partie parce que j'étais seule à la piscine. Tant de choses auraient été différentes si j'étais restée chez elle, si j'avais tenu bon à ses côtés, si Sophie était sortie sans moi. J'avais fait un choix et je ne pouvais plus revenir en arrière.

Parfois, en fin d'après-midi, quand je fermais les yeux et somnolais, les gamins s'éclaboussaient, le maître nageur sifflait, on aurait dit que rien n'avait changé. Soudain, je me réveillais en sursaut. Mon transat se trouvait à l'ombre, l'air était plus frais, je serais en retard pour le dîner.

Quand je suis rentrée de l'école, la maison était vide, le répondeur clignotait. Je me suis pris une pomme dans le frigo, je l'ai frottée sur ma manche et je suis retournée à l'appareil. Le premier message venait de Linda, mon agent.

« Salut, Grace, c'est moi. Je te rappelle. Désolée d'avoir mis tout ce temps, mais mon assistante m'a quittée et l'intérimaire que j'ai embauchée est une vraie catastrophe. On s'en fiche. Non, rien de nouveau. Ah si ! J'ai relancé Mooshka. Je pense qu'on aura de leurs nouvelles bientôt. Je te tiens au courant. J'espère que tout va bien. Embrasse Annabelle. Ciao ! »

Bip.

J'avais complètement oublié Mooshka. Ma mère, non, on dirait. J'ai préféré passer au message suivant. C'était Christine. Célèbre pour laisser de longs monologues, elle était souvent obligée de rappeler quand la machine la coupait. Dès que j'ai entendu sa voix, j'ai pris une chaise.

« C'est moi. Je voulais juste faire un petit coucou, voir comment vous alliez. J'ai cours dans dix minutes. Il fait un temps magnifique, ici… Je ne sais plus si je vous l'ai dit, mais je me suis inscrite à un cours de communication ce semestre, qui m'a été recommandé par un ami. Et j'adore. Le sujet est abordé sous un angle psychologique et j'apprends tellement de choses… Le chargé de TD est un génie. Souvent, pendant les cours, je plane, même si l'exposé est intéressant, mais Richard, lui, est fascinant. Sérieux ! Il dit que je dois m'accrocher, parce que j'apprends très vite… Je vous ai parlé de mes cours de cinéma ? Ils sont passionnants, alors maintenant, j'hésite entre les deux. Allez, je suis arrivée. J'espère que vous vous portez bien. Vous me manquez. Je vous aime. Bye ! »

Christine avait tellement l'habitude d'être coupée qu'elle parlait à toute vitesse à la fin de ses messages. Cette fois encore, ses adieux presque inaudibles ont été rattrapés par le bip. J'ai sauvegardé son message. La maison est retombée dans le silence.

Ma pomme en main, je suis allée dans la salle à manger et comme bien souvent, je me suis arrêtée dans le vestibule où était accrochée une grande photo en noir et blanc, pile en face de la porte. Il s'agissait d'un portrait de Maman et de ses trois filles, debout sur la jetée, près de la maison de vacances de mon oncle. Nous étions toutes bronzées et vêtues de blanc : Christine en jean et T-shirt uni à col en V, ma mère en robe d'été, Emma en haut de maillot de bain et pantalon de jogging, moi en débardeur et jupe longue. L'océan turquoise s'étendait derrière nous.

Cette photo avait été prise trois ans plus tôt, durant l'une de nos longues escapades familiales à la plage. Le photographe était un ami d'un ami de mon père. À l'époque, nous avons cru son geste spontané – « Tiens, si je vous prenais toutes les quatre ! » En vérité, mon père avait organisé cette rencontre depuis des semaines dans le but d'offrir ce cliché à ma mère pour Noël. Je me souviens que nous avons suivi le photographe, un type grand et mince dont j'ai oublié le nom, sur la plage. Christine était montée la première sur la jetée, pendant qu'Emma et moi passions par-derrière. Les rochers étaient difficiles à escalader et Christine aidait notre mère le long des pierres aiguisées jusqu'à ce que nous trouvions un coin plat où nous regrouper.

Sur la photo, nous sommes enlacées : les doigts de Christine s'entremêlent à ceux de Maman, Emma a un bras sur son épaule, et moi, autour de sa taille. Ma mère et Christine sourient. Emma fixe l'appareil – comme d'habitude, sa beauté est à couper le souffle. Bien que je me rappelle avoir souri à chaque flash, je ne reconnais pas l'expression de mon visage, entre le sourire éclatant de Christine et la beauté transcendante d'Emma.

Cette photo est magnifique, sa composition, parfaite. Les gens ne peuvent s'empêcher de la commenter, étant donné que c'est la première chose qu'on voit en entrant. Ces derniers mois, cependant, j'ai commencé à la trouver sinistre. Les contrastes entre noir et blanc et nos ressemblances lointaines ne me frappaient plus. Non, je percevais autre chose. Christine et Emma se tenaient si près l'une de l'autre qu'il n'y avait pas d'espace entre elles. Mon visage paraissait détendu. Ma mère semblait si petite entre nous trois qui la serrions contre nous, qui cherchions à la protéger de notre corps, persuadées que si nous ne la retenions pas, elle s'envolerait.

Je croquais dans ma pomme quand la voiture de ma mère est entrée dans le garage. Une seconde plus tard, j'ai entendu la porte se fermer et sa voix et celle d'Emma ont retenti.

« Bonsoir ! » s'est exclamée Maman dès qu'elle m'a vue. Elle a posé son sac de commissions sur le plan de travail. « Ça a été, à l'école ?

— Bien. »

J'ai esquissé un pas en arrière pour laisser passer ma sœur qui ne m'a pas saluée et est aussitôt montée dans sa chambre. On était mercredi, jour de son psy, jour de mauvaise humeur garantie. Moi qui croyais que les thérapeutes vous aidaient à aller mieux… Apparemment, c'était plus compliqué. En fait, tout était plus compliqué avec Emma.

« Linda a laissé un message.

— Elle dit quoi ? m'a demandé Maman.

— Mooshka n'a pas encore appelé. »

Elle a semblé déçue, un instant.

« Oh ! Il faut attendre un peu. »

Elle s'est approchée de l'évier, a ouvert le robinet, s'est savonné les mains avec du liquide vaisselle tout en regardant la piscine par la fenêtre. Dans la lumière de l'après-midi, ma mère avait l'air fatigué – les mercredis étaient éprouvants pour elle aussi.

« Christine a appelé. Elle a laissé un long message.

— Non ? a-t-elle ironisé.

— Grande nouvelle : elle aime aller en cours.

— Tant mieux ! » Elle s'est essuyé les mains avec un torchon avant de le remettre sur le crochet puis elle est venue s'asseoir à côté de moi. « Bon, à toi de me raconter ta journée. Que t'est-il arrivé de bien ? »

De bien ? J'ai réfléchi une seconde au comportement de Sophie, à mes observations quotidiennes de Phil Armstrong, au fait que Claire me détestait encore. Il n'y avait rien de bien dans ma liste. Pendant que les secondes s'écoulaient, j'ai senti la panique m'envahir, tellement je désespérais de lui offrir une compensation au silence de Mooshka, à l'humeur d'Emma, à… Elle attendait.

« Il y a ce garçon, en gym. Il est plutôt mignon. Il m'a parlé aujourd'hui.

— Vraiment ? s'est-elle exclamée avec le sourire. Comment s'appelle-t-il ?

— Peter Matchinsky. Il est en terminale. »

Je ne lui mentais pas. Peter Matchinsky était avec moi en gym, il était mignon et en term'. Et il m'avait réellement adressé la parole ce jour-là, même s'il m'avait juste demandé de lui répéter les instructions du prof pour l'épreuve de natation à venir. En temps normal, je ne déformais pas la vérité, mais ces derniers mois, j'avais appris à me pardonner ces petits écarts, parce qu'ils la rendaient heureuse. À l'inverse de la vérité avec un grand V, qu'elle n'aurait pas aimé entendre.

« Ah oui ! Dis-m'en plus. »

Pas de problème. Même s'il n'y avait pas grand-chose à raconter. En cas de besoin, je rembourrais les bords de l'histoire, je la gonflais afin de satisfaire sa curiosité, son besoin que ma vie soit à peu près normale. Le pire, c'est que j'avais des milliers de choses à dire à ma mère, mais aucune ne passait ma bouche. Elle avait traversé tant d'épreuves, avec mes sœurs entre autres, que je ne voulais pas ajouter un poids sur ses épaules. Au contraire, je faisais de mon mieux pour maintenir un certain équilibre, mot après mot, histoire après histoire, bien qu'aucune ne soit vraie.

Le matin, en général, je déjeunais en tête à tête avec ma mère, mon père se joignant à nous s'il se rendait plus tard au bureau. Emma ne se levait jamais avant onze heures. Deux semaines plus tard, quand je l'ai trouvée douchée, habillée, assise dans la cuisine avec mes clefs de voiture devant elle, j'ai eu le sentiment qu'il se tramait quelque chose. J'avais raison.

« Ta sœur te conduit à l'école aujourd'hui, a expliqué Maman. Ensuite, elle gardera ta voiture, fera les magasins, ira au cinéma et elle te récupérera après les cours. D'accord ? »

Emma m'observait, les lèvres serrées.

« D'accord. »

Maman a souri avant de nous dévisager tour à tour.

« Très bien. Tout s'arrange ! »

Même si elle avait pris un air détaché, je savais qu'elle n'en pensait pas moins. Depuis qu'Emma était sortie de l'hôpital, elle préférait la garder à portée de main et occupée, si bien qu'Emma la suivait au supermarché, à ses divers rendez-vous… Emma réclamait constamment plus de liberté mais Maman avait peur que le jour où elle céderait, elle devienne boulimique, se purge, se remette à la gym intensive, transgresse quelque interdit. À l'évidence, il y avait eu du changement et j'en ignorais la raison.

Dehors, je me suis automatiquement dirigée vers la portière du conducteur puis je me suis arrêtée quand j'ai vu qu'Emma faisait de même. Pendant une seconde, nous n'avons pas bougé.

« Je conduis, a-t-elle déclaré.

— D'accord. Pas de problème. »

Le trajet a été bizarre. Je me suis rendu compte en chemin que depuis des siècles je n'avais pas été seule avec ma sœur et aucun sujet de conversation ne me venait à l'esprit. Je ne pouvais pas lui parler de shopping en raison de l'image qu'elle avait de son corps. Devais-je lui parler cinéma ? Météo ? Comme je n'en savais rien, j'ai préféré me taire.

Emma n'a pas ouvert la bouche non plus. À en juger par sa manière de conduire, cela faisait un moment qu'elle n'avait pas touché un volant. Elle se montrait trop prudente, se laissait doubler. Au feu rouge, j'ai surpris deux hommes d'affaires en 4 x 4 qui la fixaient. Ils portaient tous les deux un costume, le premier avait la vingtaine, l'autre l'âge de mon père et aussitôt, j'ai été sur la défensive. Si ma sœur avait su que je cherchais à la protéger, elle n'aurait pas apprécié du tout. Soudain, j'ai réalisé qu'ils n'étaient pas choqués par sa maigreur, mais subjugués par sa beauté. J'avais oublié qu'autrefois ma sœur était la plus belle fille que j'aie jamais vue. Le monde – du moins une partie – semblait partager mon opinion.

Nous étions à deux kilomètres de l'école quand j'ai décidé de tenter ma chance.

« Alors ? Impatiente de passer la journée en ville ? »

Elle m'a jeté un coup d'œil avant de fixer à nouveau la route.

« Impatiente ? a-t-elle répété. Pourquoi ?

— Je ne sais pas, ai-je répondu tandis que nous franchissions l'entrée du lycée. Tu sais... avoir une journée entière à soi. »

Pendant une seconde, elle n'a pas réagi, tant elle était concentrée sur son créneau.

« Une journée... Avant, j'avais la vie entière. »

Que répondre à ça ? « Hum... Bon, eh bien, à plus tard ! » me paraissait un peu léger, limite inapproprié. Je me suis donc contentée de prendre mon sac à l'arrière et d'ouvrir la portière.

« À 15 h 30 ! m'a-t-elle lancé.

— Oui, à tout à l'heure. »

Elle a mis son clignotant, j'ai fermé la porte puis elle s'est faufilée dans le trafic et a disparu.

J'ai pratiquement oublié Emma jusqu'au milieu de l'après-midi – j'avais un contrôle de littérature qui me rendait hyper nerveuse. À juste titre. Alors que j'avais passé la nuit à réviser puis participé au cours de rattrapage de Mme Ginger pendant la pause déjeuner, je séchais encore sur certaines questions. Assise là, à les lire et les relire une centaine de fois, je me sentais débile. Quand la prof a annoncé la fin de l'examen, il m'a bien fallu rendre ma feuille.

Tandis que je descendais l'escalier du bâtiment principal afin de rejoindre Emma, j'ai sorti mes notes et j'ai commencé à les parcourir afin d'évaluer ce que j'avais loupé. Il y avait foule devant moi et j'étais tellement absorbée que je n'ai pas vu la jeep rouge garée sur le parking. Jusqu'à ce que je me retrouve devant et croise le regard de Will Cash. Cette fois-ci, il m'avait vue le premier et me fixait.

Tête baissée, j'ai accéléré le pas tandis que je contournais le pare-chocs. J'atteignais le trottoir quand il m'a interpellée.

« Annabelle ! »

Il fallait que je l'ignore mais, par réflexe, j'ai tourné la tête. Mal rasé, il portait une chemise à carreaux et des lunettes de soleil en équilibre sur le front.

« Eh !

— Salut ! » Le mot est sorti déformé de ma gorge.

Loin de remarquer ma nervosité, il a posé les coudes sur la vitre baissée et inspecté la cour derrière moi.

« On ne te voit plus ! a-t-il dit. Tu as décidé de ne plus sortir ? »

La brise s'est levée, soulevant ma pile de feuilles dans un bruit d'ailes. J'ai serré mes notes contre moi.

« Non. Enfin, pas vraiment. »

Un frisson m'est passé dans le cou et je me suis demandé si je n'allais pas m'évanouir. Incapable de le regarder, j'ai baissé le nez, mais du coin de l'œil, je voyais sa main, ses longs doigts effilés qui pianotaient sur la portière de la jeep.

Chut, Annabelle. Ce n'est que moi.

« O.K., à un de ces quatre. »

J'ai hoché la tête avant de tourner les talons. J'ai pris une profonde inspiration afin de me rappeler que j'étais entourée d'étudiants, que j'étais en sécurité. Mais brutalement a surgi la preuve ultime, la seule réaction que je ne pouvais contrôler : mon estomac s'est mis à gargouiller… *Oh ! Mon Dieu.* J'ai fourré mes notes dans mon sac que j'ai jeté sur mon épaule sans prendre le temps de le fermer, et je me suis dirigée vers le bâtiment le plus proche en priant pour tenir jusqu'aux toilettes.

« C'était quoi, ça ? »

Sophie. Derrière moi. Je me suis arrêtée, même si mon envie de vomir me prenait à la gorge. Trois mots, voilà qui était surprenant de sa part. Me parlait-elle à nouveau ?

« Bon sang ! À quoi tu joues, Annabelle ? »

Deux filles aux yeux écarquillés sont passées à côté de moi. La lanière de mon sac serrée fort dans la main, j'ai dégluti à nouveau.

« Tu n'en as pas eu assez l'autre nuit ? Tu en veux plus, c'est ça ? »

D'un pas chancelant, j'ai continué d'avancer. Je ne cessais de me répéter : *Ne vomis pas devant elle, ne te retourne pas, ne fais rien*, mais la gorge me brûlait, la tête me tournait.

« Comment oses-tu m'ignorer ? Retourne-toi, salope ! »

Moi, je voulais juste m'enfuir. M'enfermer quelque part où je me sentirais à l'abri, entre quatre murs, sans que personne me montre du doigt, me dévisage, me hurle dessus. Impossible. J'aurais dû me retourner, continuer de la laisser agir comme elle voulait… Tout à coup, elle m'a saisie par l'épaule.

Et alors, quelque chose a claqué dans mon dos, comme si j'avais été frappée durement par un os, une branche, un bâton. Sans réfléchir, j'ai pivoté et je l'ai repoussée avec des mains qui devaient être les miennes. Mes paumes se sont écrasées sur sa poitrine et l'ont poussée en arrière. Ce geste primaire et spontané nous a surprises toutes les deux. Moi davantage qu'elle, d'ailleurs.

Les yeux écarquillés, elle a vacillé avant de retrouver l'équilibre et de m'assaillir à nouveau.

Elle portait une jupe noire et un débardeur jaune canari, ses bras minces étaient bronzés, ses cheveux détachés.

« Bordel… » a-t-elle grommelé. Les semelles de plomb, j'ai reculé d'un pas. « Tu ferais mieux de… »

La foule s'agglutinait autour de nous. Tandis que les gens se bousculaient, j'ai entendu le vigile du parking s'approcher dans sa voiture de golf.

« Dégagez ! a-t-il crié. Vous n'avez rien à faire ici ! »

Sophie s'est approchée de moi.

« Tu n'es qu'une putain », m'a-t-elle lancé à voix basse.

Non loin, j'ai entendu des sifflets, des *ooohhhh*, suivis par la voix du vigile. Second avertissement.

« N'approche pas tes sales pattes de mon mec, a-t-elle continué. Tu m'entends ? »

Paralysée, je sentais encore la pression de mes mains contre sa poitrine, la force avec laquelle je l'avais poussée, son corps partant en arrière.

« Sophie… »

Elle a secoué la tête et s'est avancée. Son épaule a heurté la mienne si fort que j'ai titubé et me suis cognée à quelqu'un avant de me remettre d'aplomb. Alors que les gens s'écartaient pour la laisser passer, j'ai senti leurs regards braqués sur moi.

Une main sur la bouche, je me suis forcé un chemin parmi les visages flous qui m'encerclaient. J'entendais les élèves parler, rire à mesure qu'ils se dispersaient. Devant moi se dressait le bâtiment principal entouré par une grande haie de buissons. J'ai couru vers les arbustes dont les feuilles épineuses me griffaient les mains. Je ne suis pas allée loin ; j'espérais simplement être hors de vue quand je me suis penchée en avant, une main sur le ventre. J'ai vomi dans l'herbe, j'ai toussé, craché à m'en étourdir.

Quand j'en ai eu terminé, ma peau était moite, j'avais les larmes aux yeux. C'était à la fois horrible et embarrassant – un de ces moments où l'on aimerait être seule au monde. Surtout lorsque l'on se rend compte qu'on ne l'est pas.

Je ne l'ai pas entendu venir. Je n'ai pas aperçu son ombre. À quatre pattes par terre, la pelouse verte s'étendant devant moi, j'ai entrevu des mains qui portaient un anneau plat à chaque majeur. L'une ramassait mes notes, l'autre m'aidait à me relever.

Chapitre 5

Phil Armstrong ressemblait à un géant dont la main se tendait vers moi. Par réflexe, j'ai levé le bras ; ses doigts se sont refermés sur les miens. Une fois debout, j'ai mis une seconde avant d'avoir les idées claires, mais j'étais encore dans les vapes.

« Ouh là ! s'est-il exclamé en me retenant. Attends, tu ferais mieux de t'asseoir. »

Il m'a fait reculer de deux pas, et j'ai senti les briques froides du bâtiment dans mon dos. Lentement, j'ai glissé le long du mur jusqu'à m'asseoir sur l'herbe. D'en bas, il semblait encore plus grand.

Soudain, il a fait tomber son sac qui a heurté le sol avec bruit. Puis il s'est accroupi et a commencé à fouiller dedans avec énergie. Alors que les objets s'entrechoquaient à l'intérieur, je me suis dit que je devais peut-être m'inquiéter. Finalement, il s'est arrêté de fouiner et s'est assis sur les talons. Prise de frissons, j'ai regardé sa main sortir du sac petit à petit et en extraire... un paquet de Kleenex.

Minuscule, plié et froissé. Il l'a aplati contre son torse qui était… comment dire… énorme. Il l'a lissé avant d'en prendre un et de me le tendre. Je m'en suis emparée avec autant de soin et d'incrédulité que j'avais saisi sa main.

« Tu peux garder le paquet. Si tu veux.

— Ça ira, ai-je répondu d'une voix rauque. Un suffira. » Pendant que je me tamponnais la bouche, il a posé les mouchoirs près de mon pied. « Merci.

— Pas de problème. »

Il s'est assis par terre à côté de son sac. Comme j'avais participé au cours de rattrapage pendant le déjeuner, je ne l'avais pas vu de la journée, mais il avait la même allure que les autres jours : jean, T-shirt usé, chaussures noires à semelle épaisse, écouteurs. De près – enfin, de plus près – j'ai remarqué qu'il avait quelques taches de rousseur, les yeux verts et non marron. Des voix s'élevaient dans la cour, comme si elles flottaient au-dessus de nous.

« Heu… Ça va ? »

J'ai hoché la tête.

« Oui. Je ne comprends pas. Je ne me sentais pas bien et…

— J'ai tout vu.

— Oh ! » Je me suis sentie rougir. Moi qui voulais sauver la face… « Elle ne m'a pas ratée.

— Ç'aurait pu être pire, a-t-il commenté dans un haussement d'épaules.

— Tu crois ?

— Oui. »

Il n'avait pas la voix rocailleuse, comme je l'aurais pensé, mais claire et bien posée. Presque douce.

« Tu aurais pu lui donner un coup de poing.

— Oui. Tu as raison.

— Par chance, tu ne l'as pas fait. Elle n'en vaut pas la peine.

— Non ? me suis-je exclamée – je n'y avais pas pensé.

— Même si ça soulage sur le moment, tu peux me croire. »

Le pire, c'est que je le croyais. J'ai regardé le paquet de mouchoirs qu'il m'avait donné et j'en ai pris un. À ce moment-là, j'ai entendu un bourdonnement dans mon sac. Mon téléphone.

Je l'ai sorti pour regarder qui m'appelait. C'était ma mère. Durant une seconde, je me suis demandé si j'allais prendre l'appel. C'était assez bizarre d'être assise là avec Phil sans que ma mère s'interpose. Et puis je me suis dit que je n'avais plus grand-chose à perdre puisqu'il m'avait vue vomir – par deux fois déjà – et paniquer devant la moitié du lycée. Il n'y avait plus de formalités entre nous. Alors, j'ai répondu.

« Allô !

— Ma chérie ! » Sa voix était si aiguë que Phil devait l'entendre. J'ai pressé l'appareil contre mon oreille. « Comment s'est passée ta journée ? »

Depuis le temps, je savais reconnaître la nervosité dans les modulations de sa voix chaque fois qu'elle s'inquiétait et croyait le cacher.

« Bien, bien. Qu'y a-t-il ?

— Hum… Emma est toujours au centre commercial. Elle était prise par les soldes au point qu'elle a raté sa séance. Comme elle voulait absolument voir le film, elle m'a appelée pour me dire qu'elle irait à la suivante. »

J'ai changé d'oreille quand j'ai entendu des éclats de voix de l'autre côté du bâtiment. Phil a dévisagé les intrus qui sont partis plus loin.

« Elle ne vient pas me chercher ?

— Euh… Non, en fait. » Bien entendu, Emma pouvait repousser les limites dès son premier jour de liberté. Bien entendu, ma mère lui avait répondu : *Mais oui, mon trésor, reste plus longtemps, cela ne me dérange pas*, alors qu'elle paniquait complètement. « Tu veux que je vienne ? m'a-t-elle proposé. Ou tu préfères qu'un de tes amis te dépose ? »

Un de mes amis. Oui, bien sûr. J'ai secoué la tête, j'ai passé la main dans mes cheveux.

« Maman, ai-je continué à voix basse, il est un peu tard et…

— Oui, je comprends. Je serai là dans un quart d'heure ! »

Elle ne souhaitait pas venir, et nous le savions toutes les deux. Emma risquait d'appeler, voire de rentrer. Ou pire, de ne pas rentrer. Pour la millionième fois de ma vie, j'aurais aimé que l'une de nous deux dise le fond de sa pensée. Mais cela était impossible, comme tant d'autres choses.

« Non, c'est bon. Je trouverai quelqu'un pour me ramener.

— Tu es sûre ? »

Aussitôt, j'ai senti que je lui ôtais un poids des épaules.

« Je t'appelle, sinon.

— Très bien. » Soudain, de peur que je me mette en colère, elle a ajouté : « Merci, Annabelle. »

Puis elle a raccroché et je me suis retrouvée là, assise par terre, le téléphone à la main. À nouveau, nos vies tournaient autour d'Emma. Ce n'était peut-être qu'une journée banale pour elle, mais la mienne avait été pourrie. Et maintenant, il fallait que je rentre à pied.

J'ai levé les yeux vers Phil. Pendant que je réfléchissais à ce nouveau problème, il avait sorti son iPod qu'il manipulait.

« Tu veux que je te dépose ? m'a-t-il demandé sans me regarder.

— Non, non ! C'est ma sœur… Une emmerdeuse-née.

— L'histoire de ma vie. » Il a appuyé sur un dernier bouton avant de le glisser dans sa poche et de se lever. Après avoir brossé son jean, il a attrapé son sac et l'a jeté sur son épaule.

« Tu viens ? »

J'avais supporté mon lot de regards scrutateurs depuis le début de l'année scolaire mais ce n'était rien par rapport à ceux que nous avons reçus, Phil et moi, sur le chemin du parking. Tous ceux que nous croisions nous dévisageaient, sans se cacher pour la plupart. Certains chuchotaient dans notre dos : *Je n'en crois pas mes yeux…* sans attendre que nous soyons hors de portée. Phil ne leur a pas prêté attention tandis qu'il me conduisait vers une vieille Land Cruiser bleue. Il s'est assis derrière le volant, a enlevé la vingtaine de CD qui occupait le siège passager et m'a ouvert la portière.

Je suis montée et au moment où j'attrapais la ceinture de sécurité, il est intervenu.

« Une seconde. Elle déconne un peu. »

Et il m'a fait signe de la lui donner. Il a placé sa main à une distance respectable de mon ventre et, d'un geste précis, il a inséré la partie métallique dans la boucle. Puis il s'est tourné et a pris un petit marteau dans sa portière.

Je devais faire une drôle de tête – JEUNE FILLE DE 17 ANS RETROUVÉE MORTE SUR LE PARKING DE SON LYCÉE – parce qu'il m'a regardée et a expliqué :

« C'est la seule façon pour que ça marche. »

Il a tapé trois fois sur la boucle avec le marteau puis a tiré sur la ceinture pour s'assurer qu'elle était bien enclenchée. Ensuite, il a remis le marteau dans la portière et a démarré.

« Waouh ! ai-je dit en tirant un peu sur la ceinture qui n'a pas bougé. On l'enlève comment ?

— En appuyant sur le bouton orange. Facile. »

Alors que nous sortions du parking, Phil a baissé sa vitre et a posé son bras sur la portière. J'ai jeté un œil à l'intérieur de la voiture. Le tableau de bord était cabossé, le cuir des sièges craquelé par endroits. En plus, il y avait une vague odeur de fumée alors que le cendrier à moitié ouvert était propre et contenait des pièces et non des mégots. Il y avait aussi des écouteurs sur le siège arrière, une paire de Doc Martens rouge foncé, quelques magazines et…

Des tonnes de CD. Ceux qu'il avait enlevés de mon siège ainsi que des dizaines d'autres s'empilaient au hasard à l'arrière. Alors que la voiture datait, l'autoradio devant moi semblait neuf, voire perfectionné avec des rangées de lumières multicolores.

Arrivé près du stop au bout du parking, Phil a mis son clignotant et tout en regardant des deux côtés, il a monté le son avec son pouce puis il a pris à droite.

Malgré tous ces déjeuners passés à l'observer et la multitude de détails que j'avais pu glaner, il restait une grande inconnue : la musique qu'écoutait Phil. Je penchais pour du punk, du trash metal, quelque chose de rapide et de bruyant.

Après quelques secondes de silence parasitées, j'ai entendu… des crissements. On aurait dit un chœur de cigales. Suivi par une voix chantant dans une langue que je ne connaissais pas. Le cricri et la voix sont devenus de plus en plus forts, comme s'ils communiquaient. À mes côtés, Phil bougeait légèrement la tête en conduisant.

Au bout d'une minute et demie, ma curiosité a pris le dessus.

« Euh ? Qu'est-ce que c'est ?

— Des chants religieux mayas.

— Pardon ? ai-je crié assez fort pour être entendue.

— Des chants religieux mayas, a-t-il répété. Ils sont transmis comme des traditions orales.

— Ah bon ! » Le chant était si puissant qu'il s'apparentait à présent à des hurlements. « Où les as-tu trouvés ? »

Il a baissé un peu le son.

« À la bibliothèque de la fac. Dans leur collection "Son et Culture".

— Ah ! »

Phil Armstrong versait dans le religieux ! Première nouvelle. Et puis d'abord, qui aurait imaginé que je me retrouverais dans sa voiture à écouter des chants religieux avec lui ? Pas moi. Ni personne. Et pourtant, nous étions bel et bien là.

« Tu dois vraiment aimer la musique, ai-je remarqué, les yeux rivés sur les piles de CD.

— Pas toi ? a-t-il répliqué en changeant de file.

— Si. Tout le monde aime la musique, non ?

— Non.

— Non ?

— Certains croient qu'ils aiment la musique, mais ils n'ont aucune idée de ce que c'est vraiment. Et puis il y a ceux qui éprouvent un grand intérêt pour la musique mais n'écoutent pas les bons morceaux. Ils sont mal informés. Enfin, il y a les gens comme moi. »

Je l'ai observé pendant une seconde. Bien installé dans son siège, les cheveux frôlant le plafond, le coude sur la vitre, il m'intimidait encore mais, cette fois, à cause de sa carrure et de ce regard intense qu'il braqua un instant sur moi avant de le reporter sur la route.

« Comme toi ? Tu m'expliques ? »

Il a mis son clignotant et a ralenti. Devant moi se dressait mon ancien collège. Un bus scolaire jaune sortait du parking.

« Ce sont des personnes qui vivent pour la musique et la cherchent partout, où qu'elle soit. Peut-on imaginer une vie sans musique ? Ces gens-là sont éclairés.

— Ah ! ai-je répondu alors que je ne comprenais rien à son discours.

— Quand tu y réfléchis, la musique est unificatrice, elle possède une force incroyable. Les gens qui expriment des opinions divergentes sur tout ont parfois la musique en commun. »

J'ai hoché la tête, ne sachant trop quoi lui répondre.

« En plus, a-t-il continué, m'indiquant qu'il n'attendait pas de réponse de ma part, la musique est une constante absolue. Voilà pourquoi elle et nous avons un lien presque viscéral, tu comprends ? Une chanson te ramène instantanément à un instant, à un lieu, à une personne. Peu importe si toi ou le monde qui t'entoure avez changé, cette chanson demeure la même, comme l'instant que tu as vécu. Ce qui est stupéfiant quand on y pense. »

Stupéfiant, en effet. Comme cette conversation, à l'opposé de tout ce que j'aurais imaginé.

« Oui… »

Pendant une seconde, nous nous sommes tus.

« Pour conclure, a-t-il repris, oui, j'aime la musique.

— J'avais cru le comprendre.

— Et maintenant, m'a-t-il prévenue à l'entrée du parking de l'école, je m'excuse à l'avance.

— Tu t'excuses ? »

Il a ralenti avant de s'arrêter le long du trottoir.

« Pour ma sœur. »

Plusieurs filles attendaient devant l'entrée du collège de Lakeview. En vitesse, j'ai cherché du regard celle qui était apparentée à Phil. La petite avec une natte, adossée au bâtiment, un livre ouvert entre les mains ? La grande blonde avec le gros sac de sport Nike et la crosse de hockey sur gazon en train de boire un Coca Light ? Ou, plus facile, la brunette coiffée en brosse, toute vêtue de noir, assise sur un banc, les bras croisés sur la poitrine, qui scrutait le ciel d'un air malheureux ?

À cet instant, j'ai entendu un bruit à ma vitre. Quand j'ai tourné la tête, j'ai vu une gamine brune et mince, habillée en rose des pieds à la tête – ruban rose pour attacher sa queue-de-cheval, gloss rose bonbon, T-shirt fuchsia, jean et tongs roses à semelle épaisse. Dès qu'elle m'a vue, elle a poussé un cri strident.

« Oh ! Mon Dieu ! s'est-elle exclamée derrière la vitre qui étouffait ses cris. C'est toi ? »

Au moment où j'ouvrais la bouche pour lui parler, elle a disparu tel un nuage rose. Une seconde plus tard, la porte arrière s'est ouverte dans un grincement et elle a grimpé à l'intérieur.

« Phil ! Oh ! Mon Dieu ! a-t-elle hurlé à pleins poumons. Tu ne m'avais pas dit qu'Annabelle Greene était une de tes amies. »

Phil l'a foudroyée du regard dans le rétroviseur.

« Marjorie, baisse d'un ton, veux-tu ? »

Alors que je me retournais pour lui dire bonjour, elle était déjà penchée en avant, sa petite tête entre mon siège et celui de Phil, si près que je sentais son haleine parfumée au chewing-gum.

« Je n'y crois pas ! C'est bien toi !

— Salut ! lui ai-je lancé.

— Salut ! s'est-elle écriée avant de sauter plusieurs fois sur la banquette. Oh ! Mon Dieu ! J'adore ce que tu fais ! Vraiment.

— Et tu fais quoi ? est intervenu Phil.

— Phil ! a soupiré Marjorie. Elle est mannequin ! On l'a vue sur des tonnes d'affiches. Et cette pub, tu sais, celle que j'aime bien, avec la pom-pom-girl.

— Non, je ne vois pas.

— C'est elle ! Je n'y crois pas ! Il faut que j'appelle Audrey et Naomi. Oh ! Mon Dieu ! » Marjorie a attrapé son téléphone au fond de son sac. « Et si tu leur disais bonjour ! Ce serait trop cool et… »

Phil a pivoté.

« Marjorie !

— Une seconde, a-t-elle marmonné tout en pianotant. Je veux juste…

— Marjorie, a-t-il insisté, la voix plus grave, plus sévère.

— Attends, Phil... »

Il lui a pris le téléphone des mains. Ébahie, elle a regardé son portable se volatiliser puis elle a levé les yeux vers son frère.

« Phil ! Je voulais juste qu'elle dise bonjour à Naomi.

— Non, a-t-il décrété, avant de poser le portable entre nous.

— Phil !

— Mets ta ceinture, lui a-t-il ordonné. Et respire un bon coup. »

Après une courte pause, Marjorie a obéi à son frère, bruyamment. Lorsque je lui ai jeté un coup d'œil, elle était assise, les bras croisés, et affichait une moue dégoûtée. Dès qu'elle a croisé mon regard, son visage s'est illuminé.

« C'est un pull Lanoler ?

— Un quoi ? »

Elle s'est penchée en avant et s'est mise à caresser le cardigan jaune que j'avais enfilé à la va-vite le matin.

« Ton pull. Il est magnifique. C'est un Lanoler, non ?

— Je ne sais pas... Je... »

Sa main s'est glissée sous mon col pour vérifier l'étiquette.

« Gagné ! Je le savais. Oh ! Mon Dieu ! Je meurs d'envie d'en avoir un. Des années que je rêve...

— Marjorie ! s'est énervé Phil. Tu es une vraie droguée des marques.

— Phil ! R&R. »

Phil l'a dévisagée dans le rétroviseur. Puis il a poussé un long soupir.

« Je le formule autrement, a-t-il continué, semblant peiné. Ton attachement aux marques et aux biens matériels m'indispose.

— Merci, a-t-elle répliqué. Je comprends et j'apprécie ta sollicitude, mais comme tu le sais, ma vie, c'est la mode.

— R&R ? ai-je interrogé Phil.

— Reformule et Réexpédie, m'a appris Marjorie. Cela appartient à son programme de contrôle de l'agressivité. S'il a un discours agressif, tu peux le reprendre et lui dire qu'il t'a blessée. Et là, il est obligé de reformuler sa pensée. »

Impassible, Phil la dévisageait dans le rétroviseur.

« Merci, Marjorie.

— De rien », a-t-elle répondu.

Elle m'a lancé un grand sourire et a rebondi une nouvelle fois sur la banquette.

Pendant quelques secondes, nous avons roulé en silence, ce qui m'a donné le temps de récapituler ce déluge d'informations sur la vie privée de Phil Armstrong. Pour l'instant, seul l'idée qu'il suivait un programme de contrôle de l'agressivité ne me surprenait pas. Marjorie, la musique et bien sûr, le fait que je sois au courant de leur existence m'avaient causé un choc, et ce n'était rien de le dire. D'un autre côté, à quoi m'attendais-je ? C'est vrai, il avait forcément une famille, une vie. Je n'avais juste pas eu le temps d'imaginer son environnement personnel. Comme lorsqu'on est enfant et que l'on rencontre son instituteur au supermarché, on est abasourdi parce qu'il ne nous a jamais traversé l'esprit qu'il avait une vie à l'extérieur de l'école.

« Je te remercie de me raccompagner, Phil, ai-je déclaré. Je ne sais pas comment je serais rentrée sans toi.

— Pas de quoi. Il faut juste que… »

Sa phrase a été interrompue par Marjorie qui s'étranglait à l'arrière.

« Oh ! Mon Dieu ! Je vais voir où tu habites !

— Non, a tranché Phil.

— On ne la ramène pas chez elle ?

— Moi, si. Toi, je te dépose avant.

— Pourquoi ?

— Parce que. » Nous avons quitté la route principale. « Je dois aller à la station et Maman m'a dit de te laisser au magasin.

— Phil…, a gémi Marjorie.

— Il n'y a pas de Phil qui vaille. C'est prévu comme ça. »

Nouveau soubresaut quand Marjorie s'est effondrée telle une grande tragédienne déprimée sur la banquette.

« Ce n'est pas juste, a-t-elle grommelé une seconde plus tard.

— La vie n'est pas juste, petite fille. Il faudra t'y habituer.

— R&R !

— Non. »

Phil a monté le son, et les cigales ont repris. Les chants mayas nous ont accompagnés pendant quelques minutes, le temps que je m'habitue à eux, lorsque soudain, j'ai senti un souffle près de mon oreille.

« Quand tu as fait cette pub, m'a demandé Marjorie, tu as pu garder les habits ?

— Marjorie, a grondé Phil.

— Quoi ?

— Ne pourrais-tu pas te détendre et écouter la musique ?

— Tu appelles ça de la musique ? Des grillons et des hurlements ? » Elle s'est tournée vers moi. « Phil est un dictateur. On n'a pas le droit d'écouter autre chose que les trucs bizarres qu'il passe durant son émission de radio.

— Tu présentes une émission de radio ?

— C'est seulement une station locale.

— Sa vie tourne autour de ça, m'a expliqué Marjorie sur un ton tragique. Il passe la semaine à se préparer, à s'inquiéter, alors que les gens normaux ne sont pas encore levés quand elle est diffusée.

— Je ne choisis pas des titres pour les gens normaux, mais pour ceux qui sont…

— Éclairés, on sait, a complété Marjorie en roulant des yeux. Moi, personnellement, j'écoute 104Z. Ils passent le Top quarante et de vraies chansons sur lesquelles on peut danser. J'adore Bitsy Bonds. C'est ma chanteuse préférée. Je suis allée la voir en concert l'été dernier, avec mes amies. On s'est éclatées. Tu connais sa dernière chanson, "Pyramide" ?

— Euh… Je ne crois pas. »

Marjorie s'est redressée, a rejeté ses cheveux en arrière.

« "Allons-y, grimpons, grimpons, bébé. Le soleil est tellement chaud, embrasse-moi ou je tombe, bébé, du haut de la… pyramide." »

Phil s'est crispé.

« Bitsy Bonds n'est pas une chanteuse, Marjorie, mais un produit. Elle est fabriquée de toutes pièces. Elle n'a pas d'âme, elle ne représente rien.

— Et alors ?

— Alors, elle est plus célèbre pour son nombril que pour sa musique.

— D'accord, mais admets qu'elle a un joli nombril. »

Visiblement contrarié, Phil a secoué la tête. Il a quitté la route principale et s'est engagé sur un petit parking flanqué d'une rangée de magasins sur la gauche. Il s'est garé devant une vitrine qui montrait un mannequin vêtu d'un poncho et d'un pantalon ample couleur de terre. L'enseigne au-dessus de la porte indiquait TISSEURS DE RÊVES.

« Bon, on y est », a-t-il marmonné.

Marjorie a fait la grimace.

« Génial, un après-midi de plus au magasin.

— Vos parents possèdent cette boutique ? ai-je demandé.

— Oui, a grommelé Marjorie tandis que Phil lui tendait son téléphone. Ce n'est vraiment pas juste.

Je suis une fashion victim et ma mère vend des fringues. Mais jamais de la vie je ne mettrais ce qu'elle vend, jamais, même si elle me payait. Plutôt mourir.

— Si tu étais morte, les vêtements ne seraient pas ton plus grave problème », a ironisé Phil.

Marjorie m'a lancé un regard solennel.

« Annabelle, sérieusement. Elle ne vend que des matières et des fibres naturelles, des tissus en batik tibétains, des chaussures végétariennes.

— Des quoi ?

— Elles sont horribles, a-t-elle murmuré. Horribles. Elles ne sont même pas pointues.

— Marjorie, s'il te plaît, descends de la voiture.

— J'y vais, j'y vais. » Elle a pris son temps pour ramasser son sac, défaire sa ceinture et, enfin, ouvrir la porte. « Ravie de t'avoir rencontrée, Annabelle.

— Moi aussi. »

Elle s'est glissée dehors, a claqué la porte puis s'est dirigée vers le magasin. Sur le seuil, elle s'est retournée et, tout excitée, m'a fait signe de la main. Je lui ai fait signe à mon tour et Phil a redémarré. Sans Marjorie, le véhicule semblait plus petit, et plus calme.

« À nouveau, m'a-t-il dit en ralentissant à l'approche d'un feu rouge, je suis désolé.

— Pourquoi ? Elle est mignonne.

— Tu n'habites pas avec elle et tu n'es pas obligée d'écouter sa musique.

— 104Z. Pas de pub, que des tubes.

— Tu écoutes cette station ?

— Avant. Surtout au collège. »

Il a secoué la tête.

« Ce serait différent si elle n'avait pas accès à de la bonne musique. Si elle était privée de culture. Mais je lui ai gravé des tonnes de CD et elle ne veut pas les écouter. Non, elle préfère se remplir le cerveau de pop merdique, écouter une radio qui passe cinq minutes de musique et vingt minutes de pub.

— Ton émission… est différente ?

— Ouais ! » Nous avons rejoint la route principale. « O.K. C'est une radio libre et il n'y a pas de coupures publicitaires. Mais je pense que nous sommes responsables des titres que nous diffusons. Entre l'art et la pollution, pourquoi ne pas choisir l'art ? »

Je me suis contentée de le regarder. Manifestement, je m'étais trompée à son sujet. Maintenant, je ne savais plus trop qui était Phil Armstrong.

« Tu habites où ? m'a-t-il demandé alors qu'il changeait de file à l'approche d'un stop.

— Les Charmilles. À trois kilomètres du centre commercial. Tu n'as qu'à me…

— Je connais. La station se trouve à deux pâtés de maisons. Il faut que je m'y arrête cinq minutes, si ça ne te dérange pas.

— Bien sûr, pas de problème. »

La station de radio se trouvait dans un bâtiment carré et trapu qui abritait autrefois une banque. Il était flanqué d'une tour métallique et au-dessus de l'entrée pendait une vieille bannière sur laquelle on pouvait lire RAD-2000 – VOTRE RADIO LIBRE en grosses lettres noires. De l'autre côté de l'immense baie vitrée, on pouvait voir un homme assis dans une cabine d'enregistrement, un casque sur les oreilles, un micro devant lui. Un signal lumineux allumé dans un coin indiquait O AIR – apparemment, le N avait grillé.

Phil s'est garé devant la station, a coupé le moteur puis s'est retourné pour ramasser une poignée de CD tombés sous son siège. Il a ouvert la porte et m'a lancé :

« Je reviens dans une seconde.

— D'accord. »

Dès qu'il a disparu à l'intérieur, j'ai regardé les noms qu'il avait écrits sur les boîtiers. Je n'en ai reconnu aucun. THE HANDYWACKS (best of), JEREMIAH REEVES (à ses débuts), TRUTH QUAD (opus). Soudain, j'ai entendu un coup de klaxon. Une Honda Civic se garait à côté de moi. Cela n'avait rien de remarquable en soi, sauf que le conducteur portait un casque rouge vif, un peu plus grand que celui porté par les joueurs de football américain, et plus rembourré. Le type en dessous devait avoir mon âge. Il était en jean et sweat-shirt noir. Il m'a fait un signe de la main auquel j'ai répondu timidement. Il a baissé sa vitre.

« Salut ! Phil est à l'intérieur ?

— Oui », ai-je répondu lentement. Il avait de grands yeux bleus surmontés de longs cils qui touchaient presque son casque. Ses cheveux attachés en queue-de-cheval lui arrivaient au milieu du dos. « Il a dit qu'il revenait dans une seconde.

— Cool. » Il s'est adossé à son siège. Il m'était difficile de ne pas le dévisager. « Au fait, moi c'est Raoul – Rolly pour les intimes.

— Oh. Moi, c'est Annabelle.

— Enchanté. »

Il a pris un gobelet en papier d'où sortait une paille et a bu une gorgée. Il le reposait quand Phil est apparu.

« Hé ! l'a interpellé Rolly. Je passais dans le coin et j'ai vu ta caisse. Tu ne travailles pas aujourd'hui ?

— À dix-huit heures.

— Ah, bien, c'est cool, a-t-il commenté avec un haussement d'épaules. Je pourrais peut-être faire un saut ?

— Ouais, pourquoi pas ! Hé, Rolly !

— Quoi ?

— Tu n'aurais pas oublié d'ôter ton casque ? »

Rolly a écarquillé les yeux, s'est touché la tête. Et soudain, ses joues sont devenues aussi rouges que son couvre-chef.

« Oh ! » a-t-il soupiré en l'enlevant. Dessous, ses cheveux étaient plaqués, il avait des stries sur le front. « Merci.

— Pas de quoi. On se voit tout à l'heure.

— O.K. »

Rolly a posé le casque à côté de lui et s'est passé la main dans les cheveux pendant que Phil s'installait derrière le volant. Alors que nous reculions, je lui ai fait un petit signe de la main. Il m'a répondu par un hochement de tête et un sourire, son visage était encore rose.

Nous avons parcouru quelques centaines de mètres sur la route principale, avant que Phil ne prenne la parole.

« C'est pour son travail. Si tu veux savoir.

— Le casque, ai-je explicité.

— Oui. Il travaille dans un club de self-défense. Il est agresseur.

— Agresseur ?

— C'est sur lui que les gens s'entraînent. Une fois qu'ils ont appris les techniques. Voilà pourquoi il porte des rembourrages.

— Oh… Ainsi vous travaillez ensemble ?

— Non. Moi, je livre des pizzas. C'est là, non ? » m'a-t-il demandé non loin de mon quartier. J'ai acquiescé, il a mis son clignotant et tourné. « On s'occupe de l'émission de radio ensemble.

— Il va à Jackson ?

— Non, à Fontaine. »

Fontaine était un « espace d'enseignement alternatif », également nommé « l'École des Hippies ». Il comptait très peu d'étudiants, les cours étaient basés sur l'expression personnelle et on pouvait faire du batik ou pratiquer l'ultimate frisbee en option. Christine était sortie avec quelques types de là-bas, au bon vieux temps.

« À droite ou à gauche ? m'a demandé Phil au stop.

— Tout droit. Pendant un moment. »

Tandis que nous nous rapprochions de chez moi en silence, j'ai eu la même impression que le matin avec Emma. Fallait-il que je relance la conversation ?

« Dis-moi, comment as-tu atterri à la station ?

— La radio m'a toujours intéressé. Quand nous avons emménagé ici, j'ai entendu parler d'un cours où on enseignait les bases. Ensuite, tu peux rédiger une proposition d'émission. Si ton idée est retenue, tu passes une audition et si on apprécie ton travail, on te donne une plage horaire. Rolly et moi avons décroché la nôtre l'hiver dernier. Et puis j'ai été arrêté. Ce qui nous a retardés un peu. »

Il parlait avec une telle nonchalance, comme s'il me racontait ses vacances au Grand Canyon ou le mariage de sa cousine.

« Pardon ?

— Oui. » Il a ralenti au stop. « Je me suis battu en boîte. Avec un type sur le parking.

— Ah. D'accord.

— Tu en as entendu parler ?

— Vaguement.

— Pourquoi tu me demandes, alors ? »

J'ai senti le rouge me monter aux joues. Posez une question impertinente et attendez-vous qu'on vous en pose une en retour.

« Je ne sais pas. Tu crois tout ce qu'on raconte, toi ?

— Non. » Il m'a regardée un long moment avant de reprendre la route. « Non. »

Bien, me suis-je dit. D'accord. Je n'étais donc

130

pas la seule à avoir entendu des rumeurs. Moi qui me basais sur des hypothèses pour cerner Phil, il ne m'avait jamais traversé l'esprit que des histoires circulaient sur moi aussi. Du moins une.

Deux stops plus loin, j'ai brisé le silence.

« Ce n'est pas vrai. Au cas où tu te poserais des questions. »

Il a rétrogradé, le moteur grinçait tandis que nous ralentissions pour tourner.

« Qu'est-ce qui n'est pas vrai ?

— Ce que tu as entendu à mon sujet.

— Je n'ai rien entendu à ton sujet.

— C'est ça…

— Je te jure. Je te le dirais, sinon.

— Vraiment ?

— Oui. » J'ai dû prendre un air dubitatif parce qu'il a ajouté : « Je ne mens jamais.

— Tu ne mens jamais, ai-je répété.

— C'est vrai.

— Jamais ?

— Jamais. »

Mon œil.

« O.K. C'est une sage politique. Si tu t'y tiens.

— Je n'ai pas le choix, a-t-il répliqué. Garder les choses à l'intérieur ne me réussit pas. Je l'ai appris à mes dépens. »

J'ai eu une vision de Ronald Waterman en train de manger les gravillons du parking.

« Tu es toujours honnête, alors ?

— Pas toi ?

— Non », lui ai-je appris.

Ma réponse est venue si vite, si facilement que j'aurais dû en être la première surprise.

« C'est bon à savoir, a-t-il répliqué.

— Attention, ne crois pas que je suis une menteuse. » Il a haussé les sourcils. « Ce n'est pas ce que je voulais dire.

— Que voulais-tu dire, alors ? »

J'étais en train de m'enfoncer en beauté et je m'en rendais compte. Néanmoins, j'ai tenté de lui expliquer où je voulais en venir.

« Eh bien… je ne dis pas toujours ce que je pense.

— Pourquoi ?

— Parce que la vérité blesse parfois.

— Les mensonges aussi.

— Je ne… », ai-je bredouillé. Il fallait que je trouve les mots justes. « Je n'aime pas blesser les gens. Ni les contrarier. Alors de temps en temps, je ne dis pas franchement le fond de ma pensée. »

Le plus ironique, c'est qu'en prononçant ces mots à voix haute, je me montrais plus honnête que je l'avais jamais été.

« Cela reste un mensonge, a insisté Phil. Malgré tes bonnes intentions.

— Tu sais quoi ? J'ai du mal à croire que tu es toujours honnête.

— Crois-moi. C'est la vérité.

— Tiens, un exemple ! Tu me trouves grosse dans cette tenue. Est-ce que tu me le dis ?

— Oui.

— Non !

132

— Si. Je ne le dirais pas tout à fait en ces termes, mais si je trouve que…

— Impossible.

— Tu m'as posé une question, a-t-il continué. Je te réponds. Je ne te le dirais pas spontanément. Je ne suis pas un type odieux non plus. Mais si tu me demandes mon avis, je te le donne. »

J'ai secoué la tête, incrédule.

« Écoute, a-t-il repris. Comme je te l'ai dit tout à l'heure, pour moi, ne pas exprimer ce que l'on ressent quand on le ressent, c'est un mauvais choix. Alors je ne le fais pas. Regarde-le sous cet angle : je te dis peut-être que tu es grosse, mais au moins je ne te mets pas mon poing dans la figure. »

Phil s'est arrêté au stop.

« Il n'y a pas d'autres options ? me suis-je enquise.

— Parfois, si. Parfois, non. C'est toujours rassurant de savoir qu'on a le choix, non ? »

Comme je m'apprêtais à sourire, j'ai tourné la tête et là, j'ai aperçu une voiture garée de l'autre côté de la rue. Une seconde plus tard, j'ai réalisé que c'était la mienne.

« Encore tout droit ? m'a-t-il demandé.

— Euh, non. »

J'ai collé le nez contre la vitre. Oui, il s'agissait bien d'Emma derrière le volant. Elle avait la main sur le visage, ses doigts lui couvraient les yeux.

« À droite ou à gauche ? » a-t-il insisté. Il a lâché le volant. « Un problème ? »

Que faisait Emma, garée là, à quelques mètres de chez nous ? Je lui ai montré la voiture.

« C'est ma sœur. »

Phil s'est penché en avant pour mieux la voir.

« Elle… elle va bien ?

— Non. »

Peut-être cette histoire de ne pas mentir devenait-elle contagieuse, car ma réponse a été automatique. Je n'ai pas eu le temps de trouver les mots pour lui expliquer.

« Oh… Tu veux que…

— Non, ça va aller. Prends à droite, s'il te plaît. »

Il m'a obéi. Je me suis tassée sur mon siège. Quand nous sommes passés devant Emma, il était clair qu'elle pleurait. Ses frêles épaules tremblaient, ses mains étaient encore plaquées sur son visage. Ma gorge s'est serrée tandis que nous nous éloignions peu à peu.

Quand j'ai senti le regard de Phil posé sur moi, j'ai tenté une explication.

« Elle est malade. Cela fait un petit moment que ça dure, maintenant.

— Je suis désolé. »

Réplique banale. Que dire d'autre, en fait ? Étrangement, après ce qu'il m'avait confié, je savais que Phil le pensait, pour de bon.

« Laquelle est la tienne ? m'a-t-il demandé une fois dans ma rue.

— Celle en verre.

— En verre ? a-t-il commencé avant de comprendre dès qu'il l'a vue. Oh ! D'accord. »

À cette heure, les rayons du soleil frappaient les baies de telle manière que le terrain de golf se reflétait à la perfection au premier étage. Au rez-de-chaussée, je voyais ma mère, debout devant le comptoir de la cuisine. Elle s'est avancée en entendant le bruit de la voiture, mais s'est arrêtée quand elle s'est rendu compte que ce n'était que moi et non Emma. J'ai pensé à ma sœur, assise deux rues plus loin et à ma mère qui se rongeait les sangs à la maison. Et soudain, j'ai ressenti ce tiraillement familier à l'estomac, ce mélange de tristesse et d'obligation.

« Waouh ! Je n'en reviens pas ! » s'est exclamé Phil.

Ma mère nous observait depuis la cuisine. Se demandait-elle qui m'avait ramenée, ou était-elle trop distraite pour remarquer que j'étais dans un véhicule inconnu, avec un garçon inconnu ? Peut-être pensait-elle qu'il s'agissait de Peter Matchinsky, le type mignon de la gym.

« Eh bien, merci de m'avoir raccompagnée, ai-je dit en prenant mon sac. Merci pour tout.

— Pas de problème. »

J'ai entendu une voiture arriver derrière nous et une seconde plus tard, Emma se garait dans l'allée. Elle est sortie, a levé les yeux vers Phil et moi. Je lui ai fait un signe de la main qu'elle a ignoré.

Je connaissais le scénario à l'avance. Emma ferait les cent pas dans la cuisine pendant que

Maman lui poserait des milliers de questions sur un ton guilleret. Dès qu'elle en aurait assez, Emma monterait dans sa chambre et claquerait la porte derrière elle. Bien que contrariée, Maman ferait semblant de rien et moi je m'inquiéterais jusqu'au retour de Papa. Là, nous passerions à table et jouerions à la famille parfaite.

Je me suis tournée vers Phil.

« C'est quand, ton émission ?

— Le dimanche. À sept heures.

— Je l'écouterai, lui ai-je promis.

— Du matin, a-t-il complété.

— À sept heures du matin ? Non ?

— Si. Ce n'est pas la tranche horaire idéale, mais on ne peut pas jouer les difficiles. On a un public d'insomniaques.

— Oui, mais des insomniaques éclairés. »

Il m'a dévisagée une seconde, comme si ma réflexion l'avait surpris.

« Oui, a-t-il ajouté avec un sourire. Exactement. »

Phil Armstrong sourit ! En cette journée bizarre, voilà qui était le plus surprenant de tout.

« Bon, je dois y aller.

— O.K. À plus. »

J'ai hoché la tête et mis la main sur la boucle de ma ceinture. Il avait raison, en un clic j'étais libérée. Plus difficile de rentrer que de sortir. Contrairement à tant de choses dans la vie.

Dès que j'ai fermé la portière, Phil a passé la première et a klaxonné un peu plus loin dans la rue.

Comme prévu, quand je me suis retournée pour regarder ma maison, Emma grimpait les marches deux par deux. Seule dans la cuisine, Maman me tournait le dos.

Je ne mens jamais, m'avait dit Phil avec la même assurance qu'une personne dirait : *Je ne mange pas de viande* ou *Je ne sais pas conduire*. Je ne savais pas trop qu'en penser, mais j'enviais Phil et son franc-parler, sa capacité à s'ouvrir au monde au lieu de se renfermer sur lui-même. Surtout maintenant, tandis que j'entrais chez moi, où ma mère m'attendait.

Chapitre 6

« Un peu de calme, les filles. Écoutez-moi !
Nous allons commencer. Je vais vous appeler une
par une… »

Je faisais partie des Lakeview Models depuis
mes quinze ans. Chaque été, des auditions étaient
organisées afin de sélectionner seize filles pour des
animations – poser avec des jeunes scouts lors du
derby de Pinewood, donner des ballons durant les
journées portes ouvertes du zoo… Les autres par-
ticipaient à des défilés de mode, apparaissaient dans
des catalogues ou sur le calendrier annuel du centre
commercial de Lakeview qui était distribué avec
l'annuaire début janvier. Voilà pourquoi nous étions
réunies ce jour-là. Nous étions censées avoir terminé la veille, mais le photographe était très lent,
alors on nous avait fait revenir le dimanche après-
midi pour terminer.

Assise sous une plante verte, je n'arrêtais pas de
bâiller. Plus loin, les nouvelles s'étaient regroupées

et parlaient trop fort, pendant que trois anciennes se racontaient les derniers potins. Les deux aînées se tenaient à l'écart du groupe. L'une fermait les yeux, la tête penchée en arrière ; l'autre feuilletait un ouvrage d'économie. À l'autre bout de la pièce, pile en face de moi, Emily Shuster était assise, seule elle aussi.

Je l'avais rencontrée lors de la préparation du dernier calendrier. Elle avait un an de moins que moi et venait d'emménager à Lakeview. Elle ne connaissait personne et, pendant que les autres attendaient leur tour, elle était venue me parler. Petit à petit, nous étions devenues amies.

En un mot, Emily était quelqu'un de doux. Les cheveux courts et roux, elle avait le visage en forme de cœur. Ce soir-là, quand je l'avais invitée à sortir avec Sophie et moi après les photos, elle avait tout de suite accepté. Quand j'étais passée la prendre, elle m'attendait déjà dehors, ses joues rosies par l'air frais, comme si elle patientait depuis un bon moment.

Sophie s'était montrée moins enthousiaste. Elle avait des idées préconçues sur les autres filles, surtout les canons, bien qu'elle-même fût très jolie. Chaque fois que j'avais rendez-vous avec les Lakeview Models ou que je décrochais un gros contrat, elle devenait maussade. De temps en temps aussi, elle se comportait d'une manière qui me déplaisait. Elle me parlait sur un ton brusque, me prenait pour une idiote. Il lui arrivait de se montrer désagréable avec les autres, sans aucune raison.

Pour résumer, mon amitié avec Sophie était compliquée et souvent, je me demandais pourquoi elle était ma meilleure amie, car neuf fois sur dix, je marchais sur des œufs avec elle, je devais ignorer tel ou tel commentaire acerbe. Puis je me souvenais à quel point ma vie avait changé depuis que nous traînions ensemble – depuis cette nuit avec Chris Pennington, et toutes les autres expériences que je n'aurais pas vécues sans elle. Et à bien y réfléchir, je n'avais qu'elle. Sophie s'était arrangée pour faire le ménage dans mon existence.

Le soir de ma rencontre avec Emily, nous allions à une fête au Chalet, une maison située en dehors de la ville que louaient des anciens de Perkins, l'école privée locale. Ils avaient monté un groupe appelé Day After et depuis l'obtention de leur diplôme, ils écumaient les boîtes de nuit et essayaient de sortir un disque. Ils donnaient également presque chaque week-end des fêtes, qui attiraient un mélange disparate de lycéens et de jeunes du coin.

Ce soir-là, quand nous sommes entrées au Chalet, je me suis aperçue que tout le monde regardait Emily. Elle était superbe, c'est vrai, mais le fait qu'elle soit avec nous – surtout avec Sophie qui était aussi connue dans notre école qu'à Perkins – la rendait plus remarquable. Nous n'avions pas atteint le bar que Greg Nichols, un type de première absolument odieux, s'est dirigé droit sur nous.

« Salut, les filles ! La vie est belle ?

141

— Dégage, Greg, a aboyé Sophie. On n'est pas intéressées.

— Parle pour toi, a-t-il enchaîné sans se laisser décourager. Tu me présentes ? »

Sophie a secoué la tête.

« Euh, voici Emily, a-t-elle soupiré.

— Salut, a murmuré la rougissante Emily.

— Sa-lut ! a répliqué Greg. Je vais te chercher une bière ?

— D'accord. » Alors qu'il s'éloignait sans la quitter du regard, elle a écarquillé les yeux. « Oh ! Mon Dieu ! Il est mignon !

— Oublie, a décrété Sophie. Ce type te parle parce qu'il a flashé sur quelqu'un d'autre ici.

— Oh ! a lâché Emily, dépitée.

— Sophie, suis-je intervenue. Tu exagères.

— Quoi ? » s'est-elle offusquée. Tout en ôtant des peluches de son pull, elle scannait la foule. « C'est vrai. »

Peut-être, mais était-elle obligée de le dire à voix haute ? C'était typique de Sophie. Elle était persuadée que tout le monde avait sa place et qu'il était de son devoir de rappeler à chacun où était la sienne. Comme avec Claire. Comme avec moi. Le tour d'Emily était venu. Alors que je n'étais jamais intervenue durant toutes ces années, cette fois-ci, j'ai décidé d'agir. Après tout, n'avais-je pas entraîné Emily à cette fête ?

« Viens, Emily. Allons nous chercher une bière. Sophie, tu en veux une ?

— Non », a-t-elle tranché.

142

Le temps que nous revenions, elle avait disparu. *Madame est vexée ? Ce ne sera pas la première fois. Je trouverai bien un moyen de lui redonner le sourire.* Seulement, Greg Nichols était réapparu et je ne voulais pas laisser Emily seule avec lui. Il nous a fallu vingt minutes pour nous en dépêtrer, puis j'ai laissé Emily avec des filles de ma connaissance et suis partie à la recherche de Sophie. Je l'ai trouvée sous la véranda derrière la maison, en train de fumer, seule.

« Ça va ? » ai-je lancé sans obtenir de réponse.

J'ai siroté ma bière en regardant la piscine vide en contrebas. Elle était remplie de feuilles ; une chaise de jardin était renversée au fond.

« Où est ton amie ? s'est-elle enquise.

— Sophie... Allez !

— Quoi ? C'est juste une question.

— Elle est à l'intérieur. Et c'est aussi ton amie.

— Non, a-t-elle craché.

— Tu ne l'aimes pas ?

— C'est une nouvelle, Annabelle. Et... » Elle s'est interrompue pour tirer sur sa cigarette. « Écoute, si tu veux traîner avec cette nana, ne te gêne pas. Moi, je ne préfère pas.

— Pourquoi ?

— Je n'en ai pas envie. » Elle m'a dévisagée. « Quoi ? On n'est pas siamoises, que je sache. On peut avoir des activités différentes.

— Je sais.

— Vraiment ? » Elle a soufflé un rond de fumée. « Parce que franchement, tu ne fais jamais rien sans

143

moi. Depuis que nous nous sommes rencontrées, c'est moi qui dégote les garçons, les meilleures soirées… Avant moi, tu restais vissée à ta chaise et tu tendais des Kleenex à Ca-laire Rebbolds. »

J'ai bu une autre gorgée de bière. Je détestais quand Sophie jouait les filles antipathiques et sarcastiques.

« Écoute, lui ai-je déclaré. J'ai invité Emily parce qu'elle ne connaissait personne.

— Elle te connaît, toi. Et Greg Nichols.

— Très drôle.

— Je ne suis pas drôle. Je te dis les choses comme elles sont. Je ne l'aime pas. Si tu veux traîner avec elle, n'hésite pas. Moi, je ne suis pas intéressée. »

Elle a jeté sa cigarette sur le sol en teck et l'a écrasée avec sa botte. Puis elle a fait volte-face et est retournée à l'intérieur.

Mal à l'aise, je l'ai suivie des yeux. Peut-être avait-elle raison, sans elle je ne serais rien. Au fond de moi, je savais qu'elle avait tort, mais un soupçon de doute s'insinuait en moi, me rongeait. Avec Sophie, c'était tout ou rien. Soit on était avec elle – ou plus précisément derrière elle – soit contre elle. Il n'y avait pas de position médiane. Malgré les difficultés, mieux valait être son amie que son ennemie.

J'ai regardé ma montre pour constater que je devais ramener Emily sans tarder. J'ai sillonné la foule un moment avant de la repérer en grande conversation avec une fille. Nous avons parlé mode quelques minutes, le temps que Sophie se calme. Quand l'heure est venue de partir, je pensais que sa mauvaise humeur était de l'histoire ancienne.

Impossible de la trouver. Elle n'était ni dehors, ni dans la cuisine. Finalement, je l'ai aperçue au bout d'un couloir. Dès qu'elle m'a vue, elle a ouvert une porte qu'elle a vite refermée derrière elle. J'ai pris une profonde inspiration avant de m'approcher et de frapper deux fois.

« Sophie. On s'en va ! »

Pas de réponse. Dans un soupir, j'ai croisé les bras sur la poitrine.

« O.K. Je sais que tu es en colère contre moi, mais on en discutera plus tard, d'accord ? »

Toujours rien. J'ai jeté un œil à ma montre – si nous ne partions pas bientôt, Emily passerait l'heure du couvre-feu.

« Sophie », ai-je insisté, la main sur la poignée.

Comme la porte n'était pas verrouillée, je l'ai lentement poussée et j'ai fait un pas en avant.

« Juste… »

Je me suis arrêtée de parler. Et de marcher. Sophie était adossée au mur opposé, un garçon collé contre elle. Une main sous le T-shirt de Sophie, l'autre qui remontait le long de sa hanche, il avait la tête penchée, les lèvres dans le creux de son cou. Plus qu'étonnée, j'ai bondi en arrière. Quand il s'est retourné, j'ai reconnu Will Cash.

« Nous sommes occupés », a-t-il déclaré à voix basse.

Il avait les yeux rougis, les lèvres à quelques centimètres de son épaule.

« Je… Je suis désolée…

— Rentre chez toi, Annabelle », m'a ordonné Sophie qui caressait les cheveux bouclés de Will.

J'ai refermé la porte et je suis restée sans bouger dans le couloir. Will Cash était de Perkins. Il jouait de la guitare de temps à autre avec les Day After et était en terminale à l'époque. Alors qu'il était mignon – très mignon, du genre impossible à ne pas remarquer –, il traînait une réputation de tombeur. D'une semaine sur l'autre, il ne sortait jamais avec la même fille. De son côté, Sophie préférait les sportifs et les types clean ; elle détestait ceux qui se faisaient remarquer. Apparemment, elle pratiquait une exception ce soir.

Plus tard, j'ai essayé de l'appeler mais personne n'a répondu. Le lendemain, vers midi, quand elle a fini par me téléphoner, elle n'a parlé ni d'Emily, ni de notre conversation. Elle n'avait qu'un nom à la bouche : Will Cash.

« Il est incroyable. » Elle m'a raconté leur soirée dans les moindres détails avant de m'annoncer qu'elle venait me voir, comme si le sujet était trop important pour en discuter au téléphone. À présent, elle était assise sur mon lit et feuilletait un vieux *Vogue.* « Il connaît tout le monde, c'est un guitariste étonnant, et il est d'une intelligence… Et puis il est si sexy. Je l'aurais embrassé toute la nuit.

— Tu avais l'air heureuse.

— Je l'étais. Je le suis ! s'est-elle exclamée en

s'arrêtant sur une pub pour des chaussures. Il est exactement ce dont j'avais besoin en ce moment.

— Et…, ai-je ajouté en pensant à la réputation sulfureuse de Will, tu comptes le revoir ?

— Bien sûr, a-t-elle répliqué comme si ma question était idiote. Ce soir. Il joue au Bendo.

— Au Bendo ? »

Dans un soupir, elle a relevé ses cheveux en queue-de-cheval.

« C'est un club. Sur Finley. Annabelle ! Ne me dis pas que tu n'as jamais entendu parler du Bendo !

— Si, évidemment, ai-je menti.

— Ils passent à vingt-deux heures. Tu peux venir ça te tente. »

Elle m'a proposé de l'accompagner sans lever les yeux vers moi. Sa voix était terne et monocorde.

« Non, je ne peux pas. Je dois me lever tôt demain.

— Comme tu veux. »

Ce soir-là, pendant que j'étais seule chez moi, Sophie s'est rendue au Bendo pour voir le groupe et ensuite, ai-je appris plus tard, elle est retournée au Chalet où elle a passé la nuit avec Will. En dépit de ses vantardises et de ses belles paroles, Will était le premier et à partir de ce jour, le monde de Sophie a tourné autour de lui.

Moi, j'avais du mal à voir ce qu'elle lui trouvait. Alors que Sophie répétait qu'il était tendre, drôle, sexy et intelligent (parmi un million d'autres adjectifs), aucun de ces qualificatifs ne me venait à l'esprit quand lui et moi étions en tête à tête. Oui, il était beau et extrêmement populaire. Mais il était aussi difficile à cerner et à aborder, tant il paraissait froid et distant. Chaque fois que je me retrouvais seule en sa compagnie – dans la voiture, quand Sophie courait payer son plein durant les fêtes, quand nous la cherchions ensemble –, je me sentais nerveuse, gênée par le regard intense qu'il posait sur moi ou les silences prolongés qu'il ne brisait pas.

Pire, on aurait dit qu'il prenait plaisir à me mettre mal à l'aise. En général, je dissimulais mon embarras en parlant trop fort, trop vite. Dans ces cas-là, Will ne bougeait pas les yeux, gardait un visage inexpressif, et je pataugeais jusqu'à me noyer dans un flot de paroles. Il devait me trouver idiote et je me comportais comme une petite fille désireuse d'impressionner la galerie. Quoi qu'il en soit, je faisais de mon mieux pour l'éviter, ce qui était rarement possible.

D'autres filles ne semblaient pas avoir ce problème et par conséquent, garder un petit ami comme Will représentait un travail à temps complet, même pour une fille aussi active que Sophie. Dès le départ, il y a eu des rumeurs. Partout où il allait, Will connaissait quelqu'un, du sexe féminin en général. Sophie n'était pas aidée par le fait qu'ils fréquentaient des écoles différentes et elle ne comptait plus le nombre constant d'histoires colportées sur ses mains baladeuses. Pour couronner le tout, il faisait partie d'un groupe de rock. En résumé, Sophie avait du pain sur la planche. Leur relation se déroulait selon un cycle bien précis : Will entrait en contact (dans tous les sens du terme) avec une fille, les rumeurs circulaient, Sophie traquait sa rivale, traquait Will, ils se disputaient, cassaient puis se remettaient ensemble. Et ainsi de suite.

« Je ne comprends pas pourquoi tu tolères ce comportement, lui ai-je dit un soir, alors que nous roulions à tombeau ouvert dans un quartier inconnu, à la recherche de la maison d'une fille qui, paraissait-il, avait flirté avec Will lors d'une soirée.

— Évidemment ! m'a-t-elle rétorqué en grillant un stop et en prenant un virage serré. Tu n'as jamais été amoureuse, Annabelle. »

Je ne lui ai pas répondu, parce que c'était vrai. J'étais sortie avec quelques garçons, mais je n'avais jamais eu de relation sérieuse. Mais si c'était ça, l'amour, pensais-je tandis que nous prenions un autre virage serré, Sophie penchée sur moi pour vérifier le numéro des maisons, le visage écarlate, je remerciais Dieu de ne pas le connaître.

« Will a toutes les filles à ses pieds, a-t-elle déclaré en ralentissant devant une rangée de maisons à notre gauche. Mais il m'a choisie, moi. Il est avec moi. Et ce n'est pas la première allumeuse venue qui changera ça.

— Je croyais qu'ils discutaient, c'est tout. Cela ne veut pas nécessairement dire que…

— Ils discutaient, seuls, lors d'une soirée, dans une chambre, loin de la foule ? Tu veux rire ! Si tu savais qu'un type est maqué – avec une fille comme moi, qui plus est –, tu ferais des trucs aussi

149

louches ? C'est un choix, Annabelle. Si tu fais le mauvais, tu ne peux t'en prendre qu'à toi-même et en assumer les conséquences. »

Calée dans mon siège, je n'ai pas bronché quand elle s'est garée devant une petite maison blanche. La lumière au-dessus de la porte était allumée, il y avait une Polo rouge dans l'allée, un autocollant de l'équipe de hockey sur gazon de Perkins sur le pare-chocs arrière. Si j'avais été plus culottée – ou stupide –, je lui aurais fait remarquer que toutes les filles de la ville ne couraient pas après son mec, que Will n'était peut-être pas blanc comme neige. Mais l'expression de son visage m'a transportée plusieurs années en arrière, au bord de la piscine, le premier jour, quand elle voulait absolument que Christine devienne son amie. Peu importait si ma sœur l'ignorait ou se montrait brusque avec elle. Quand Sophie voulait quelque chose, Sophie l'obtenait. Et malgré les drames, sa relation avec Will faisait beaucoup d'envieuses. Elle n'avait plus besoin de fréquenter la fille la plus populaire du moment puisque désormais, c'était elle. Et pour cette raison, je me demandais si elle ne considérait pas Will comme moi je la considérais à l'époque : rester avec lui était difficile, le quitter l'était encore plus.

Je ne suis donc pas sortie de la voiture. Sophie est descendue en silence et s'est approchée de la Polo en prenant soin d'éviter la lumière de l'entrée. Je n'ai pas détourné le regard quand, à l'aide de sa clef de contact, elle a écrit sur le flanc rouge ce qu'elle pensait de sa rivale. Non. J'ai observé, comme à mon habitude, et j'ai tourné la tête quand elle est revenue vers moi, son éternelle complice.

Ironiquement, même si j'avais vu Will et Sophie s'étriper et se réconcilier des milliers de fois, j'étais chaque fois surprise de me retrouver au milieu. Un dérapage un soir, et le lendemain, c'était à moi qu'elle s'en prenait, moi qu'elle traitait de traînée, moi qui étais écartée non seulement de sa vie, mais de celle qui était devenue la mienne aussi.

« Annabelle ! m'a interpellée Mme McMurty, la directrice de Lakeview Models en passant derrière moi. Tu es la suivante, d'accord ? »

J'ai hoché la tête puis je me suis levée. De l'autre côté de la pièce, une des nouvelles, une grande brune, semblait mal à l'aise devant l'appareil avec son plateau bleu provenant du magasin de cuisines. Le shooting du calendrier se déroulait toujours de manière bizarre. Chaque fille décrochait un mois et elle devait poser avec des articles fournis par les diverses boutiques du centre commercial. L'année précédente, j'avais eu la malchance de tirer les Pneus Rochelle et de me retrouver coincée entre des jantes et des pneus radiaux.

« Tends-le, comme si tu offrais quelque chose », lui a conseillé le photographe.

La fille a tendu le cou en avant.

« Non, c'est trop. »

Rougissante, elle a reculé.

Pour m'approcher du photographe, je devais longer une rangée de filles adossées au mur. Je l'avais presque rejoint quand Hillary Prescott s'est plantée devant moi et m'a bloqué le chemin.

« Salut, Annabelle. »

Hillary et moi avions débuté ensemble. Alors qu'au départ, nous étions en quelque sorte amies, j'ai vite appris à garder mes distances avec cette commère-née. En effet, elle n'hésitait pas à remuer le couteau dans la plaie dès qu'il le fallait.

« Salut, Hillary. » Elle a déplié un chewing-gum qu'elle a jeté dans sa bouche puis elle m'a tendu le paquet. J'ai fait non de la tête. « Quoi de neuf ?

— Pas grand-chose. » Elle s'est mise à tortiller une boucle de ses cheveux autour de son index. « Ton été ? »

Si j'avais eu affaire à quelqu'un d'autre, je lui aurais servi ma réplique habituelle : « Bien, merci », sans réfléchir. Avec Hillary, je me tenais sur mes gardes.

« Pas mal, ai-je abrégé. Et toi ?

— Ennuyeux à mourir », a-t-elle répliqué dans un soupir. Elle a mâchouillé un moment son bout de gomme rose et brillant que je voyais de temps en temps sur sa langue. « Vous êtes fâchées, avec Emily ?

— Non, pourquoi ? »

Elle a haussé les épaules.

« D'habitude, vous traînez tout le temps ensemble et là, vous ne vous adressez plus la parole. Je trouve ça bizarre, c'est tout. »

J'ai jeté un coup d'œil à Emily qui examinait ses ongles.

« Disons que les choses changent. »

Je sentais qu'elle me fixait. Malgré ses questions, elle connaissait la vérité, du moins en partie. Mais plutôt crever que de lui donner les détails.

« Je dois y aller, ai-je abrégé. Je suis la suivante.

— O.K. À plus », m'a-t-elle répondu, les yeux plissés.

Hillary s'est écartée, je suis allée m'installer dans la file contre le mur où j'ai attendu en bâillant. Il était quatorze heures et j'étais épuisée. La faute à Phil Armstrong.

Ce matin-là, quand j'avais ouvert un œil, il était 6 h 47. Je m'apprêtais à me rendormir puis je m'étais souvenue de l'émission de Phil. J'avais beaucoup pensé à lui durant le week-end, du moins chaque fois que je disais un petit mensonge – du « Bien » que j'avais répondu à Papa quand il avait voulu savoir comment s'était passée ma journée du vendredi, au léger hochement de tête que j'avais esquissé quand Maman m'avait demandé la veille si j'étais contente de faire à nouveau partie des Lakeview Models. Le tout additionné, cela faisait de moi une belle hypocrite, au point que je me devais de tenir mes promesses autant que possible. J'avais dit à Phil que j'écouterais son émission et je l'ai écoutée.

Quand j'ai allumé la radio à sept heures pile, je n'ai entendu que des grésillements. J'ai donc collé mon oreille contre le poste et à ce moment-là, il y a eu comme une explosion – un solo de guitare puis un tintement de cymbales, suivi d'un hurlement. Abasourdie, j'ai sursauté et j'ai poussé du coude le poste qui est tombé du lit. Malgré le choc, il a continué de jouer à plein régime.

Aussitôt, Emma s'est mise à cogner sur notre mur mitoyen. À toute vitesse, j'ai ramassé l'appareil et j'ai baissé le son. Quand je l'ai remis près de mon oreille – avec précaution, cette fois-ci –, la chanson continuait, les mots que le chanteur prononçait (hurlait, devrais-je dire) étaient incompréhensibles. Je n'avais jamais entendu ce genre de musique, si on pouvait l'appeler ainsi.

Les cymbales ont fini par s'arrêter. La chanson suivante n'était pas mieux. Le charivari a été remplacé par un morceau électronique constitué de bips et de bidibips, et agrémenté d'une voix masculine qui récitait une sorte de liste de commissions. Et il a duré cinq minutes et demie, je le sais parce que je suis restée l'œil rivé au réveil pendant tout ce temps, en priant pour que Phil lance la suite. En fait, il a pris la parole à la fin du morceau.

« Il s'agissait de "Descartes Dream" par Misanthrope. En introduction, nous avons eu "Jennifer" interprété par Lipo. Vous écoutez "Self-control" sur RAD-2000, votre radio libre. Et maintenant "Nuptial". »

C'était un autre morceau d'électro hyper long auquel a succédé un groupe de vieillards récitant des poèmes sur les baleiniers. Ils avaient tous la voix enrouée et tremblotante. Puis Phil a diffusé deux bonnes minutes de harpe dégoulinante. Le méli-mélo était tel que je ne parvenais pas à m'adapter. Pendant une heure, je suis restée assise sur mon lit et j'ai écouté titre après titre, en attendant un que je pourrais *a*) comprendre ou *b*) apprécier. Cela ne s'est pas produit. En conclusion, son émission ne m'avait pas éclairée. Mais épuisée.

« Annabelle, m'a appelée Mme McMurty. Nous sommes prêts. »

Je suis revenue au présent et je me suis avancée jusqu'à la toile de fond qui avait été agrémentée de plusieurs plantes – un ficus, des fougères, un grand palmier dans un pot à roulettes. Cette année, je posais pour la boutique Fleurs et Compagnie. Mieux que les pneus, non ?

Le photographe, que je n'avais jamais rencontré, ne m'a pas dit bonjour quand je me suis présentée à lui. Il était trop occupé à régler son appareil. Un accessoiriste a poussé le pot à roulettes et une feuille m'a effleuré la joue.

Le photographe a levé les yeux vers moi.

« Il nous faut davantage de plantes, a-t-il dit à Mme McMurty. Sinon, je serai obligé de faire un gros plan.

— Est-ce qu'on en a d'autres ? a-t-elle demandé au technicien.

— Deux cactus, a-t-il répondu après avoir jeté un œil dans la pièce voisine. Et une plante araignée qui m'a l'air malade. »

Un pop a retenti quand le posemètre s'est arrêté. J'ai tendu la main pour éloigner la feuille de mon visage.

« Bien ! s'est exclamé le photographe qui s'est approché, a reculé. J'aime beaucoup. Très révélateur. Recommence. »

J'ai obtempéré malgré mon envie d'éternuer à force que la branche me chatouille le visage. Derrière le photographe, les autres m'observaient – les nouvelles, les anciennes, Emily. Alors que ces derniers temps, je ne supportais pas qu'on me regarde, cela ne me posait plus aucun problème dans cet environnement familier. Pendant quelques minutes, j'avais le droit d'oublier le fond pour me focaliser sur la forme.

« Bien », a-t-il continué.

Un cactus est entré dans mon champ de vision, mais je devais continuer à fixer le photographe tandis qu'il se déplaçait autour de moi. Le flash crépitait chaque fois qu'il me disait de sortir de ma réserve, d'afficher ma joie…

Ce soir-là, une fois ma mère au lit et Emma enfermée dans sa chambre, je suis descendue me chercher à boire. Papa était assis dans le salon, devant la télé, les pieds sur l'ottomane. Quand j'ai allumé dans le couloir, il s'est retourné.

« Tu tombes bien. Juste à temps pour voir un superbe documentaire sur Christophe Colomb.

— Vraiment ?

— C'est fascinant. Tu viens t'asseoir ? Tu pourrais apprendre quelque chose. »

Mon père adorait la chaîne *Historia*. « Avec un grand H », précisait-il quand il nous obligeait à regarder une énième émission sur le IIIe Reich, la chute du Mur de Berlin, les Pyramides. En général, il capitulait vu qu'il était en minorité et zappait sur *Fashion TV*, des programmes de déco ou un reality show quelconque. Aux alentours de minuit, les autres couchés, il redevenait le seul maître à bord. Cependant, il recherchait toujours un brin de compagnie, comme si l'histoire était plus intéressante quand on la partageait avec quelqu'un.

En général, j'étais ce quelqu'un. Maman se retirait de bonne heure, Emma prétendait s'ennuyer à mourir et Christine était un vrai moulin à paroles, peu importait l'émission. Papa et moi faisions la paire, le soir, assis côte à côte, tandis que l'histoire défilait devant nous. Même s'il s'agissait d'une rediffusion, il se montrait intéressé, hochait la tête et disait des « Mmmm » ou des « Incroyable », comme si le narrateur non seulement l'entendait mais avait besoin de son approbation pour continuer.

Ces derniers mois, j'avais cessé de regarder la télé avec lui. Je ne sais pas pourquoi, mais chaque fois qu'il me demandait de le rejoindre, je me sentais soudain trop lasse pour suivre les événements de la planète, même s'ils appartenaient à un passé lointain. Le poids de l'histoire me semblait trop lourd. Je n'avais plus le courage de regarder en arrière.

« Non, merci, lui ai-je répondu. La journée a été longue. Je suis épuisée.

— Très bien. » Il s'est enfoncé dans son fauteuil et a pris la télécommande. « Une prochaine fois.

— Oui, une prochaine fois. »

Je suis allée me servir un verre d'eau et je suis revenue vers lui. Il m'a tendu la joue pour que je l'embrasse. Puis il a souri et a monté le son. Le narrateur lançait le sujet quand je suis sortie de la pièce.

« Au XVe siècle, les explorateurs brûlaient de… »

Au milieu de l'escalier, je me suis arrêtée pour boire une gorgée. Je me suis retournée – la télécommande était posée sur son ventre, la lumière vacillante de la télé lui balayait le visage. Je me suis imaginée en train de redescendre et de prendre place sur le canapé, mais je n'ai pas pu. Je l'ai donc laissé seul, à regarder l'histoire se répéter, à réécouter les mêmes événements.

Chapitre 7

Tout le week-end, je me suis demandé à quoi m'attendre quand je reverrais Phil au lycée. Les choses seraient-elles différentes après les événements de vendredi, nous réfugierions-nous à nouveau dans notre distance silencieuse, comme si de rien n'était ?

Quelques minutes après qu'il se fut assis, il a choisi pour nous.

« Alors ? Tu as écouté ? »

J'ai posé mon sandwich et je me suis tournée vers lui. Vêtu d'un jean et d'un pull noir à col rond, il était installé à sa place. Son iPod était sorti, les écouteurs pendaient autour de son cou.

« Ton émission ?

— Ouaip.

— Oui, je l'ai écoutée.

— Et… ? »

Même si j'avais passé la majeure partie du week-end à compter le nombre de bobards et de salades que je racontais pour avoir la paix, je m'apprêtais à lui mentir. En principe, être honnête était une chose et une seule, mais devant la personne concernée, c'en était une autre.

« Eh bien… Disons que c'était… intéressant.

— Intéressant ? a-t-il répété.

— Oui… Hum… Je n'avais jamais entendu ces chansons avant. »

Il m'a fixée pendant une éternité. Puis soudain, il m'a surprise en se levant. En trois pas, il avait aboli la distance entre nous. Il s'est assis à côté de moi.

« O.K. Est-ce que tu as vraiment écouté mon émission ?

— Oui, ai-je répondu en essayant de ne pas bégayer.

— Je ne sais pas si tu te souviens, mais tu m'as confié que tu étais une menteuse-née.

— C'est faux ! » Il a haussé les sourcils. « Je camoufle souvent la vérité, d'accord. Mais je te promets que j'ai écouté ton émission du début jusqu'à la fin. »

Il n'en croyait pas un mot. Ce qui n'était pas surprenant.

J'ai pris une profonde inspiration.

« "Jennifer" par Lipo. "Descartes Dream" par Misanthrope. Une chanson avec beaucoup de bips…

— Tu as écouté ! » Il a secoué la tête. « O.K. Maintenant dis-moi ce que tu en as vraiment pensé.

— C'était intéressant…

— Intéressant n'est pas un mot.

160

— Depuis quand ? me suis-je étonnée.

— C'est un mot fourre-tout. Un adjectif que tu utilises pour ne pas avouer ce que tu penses. » Il s'est penché vers moi. « Écoute, tu peux dire ce que tu veux, n'aie pas peur de me vexer.

— Non, j'ai aimé.

— Dis la vérité. Quelque chose. N'importe quoi. Crache le morceau.

— Je… » Je me suis tue. Était-ce le fait qu'il voyait clair dans mon jeu ? Que je me montrais rarement honnête ? Je me suis décidée. « Je… Je n'ai pas aimé. »

Il s'est tapé sur la cuisse.

« Je l'aurais parié ! Pour quelqu'un qui ment tout le temps, tu n'es pas très douée. »

Bonne nouvelle. Ou peut-être pas…

« Je ne suis pas une menteuse.

— O.K. Tu es gentille, alors.

— Et c'est interdit d'être gentille ?

— Non, mais en général, cela implique de ne pas dire la vérité. Allez, maintenant, avoue. Qu'en as-tu vraiment pensé ? »

J'étais abasourdie. Phil Armstrong lisait en moi comme dans un livre, sans que je m'en rende compte.

« J'ai aimé le format de l'émission, mais les chansons étaient un peu…

— Un peu quoi ? » Il a agité les mains devant moi. « Balance des adjectifs. Autres qu'intéressant.

— Bruyantes. Bizarres.

— O.K. Continue. »

J'ai scruté son visage à la recherche de signes me montrant qu'il était vexé, ennuyé. Comme je n'en voyais aucun, j'ai continué.

« La première chanson était... douloureuse à écouter. La seconde, celle de Misanthrope...

— "Descartes Dream"...

— Soporifique, littéralement.

— Cela arrive. Ensuite ? »

Loin d'être contrarié, il me répondait avec une grande aisance.

« Le morceau de harpe. On le passe aux enterrements, non ?

— Euh...

— Au fait, j'ai détesté l'électro.

— Chaque fois ?

— Oui.

— O.K. Merci pour le retour. »

Fin de la conversation. Il a attrapé son iPod qu'il a commencé à manipuler. Pas d'éruption de colère. Pas de blessure d'amour-propre.

« Tu ne le prends pas mal ?

— Que tu n'aies pas aimé mon émission ? a-t-il répliqué sans lever la tête.

— Oui. »

Il a haussé les épaules.

« J'avoue, cela aurait été cool si tu avais apprécié. Mais la plupart des gens détestent, alors ta réaction n'est pas surprenante.

— Tu n'es pas contrarié ?

— Non. Au début, c'est un peu décevant, mais

on se remet de ses déceptions. Sinon, on finirait tous au bout d'une corde, pas vrai ?

— Pardon ?

— Et la complainte des marins ? » Je me suis contentée de le regarder. « Tu sais, les vieux qui chantaient leur amour de la navigation au large. Tu en as pensé quoi ?

— Étrange. Très étrange.

— Étrange, a-t-il répété lentement. Hum. D'accord. »

Soudain, j'ai entendu des voix et des pas. J'ai tourné la tête juste à temps pour voir Sophie qui traversait la cour avec Emily. J'avais été tellement distraite par l'intervention de Phil vendredi que j'en avais oublié l'altercation qui l'avait précédée. Ce matin-là, cependant, sur le chemin des cours, l'appréhension me tenaillait l'estomac. Pour l'instant, je n'avais croisé la route de Sophie qu'une seule fois. Elle m'avait foudroyée du regard, avait marmonné « salope », et s'était éloignée. À l'Ouest rien de nouveau.

Quand elle m'a vue, elle a écarquillé les yeux avant de pousser Emily du coude. Alors qu'elles me fixaient toutes les deux, je me suis mise à rougir et j'ai examiné mon sac à mes pieds.

Phil, lui, n'a rien remarqué. Il a posé son iPod et s'est passé la main dans les cheveux.

« Comme ça, tu n'as pas aimé l'électro. Même pas un petit bout. »

J'ai secoué la tête.

« Non, je suis désolée.

163

— Ne le sois pas. C'est ton opinion. Personne ne détient la vérité absolue en musique. Tu as le droit de ne pas aimer. »

À ma grande surprise, la sonnerie a retenti. Moi qui avais l'habitude que l'heure du déjeuner soit interminable, celle-ci s'était envolée à toute allure. J'ai remballé ce qui restait de mon sandwich tandis que Phil sautait du muret, glissait son lecteur dans sa poche et s'emparait de ses écouteurs.

« Eh bien…, ai-je lancé. On se voit plus tard.

— Ouaip ! » Il a mis ses écouteurs pendant que je prenais mon sac et descendais du mur. « À plus. »

Alors qu'il s'éloignait, j'ai jeté un coup d'œil au banc d'en face. Comme prévu, Sophie et Emily me dévisageaient. La première a marmonné quelque chose, la seconde a souri en secouant la tête. J'imaginais déjà les ragots qu'elles inventeraient, les histoires qui circuleraient sur notre compte. Aucune d'elles ne serait plus bizarre que la vérité : Phil Armstrong et moi devenions amis.

Cette pensée m'a poussée à le chercher au milieu de la foule. Armé de ses écouteurs, il se dirigeait vers le bâtiment des arts, son sac sur l'épaule. Les filles l'observaient sans qu'il s'en rende compte. De toute manière, il s'en fichait. Et rien que pour cela, son honnêteté et sa franchise, je l'enviais. Oh oui, je l'enviais.

Je n'ai pas décroché le job pour Mooshka. J'ai accueilli la nouvelle avec la plus grande indifférence tandis que ma mère semblait fort déçue. Au fond de moi, j'étais soulagée que ce soit terminé et que je puisse passer à autre chose. Mais le lendemain matin, alors que je sortais mon sandwich, un mot est tombé de mon sac.

Annabelle,
Je voulais juste te dire que je suis très fière de toi pour tout ce que tu as accompli. Ne te décourage pas. La concurrence était rude et d'après Linda, les dirigeants de Mooshka t'ont trouvée très bien. Elle et moi devons parler d'autres projets tout aussi excitants aujourd'hui. Je te raconterai ce soir. Passe une bonne journée.

« Mauvaises nouvelles ? »

J'ai sursauté quand Phil a surgi devant moi.

« Hein ?

— Tu m'as l'air stressée. » Il a fait un signe de tête en direction de la lettre dans ma main. « Un problème ?

— Non. » J'ai plié le mot que j'ai glissé sous ma cuisse. « Tout va bien. »

Il a fait deux ou trois pas et s'est assis sur le muret à côté de moi, comme la veille, ni trop près, ni trop loin. Il a sorti son iPod de sa poche et a posé les paumes sur le gazon derrière nous, tout en observant la cour.

J'avais conscience de ne pas avoir été complètement honnête avec lui. Bien entendu, il ne saurait jamais le pourquoi du comment. Il s'en fichait peut-être. Néanmoins, j'ai ressenti le besoin de reformuler et réexpédier.

« Si, il y a un truc avec ma mère. »

Il a tourné la tête. Pensait-il que j'étais folle ou n'avait-il aucune idée de ce dont je parlais ?

« Un truc, a-t-il répété. Au cas où tu l'ignorerais, c'est un sérieux fourre-tout, ce mot-là. »

Tu m'étonnes !

« Cela a un rapport avec le mannequinat, ai-je explicité.

— Le mannequinat ? » Il ne semblait pas comprendre. « Ah oui ! Ce dont Marjorie parlait l'autre jour ! Tu as participé à un spot publicitaire, c'est cela ?

— Je suis mannequin depuis de nombreuses années. Comme mes sœurs. Mais récemment, j'ai eu envie d'arrêter. »

C'était dit. Ce qui me trottait dans la tête depuis des mois venait d'arriver aux oreilles de Phil Armstrong, lui entre tous. J'aurais pu en rester à ce pas de géant, mais pour une raison inconnue, j'ai poursuivi.

« C'est compliqué. Ma mère y tient beaucoup et si j'abandonne, elle sera très contrariée.

— Si tu ne veux plus continuer…

— Hum…

— Dis-le-lui.

— Comme si c'était facile.

— Ça ne l'est pas ?

— Non. »

Des rires ont éclaté à notre gauche. Des secondes sortaient du bâtiment en parlant trop fort.

« Pourquoi ?

— Parce que je ne suis pas douée pour gérer les situations conflictuelles. » Il a jeté un coup d'œil à Sophie qui était assise à son poste à côté d'Emily, puis lentement son regard est revenu vers moi. « Enfin, pas très douée.

— Que s'est-il passé entre vous deux ? m'a-t-il interrogée.

— Entre Sophie et moi ? » J'ai fait celle qui ne comprenait pas. Il a hoché la tête. « Elle… Nous nous sommes disputées pendant l'été. »

Il n'a rien ajouté. Je savais qu'il attendait davantage de détails.

« Elle croit que j'ai couché avec son petit copain, ai-je ajouté.

— Et tu as couché avec lui ? »

J'étais sûre qu'il me poserait la question, de but en blanc. Et pourtant, j'ai rougi.

« Non.

— Peut-être aurais-tu dû le lui dire ?

— Ce n'est pas si simple.

— Vraiment ? »

Les yeux rivés sur mes mains, je m'interrogeais sur la facilité avec laquelle il avait déduit autant de choses à mon propos en moins d'une semaine.

« Si tu étais à ma place, ai-je poursuivi, tu…

— Je serais honnête, a-t-il complété. À tout prix.

— À t'entendre, il n'y a rien de plus facile.

— Faux. Mais tu en es capable. Il suffit d'un peu de pratique.

— De pratique ?

— Pendant les cours de contrôle de l'agressivité, nous pratiquions le jeu de rôle. Tu sais, afin d'aborder les situations de manière moins superficielle.

— Toi, dans un jeu de rôle ?

— J'étais obligé. Ordre du tribunal. » Il a soupiré. « Je dois admettre que cela m'a aidé. Le jour où un cas similaire se reproduit, tu as une sorte de carte routière pour te guider.

— Oui. Ça semble logique.

— Bon, et maintenant... » Il s'est glissé plus près de moi. « Disons que je suis ta mère.

— Pardon ?

— Je suis ta mère, a-t-il répété. Annonce-moi que tu veux quitter le mannequinat. »

J'ai rougi comme une pivoine.

« J'en suis incapable.

— Pourquoi ? Est-ce trop difficile à croire ? Tu me trouves mauvais acteur ?

— Non, c'est juste que...

— Parce que je suis doué. Tout le monde voulait que je sois sa mère dans le groupe. »

Je l'ai dévisagé.

« C'est juste... bizarre.

— Non, l'exercice est difficile, mais pas impossible. Essaie ! »

Une semaine plus tôt, j'ignorais jusqu'à la couleur de ses yeux et maintenant, nous faisions partie de la même famille. Temporairement, du moins. J'ai inspiré à fond.

« O.K. Heu…

— Maman…

— Quoi ?

— Plus l'exercice sera effectué avec précision, mieux ce sera, m'a-t-il expliqué. Lâche-toi ou ne lâche rien.

— O.K. Maman…

— Oui ? »

Trop bizarre.

« Je voulais te dire, ai-je continué, je sais à quel point mes trucs de mannequin sont importants pour toi, mais… »

Il a levé la main pour m'interrompre.

« R&R. Reformule et réexpédie.

— Pourquoi ?

— Truc. Un mot fourre-tout majeur, comme je te l'ai dit, et super vague. Lors d'une confrontation, il faut être le plus rigoureux possible, afin d'éviter les malentendus. » Il s'est penché davantage vers moi. « Écoute, je comprends que tu trouves mes conseils étranges, mais ça marche, je te promets. »

Piètre réconfort vu que j'allais passer d'une situation particulièrement inconfortable à une humiliation totale.

« Je sais que mon métier de mannequin est très important à tes yeux et que tu l'aimes beaucoup. »

Phil m'a fait signe de poursuivre.

« Mais pour être honnête… » J'ai coincé une mèche de cheveux derrière mon oreille. « J'y ai énormément pensé ces derniers temps et j'ai envie... »

Je savais qu'il ne s'agissait que d'un jeu de rôle, un entraînement pour de faux. Malgré cela, je sentais quelque chose se serrer en moi, comme un moteur qui s'étoufferait avant de s'arrêter. Il y avait trop de choses en jeu – échouer ne révélerait que mon incapacité à me battre et finirait de m'embarrasser devant lui.

Il attendait.

« Je ne peux pas, ai-je avoué en baissant la tête.

— Il faut que tu persistes ! s'est-il exclamé en tapant le mur avec la paume de la main. Tu y étais presque.

— Je suis désolée », ai-je ajouté, la voix brisée. J'ai mâchonné mon sandwich. « Je... je ne peux pas. »

Il m'a regardée un long moment puis il a haussé les épaules.

« Très bien. Ce n'est pas grave. »

Nous sommes restés assis côte à côte en silence pendant quelques minutes. Je n'avais aucune idée de ce qui s'était passé, mais soudain, je me suis dit que si, c'était grave.

« Écoute, a poursuivi Phil, voilà ce que j'en pense : ce doit être atroce de garder tout ça en soi. De se lever tous les matins et d'avoir autant de choses à dire et de se taire. Il y a de quoi devenir fou, non ? »

Je savais qu'il parlait de mon job de mannequin. Mais en l'écoutant, j'ai pensé au plus lourd secret que j'aie jamais porté et que je ne révélerais de ma vie entière. Celui que je tairais pour toujours, car si le moindre rayon de lumière venait à l'éclairer, je ne serais plus capable de le garder enfoui en moi.

« Je dois y aller, ai-je déclaré en fourrant mon sandwich dans mon sac. Je… Il faut que je parle à ma prof d'anglais de cet exposé que je dois présenter.

— Oh ! » Je sentais son regard posé sur moi et j'ai fait un gros effort pour l'éviter. « Entendu.

— Euh… À plus tard.

— O.K. » Il a pris son iPod. « À plus. »

J'ai hoché la tête et je suis partie. Une fois arrivée aux portes principales, j'ai risqué un coup d'œil en arrière.

Il n'avait pas bougé du muret. La tête penchée, il écoutait sa musique comme si rien ne s'était passé. En un flash m'est revenue la première impression que j'avais eue de lui – ce garçon était dangereux, menaçant. Maintenant, je savais qu'il ne l'était pas, du moins pas comme je le croyais à l'époque. Le plus effrayant, chez Phil Armstrong, c'était qu'il agissait avec honnêteté et attendait des autres le même comportement. Ce qui me terrifiait au plus haut point.

Loin de lui, j'ai ressenti un grand soulagement. Qui a été de courte durée.

En vérité, je me suis rendu compte au cours de la journée que je connaissais à peine Phil et pourtant, je m'étais montrée plus honnête avec lui qu'avec n'importe qui d'autre dans mon existence. Il était au courant de ma brouille avec Sophie, de la maladie d'Emma, de mon dégoût du mannequinat. J'avais avoué des tonnes de choses à un quasi-inconnu. Prendrais-je le risque qu'il devienne mon ami ? Je l'ignorais jusqu'à ce que je croise Claire.

Nous venions de terminer les cours quand je l'ai aperçue devant son casier dans le couloir. Les cheveux nattés, elle portait un jean, un T-shirt noir et des ballerines brillantes. Une fille que je ne connaissais pas est passée derrière elle et l'a appelée par son prénom. Claire s'est retournée et lui a souri. Voilà qui était tout à fait normal, un instant banal dans une journée banale, mais cette scène m'a projetée quelques années en arrière, un soir au bord d'une piscine. Cette fois-là aussi, j'avais eu peur du conflit, peur d'être honnête, peur de m'exprimer. J'avais perdu une amie au passage. La meilleure que j'aie jamais eue.

Il était trop tard pour changer ce qui s'était passé entre Claire et moi. Par contre, il était peut-être encore temps de changer autre chose. Moi peut-être. Je suis partie à la recherche de Phil.

Dans un lycée de plus de deux mille élèves, il est facile de se perdre ou d'égarer quelqu'un. Comme Phil se détachait sans peine de la foule, je me suis dit que je l'avais raté quand je n'ai vu ni sa Land Cruiser, ni lui. Alors je suis montée dans ma voiture et je suis sortie du parking. Et là, sur la route principale, je l'ai aperçu. Il marchait sur le terre-plein central, sac sur l'épaule, écouteurs vissé aux oreilles.

C'est juste une fois arrivée à sa hauteur que je me suis dit que je faisais peut-être une erreur. Seulement, on n'a pas souvent de deuxième chance dans la vie. Si tu ne peux pas changer ton passé, modifie ton avenir. Alors j'ai ralenti et j'ai baissé ma fenêtre.

« Hé ! l'ai-je interpellé sans qu'il m'entende. Phil ! »

Pas de réponse. J'ai placé ma main au centre du volant et j'ai appuyé de toutes mes forces sur le klaxon. Enfin, il a tourné la tête.

« Salut ! » La voiture qui me suivait a donné un coup de klaxon hargneux avant de me doubler par la droite. « Quoi de neuf ?

— Qu'est-il arrivé à ta voiture ? » me suis-je enquise.

Il s'est arrêté de marcher et a enlevé l'écouteur de son oreille gauche.

« Problème de transport. »

C'est le moment. Dis quelque chose. N'importe quoi. Accouche !

« L'histoire de ma vie. » Je me suis penchée et j'ai ouvert la portière passager. « Monte ! »

Chapitre 8

La première chose que Phil a faite en montant dans ma voiture a été de se cogner la tête au plafond – un peu bas, ce dont je ne m'étais jamais rendu compte.

« Aïe ! » s'est-il écrié en se frottant le front. Il a donné un grand coup de genou dans le tableau de bord. « La vache ! Elle est petite, ta caisse.

— Ah bon ? Je ne l'avais jamais remarqué, pourtant je fais un mètre soixante-treize.

— C'est beaucoup, ça ?

— Je le croyais avant.

— Moi, je mesure un mètre quatre-vingt-quinze. » Il a essayé de reculer son siège qui était déjà au maximum. Puis il a levé le bras pour le caler contre la fenêtre, mais il était trop long si bien qu'il a changé de position et l'a plaqué sur son torse avant de le laisser pendre à côté de lui. « Disons que tout est relatif.

— Ça va ? me suis-je inquiétée.

— Bien, a-t-il répondu avec la désinvolture d'une personne qui monte tout le temps dans des voitures trop petites pour elle. Merci de t'être arrêtée.

— Pas de quoi. Dis-moi juste où je te dépose.

— Chez moi. » Il a remué dans son siège. « Continue tout droit sur quelques kilomètres. »

Nous avons roulé sans parler pendant quelques minutes. Je savais que le moment était venu de m'expliquer. J'ai inspiré.

« Comment tu peux le supporter ? m'a-t-il demandé.

— Quoi ?

— Ce silence. Ce vide ?

— Pardon ?

— Conduire en silence. Sans musique.

— Eh bien... ai-je bredouillé. Pour être franche, je ne m'en étais pas aperçue. »

Il s'est adossé au siège et s'est cogné contre l'appuie-tête.

« Ce silence fait un bruit terrifiant... Mes CD se trouvent dans la console au centre, si tu veux... »

Il ouvrait déjà la boîte et en sortait une pile de disques. Tandis qu'il les examinait, je suis soudain devenue nerveuse.

« Ce ne sont pas ceux que je préfère, ai-je expliqué. Ils sont là, en ce moment, c'est tout.

— Hum... » Il n'a pas levé la tête. À mes côtés, les boîtiers claquaient les uns contre les autres. « Drake Peyton, Drake Peyton... Tu aimes ce genre rock-hippie efféminé ?

— Oui. » Mauvais point pour moi. « Je l'ai vu en concert il y a deux ans.

— Voyons… Drake Peyton, encore. Alamance. C'est du country punk, ça !

— Oui.

— Intéressant. Jamais je n'aurais pensé que tu écoutes… Tiny ? C'est l'album qu'il a le plus vendu, non ?

— Je l'ai acheté cet été, lui ai-je appris en ralentissant à l'approche d'un feu rouge.

— Tu sais, je dois admettre que je suis surpris. Je n'aurais jamais cru que tu sois une fan de Tiny. Ou que tu écoutes du rap, en fait.

— Pourquoi ? »

Il a haussé les épaules.

« Je ne sais pas. Une idée préconçue. Qui t'a gravé celui-ci ? »

J'ai jeté un œil au disque qu'il me montrait et j'ai aussitôt reconnu l'écriture penchée.

« Ma sœur Christine.

— Elle préfère le classic rock.

— Depuis le lycée. Cela fait des années qu'elle a un poster de Jimmy Page dans sa chambre.

— Ah ! » Il a parcouru la liste des titres. « Elle a bon goût. Il y a du Led Zeppelin mais elle a évité de mettre "Stairway to Heaven". » Il paraissait impressionné. « "Thank You" est ma favorite.

— Vraiment ?

— Vraiment. Ils ont su combiner la guimauve et le heavy metal avec ce titre. C'est ironique et tellement vrai à la fois. Je peux le mettre ?

— Bien sûr. Merci de le demander.

— C'est normal. » Il a glissé le CD dans le lecteur. « Seuls les abrutis prennent des libertés avec l'autoradio des autres. Sérieux. »

Le lecteur a cliqué deux fois avant que je n'entende une vague musique. Le bras tendu, Phil m'a interrogée du regard. Quand j'ai hoché la tête, il a monté le son. Dès que j'ai entendu les premiers accords, j'ai eu un coup au cœur – Christine me manquait. Pendant sa terminale, en pleine crise de rébellion, elle s'était passionnée pour le rock des années 1970 et à son paroxysme, elle avait écouté "Dark Side of the Moon" des Pink Floyd en boucle pendant des semaines.

À ma droite, Phil pianotait sur son genou. Christine, elle, n'hésitait pas à dire ce qu'elle pensait. Alors, tandis que sa chanson passait dans ma voiture, j'ai décidé de l'imiter.

« Pour tout à l'heure… Je suis désolée de ce qui est arrivé.

— Qu'est-il arrivé ? »

Prise au dépourvu, j'ai gardé les yeux rivés sur la route.

« Quand nous faisions le jeu de rôle, quand j'ai disjoncté et que je suis partie. »

Je m'attendais à un « Ce n'est pas grave » ou peut-être à un « Ne t'inquiète pas », et j'ai eu droit à :

« T'appelles ça disjoncter ?

— Euh… Oui… Je suppose.

— Ah. O.K.

— Je ne pensais pas que cela me contrarierait à ce point, ai-je expliqué. Comme je te l'ai dit, je ne suis pas douée pour gérer les situations de conflit. Tu as dû t'en rendre compte. Donc je suis… désolée.

— Pas de problème. » Il a remué sur son siège et son coude a heurté la portière. « En fait… »

J'ai attendu qu'il finisse sa phrase, mais il ne semblait pas trouver ses mots.

« Oui ?

— Pour moi, ce n'était pas vraiment disjoncter.

— Non ?

— Pour moi, quelqu'un qui disjoncte lève la voix, crie. Ses veines gonflent. Il frappe les gens dans les parkings. Tu vois le genre.

— Je ne réagis pas ainsi.

— Je ne dis pas que tu le devrais. » Il s'est passé la main dans les cheveux. À ce moment-là, son anneau au majeur a reflété la lumière une seconde. « C'est une question de sémantique, je pense. Prends la prochaine à droite. »

Je me suis engagée dans une rue bordée d'arbres. Les maisons, immenses, étaient agrémentées de larges porches. Dans une impasse, des enfants jouaient au hockey sur roulettes. Au coin d'une rue, des femmes bavardaient autour de plusieurs poussettes.

« La grise, là-bas. »

J'ai ralenti pour me garer. Sa maison était superbe. Sous le porche, il y avait une balancelle et sur chaque marche avaient été disposés deux pots de fleurs d'un rose éclatant. Un chat roux se dorait au soleil dans l'allée.

« Waouh ! Belle maison.

— Elle n'est pas en verre, mais on y est bien. »

Les rôles étaient inversés. C'était mon tour d'attendre qu'il sorte.

« Tu sais, ai-je poursuivi, tu avais raison. C'est difficile de tout garder en soi. Mais pour moi, c'est encore plus difficile d'exprimer ce que je ressens. »

J'ignorais pourquoi je me sentais obligée de remettre le sujet sur le tapis. Peut-être voulais-je m'expliquer une bonne fois pour toutes ? Mais à qui devais-je cette explication, à lui ou à moi ?

« En effet, il faut que tu t'exprimes davantage. Sinon cela empire et tu finis par exploser.

— Je ne supporte pas que les gens se mettent en colère.

— La colère est un sentiment comme un autre. Elle est humaine. Et puis, ce n'est pas parce qu'une personne est contrariée qu'elle le reste à jamais. »

J'ai fixé le volant.

« Je ne sais pas. D'après mon expérience, quand j'ai contrarié un proche, c'est terminé. Pour toujours. Et là, ma vie change du tout au tout. »

Phil s'est tu pendant une seconde. Un chien a aboyé au bout de la rue.

« Peut-être n'étiez-vous pas aussi proches que tu le croyais ?

— Précise ta pensée, lui ai-je demandé.

— Si tu contraries une personne vraiment proche de toi ou si elle te contrarie, cet événement ne la change pas. Cela fait partie du jeu. Cela arrive. Tu fais front.

— Je fais front. Mais comment ?

— Je comprends ta question. Vu que tu n'as jamais été confrontée à cette situation… »

Nous écoutions à présent les Rush, tandis qu'un minibus roulait à toute allure à côté de nous en soulevant des feuilles. Je n'avais aucune idée du temps qui s'était écoulé depuis que je m'étais garée. Longtemps, *a priori*.

« Tu sembles connaître un grand nombre de réponses.

— Non, a-t-il répliqué en jouant avec l'un de ses anneaux. Je fais de mon mieux, selon les circonstances.

— Comment tu t'en sors ? »

Il a levé les yeux vers moi.

« Eh bien… c'est au jour le jour. »

J'ai souri.

« J'aime bien tes bagues. Elles sont exactement identiques ?

— Non, pas tout à fait. » Il a ôté celle de sa main gauche et me l'a tendue. « Elles représentent un peu l'avant et l'après. Un cadeau de Rolly. Son père est bijoutier. »

L'anneau était lourd dans ma paume, l'argent épais.

« Il les a fabriquées ?

— Non, il s'est juste occupé de la gravure à l'intérieur.

— Oh ! » J'ai incliné la bague. Là, en lettres

181

capitales, l'écriture régulière et très élégante indiquait VA TE FAIRE FOUTRE. « Sympa.

— Chic, hein ? » Il a grimacé. « Cela correspond à la période précédant mon arrestation. J'étais un peu…

— En colère ?

— Tu peux le dire. Il a fait celle-ci quand j'ai terminé le programme de contrôle de l'agressivité. »

Il a enlevé la bague de son majeur droit et me l'a donnée. Même écriture, même taille : OU PAS.

J'ai éclaté de rire.

« C'est toujours bon de savoir qu'on a le choix.

— Exactement. » Quand il m'a souri, j'ai senti mon visage rougir. Cette fois-ci, je n'étais pas embarrassée ou inquiète. Non, mon sentiment était différent ; jamais je n'aurais pensé que Phil Armstrong me ferait cet effet-là. Jamais. L'instant a été brisé par… une voix.

« Annabelle ! »

Marjorie. Par la fenêtre de Phil, elle nous lançait un sourire resplendissant et ne cessait de gigoter.

« Salut !

— Salut ! » ai-je répondu.

Elle a fait signe à son frère de baisser la vitre. Il a obéi lentement et à contrecœur, c'était clair. Dès que l'espace a été assez large, elle a glissé sa tête à l'intérieur.

« Oh ! Mon Dieu ! J'adore ton T-shirt. Il vient de Tosca ? »

J'ai baissé les yeux.

« Peut-être. Ma mère me l'a offert.

— Comme tu as de la chance ! J'adore Tosca. C'est le magasin que je préfère au monde ! Tu entres ?

— Où ?

— À la maison. Tu dînes avec nous ? S'il te plaît, s'il te plaît !

— Marjorie, a marmonné Phil en se frottant le visage. Arrête de crier, je t'en prie. »

Elle l'a ignoré et a passé les épaules par la fenêtre.

« Viens voir ma chambre ! s'est-elle exclamée, les yeux écarquillés. Et ma garde-robe. Il faut que je te montre…

— Marjorie, a répété Phil. Sors de la voiture.

— Tu aimes ma tenue ? » m'a-t-elle demandé en reculant pour que je la voie mieux. Un T-shirt blanc, une veste courte par-dessus, un jean au bas retroussé, des bottes brillantes à semelle épaisse. Après deux ou trois tours sur elle-même, elle a repassé la tête par la fenêtre. « Je me suis inspirée de Nicolle Lake, ma chanteuse préférée. Elle est… punk. »

En se calant dans son siège, Phil s'est encore cogné contre l'appuie-tête.

« Nicolle Lake n'est pas punk, a-t-il grommelé.

— Si, monsieur. Et tu vois, moi aussi !

— Marjorie, nous en avons déjà discuté. Tu te souviens ? Ne t'ai-je pas donné la vraie définition du punk ? As-tu écouté le CD de Black Flag que je t'ai gravé ?

— Ils crient trop fort. En plus, on ne peut pas chanter en même temps qu'eux. Je préfère Nicolle Lake. »

Phil a inspiré de manière inquiétante.

« Marjorie… Pourrais-tu… »

À ce moment-là, une grande femme brune – leur mère, ai-je présumé – est apparue sur le seuil de la maison et l'a appelée. Marjorie lui a lancé un regard assassin.

« Il faut que je rentre », a-t-elle annoncé tout en se penchant davantage ; son visage n'était qu'à quelques centimètres de celui de Phil. « Tu reviendras, dis ?

— Bien sûr, lui ai-je répondu.

— Au revoir, Annabelle.

— À bientôt, Marjorie. »

Phil et moi l'avons regardée s'éloigner. Elle agitait sans cesse la main et se retournait tous les cinq pas, un grand sourire aux lèvres.

« Waouh ! Ta sœur est punk, alors ? »

Phil ne m'a pas répondu. Il était trop occupé à inspirer et expirer bruyamment plusieurs fois de suite.

« Tu crises ?

— Non, a-t-il répliqué dans un souffle. Je suis agacé. Je ne sais pas ce qu'elle a. Ce doit être les sœurs. Elles ont le don de vous rendre dingue.

— L'histoire de ma vie. »

Nouveau silence. Chaque fois, je me disais qu'il allait sortir et que ce serait terminé. Et, chaque fois, j'appréhendais que cela n'arrive.

« Tu le répètes souvent, a-t-il remarqué.

— Quoi ?

— L'histoire de ma vie.

— Tu l'as dit le premier.

— Vraiment ?

— Derrière le lycée.

— Oh ! Quand on y réfléchit, cette expression est bizarre, non ? Elle est supposée montrer de la compassion. Mais non. Comme si tu disais à l'autre qu'il n'y a rien d'exceptionnel et d'unique dans son malheur. »

Deux gamins à roller ont descendu la rue, leur crosse de hockey sur l'épaule.

« Oui, ai-je ajouté. On peut aussi la prendre dans l'autre sens. Peu importe à quel point tu es malheureux, je me sens proche de toi.

— Ainsi, tu te sens proche de moi.

— Non, non !

— Sympa ! »

Il a éclaté de rire et quand il a tourné la tête pour regarder par la fenêtre, j'ai aperçu son profil, celui que j'avais observé tant de fois, au loin, à l'heure du déjeuner.

« D'accord, peut-être un peu », ai-je admis.

Il m'a fait face et j'ai ressenti à nouveau quelque chose durant une autre pause assez longue pour que je me pose des questions. Il a ouvert la portière.

« Eh bien… Hum… Merci encore de m'avoir ramené.

— Pas de quoi. Je te le devais.

— Non, tu n'étais pas obligée. » Il s'est extirpé de la voiture. « Peut-être à demain !

— D'accord. »

Il a fermé la portière puis a remonté l'allée, son sac à l'épaule, et est entré chez lui.

Cet après-midi me semblait vraiment étrange et irréel. Tant d'informations se bousculaient dans ma tête que je ne parvenais pas à les démêler. Soudain, je me suis rendu compte qu'un petit détail me contrariait : le CD s'était arrêté et il n'y avait plus de musique. Avant, je ne l'aurais peut-être pas remarqué, mais à présent, le silence, s'il n'était pas assourdissant, me distrayait. Qu'est-ce que cela signifiait ? J'ai tendu le bras et j'ai allumé la radio.

Chapitre 9

La Belle et la Bête. Shrek et Fiona. Je ne compte plus les surnoms dont on nous a affublés. Les deux semaines suivantes, les rumeurs sont allées bon train sur Phil, moi, et nos pauses déjeuner quotidiennes sur le muret. Moi, j'avais encore plus de mal à définir notre relation. Nous n'étions pas ensemble, mais nous n'étions plus de parfaits inconnus. Comme souvent, il fallait chercher au milieu.

Quoi qu'il en soit, certains rituels étaient établis. D'abord, nous étions assis l'un avec l'autre. Ensuite, je ne cessais de lui demander pourquoi il ne mangeait rien et chaque fois, il me répondait qu'il préférait garder son argent pour acheter des disques et au bout du compte, je partageais mon sandwich avec lui. Enfin, nous nous disputions. Non, ce n'est pas le mot. Nous discutions.

Au départ, nous parlions musique, le sujet préféré de Phil, celui qui le passionnait au plus haut point. Quand j'étais d'accord avec lui, j'étais géniale et éclairée. Dans le cas contraire, j'avais les pires goûts musicaux de l'univers. En général, nos échanges les plus animés se produisaient en début de semaine, puisque nous discutions de son émission de radio que j'écoutais religieusement tous les dimanches matin. Il était difficile de croire que la première fois, j'avais eu à ce point peur de lui dire le fond de ma pensée. Aujourd'hui, je parlais sans détours.

« Tu plaisantes ! s'est-il exclamé un lundi. Tu n'as pas aimé la chanson des Baby Jesus ?

— Le groupe qui s'amusait avec les touches du téléphone ?

— Du téléphone ? s'est-il indigné. Tu n'as rien perçu d'autre ?

— Comme quoi ? »

Il m'a dévisagée une seconde, la moitié de mon sandwich à la dinde à la main.

« Par exemple... » Il a mordu dans le sandwich, et mâché longuement avant d'ajouter : « Les Baby Jesus ont révolutionné le genre.

— Dans ce cas, ils devraient se servir d'instruments de musique au lieu d'un téléphone.

— Ça, c'est du L-I. Fais attention. »

L-I signifiait Langage Inflammatoire. Comme R&R et mot fourre-tout, ces termes faisaient désormais partie de mon vocabulaire.

« Tu sais que je n'aime pas l'électro, ai-je poursuivi. Alors pourquoi est-ce que tu continues à me demander mon opinion ?

— Quelle généralisation ! a-t-il rétorqué. Tu ne

peux pas mettre tous les groupes d'électro dans le même panier. Tu tires des conclusions trop hâtives.

— Non.

— Tu appelles ça comment, alors ?

— Être honnête. »

Il a poussé un gros soupir avant de mordre dans le sandwich.

« Très bien, a-t-il marmonné. Continuons. Donne-moi ton avis sur le son trash metal des Lipswitch !

— Trop bruyant.

— Évidemment ! C'est du trash metal !

— Le bruit ne me dérangerait pas si d'autres qualités les sauvaient. Un type qui hurle à tue-tête, très peu pour moi. »

Il a jeté le dernier morceau au fond de sa bouche.

« En conclusion, pas d'électro et pas de trash metal. Que reste-t-il ?

— Tout le reste.

— Tout le reste ? a-t-il répété lentement, l'air peu convaincu. O.K. Et la dernière qui a été diffusée, celle avec le glockenspiel ?

— Le quoi ?

— Oui, Barbara Decker. Au début, il y a de la contrebasse puis un extrait de tyrolienne et…

— Ça s'appelle ainsi…

— Ne me dis pas que tu n'aimes pas les tyroliennes ? »

Et ainsi de suite. Parfois, le ton montait, mais jamais plus je n'ai pris mes jambes à mon cou. En vérité, j'attendais avec impatience mes déjeuners avec Phil, ce que en aucun cas je n'aurais admis.

Au fil de nos discussions sur les débuts du punk, les grands groupes, le swing ou les qualités rédemptrices (et contestables) de l'électro, j'en apprenais de plus en plus sur lui. Bien que sa passion de la musique remontât à sa petite enfance, ce n'est qu'au divorce de ses parents, un an et demi plus tôt, qu'il était devenu « obsédé », je cite. Apparemment, la séparation s'était très mal passée, les accusations avaient fusé de part et d'autre. La musique représentait pour lui une échappatoire. Tout ce qui l'entourait changeait ou s'achevait, tandis que la musique demeurait une ressource à la fois immense et intarissable.

« En fait, m'a-t-il avoué un jour, vu qu'ils ne s'adressaient plus la parole, j'étais coincé au milieu et je jouais les yoyos. Et, bien entendu, l'autre était toujours le monstre sans cœur. Si j'étais d'accord avec l'un, j'offensais l'autre. Et si je n'étais pas d'accord, je prenais parti. Il était impossible de gagner.

— Tu as dû en baver.

— Ce n'est rien de le dire. À ce moment-là, je me suis plongé dans la musique, les trucs obscurs. Comme personne n'en avait entendu parler, personne ne pouvait me dire ce que je devais en penser. Nul n'avait tort ni raison. » Il avait chassé une abeille qui voletait en cercle autour de nous. « À la même époque, j'écoutais KXPC, une station de radio universitaire de Phoenix. Le week-end, un type s'occupait de la programmation et la nuit, il passait des morceaux absolument inédits. De la musique tribale, du punk underground de chez underground, cinq minutes de robinet qui goutte. Tu vois le genre ?

— Un robinet qui goutte ? C'est de la musique ?

— Pas pour tout le monde, apparemment. » Il m'a souri. « Son idée était d'explorer des territoires inconnus. J'ai commencé à marquer les trucs qu'il diffusait et à les chercher dans les magasins et sur internet. Je ne pensais plus aux disputes familiales. En plus, la musique m'aidait à me couper des hurlements en provenance de la cuisine.

— Des hurlements, vraiment ? »

Il a haussé les épaules.

« Rien de bien terrible. Mais l'un et l'autre pétaient souvent les plombs. Et pour être honnête, je redoutais plus encore leurs silences.

— Ah bon ?

— Oui, quand ils se disputent, on sait où ils en sont, du moins on en a une petite idée. Mais le silence est flippant… il est trop…

— Assourdissant ? ai-je complété.

— C'est ça. »

Ainsi, Phil détestait le silence, mais aussi le beurre de cacahouètes (trop sec), les menteurs (logique), les gens qui ne donnaient pas de pourboire (la livraison de pizzas ne rapportait pas grand-chose). Entre autres. Était-ce dû au programme de contrôle de l'agressivité si Phil parlait librement de ce qu'il haïssait dans la vie ?

« Pas toi ? m'a-t-il demandé un jour où je lui en avais fait la remarque.

191

— Non.

— Il n'y a pas des trucs qui te rendent dingue ? »

D'instinct, j'ai jeté un coup d'œil à Sophie qui parlait au téléphone sur son banc.

« L'électro ?

— Ah, ah ! Non, sérieux.

— Je ne sais pas. » J'ai grignoté la croûte de mon sandwich. « Mes sœurs, de temps en temps.

— Et puis ?

— Je ne vois pas.

— S'il te plaît ! Ne me dis pas que les seules choses qui te mettent hors de toi sont tes frangines et un style musical ? Allez ! Tu n'es pas humaine ?

— Peut-être. Simplement, je ne suis pas aussi remontée que toi.

— Personne n'est aussi remonté que moi, a-t-il précisé. C'est un fait. Allez, dis-moi ce qui te met vraiment en rage ?

— Eh bien… Euh… Laisse-moi réfléchir une seconde… » Il a roulé des yeux. « Pardon, mais qu'entendais-tu par "Personne n'est aussi remonté que moi" ? Et ton programme de contrôle de l'agressivité ?

— Quoi, mon programme ?

— Le but du jeu n'est-il pas de supprimer ta colère ?

— Non.

— Non ?

— La colère est inévitable, m'a-t-il expliqué. Le programme sert à la canaliser. À l'exprimer d'une manière productive, car frapper les gens sur les parkings est loin d'être productif. »

Si au départ, je m'interrogeais, maintenant, je savais : Phil était toujours honnête. Vous posiez une question, vous obteniez une réponse. Pendant quelques semaines, je l'ai testé et j'ai sollicité son opinion sur divers sujets – mes vêtements (« Cette teinte ne te va pas », m'avait-il déclaré en me voyant dans un nouveau T-shirt couleur pêche), la première impression qu'il a eue de moi (« Trop parfaite, inabordable »), sa vie amoureuse (« Inexistante en ce moment »).

« Est-ce qu'un jour tu pourrais t'abstenir de répondre ? » ai-je fini par l'interroger.

Je voulais savoir ce qu'il pensait de ma nouvelle coupe de cheveux et il m'avait répondu qu'il les préférait plus longs.

« Tu m'as demandé mon avis ! » Il a pris un bretzel dans le sac entre nous. « Pourquoi poser la question si tu ne veux pas d'une réponse honnête ?

— Je ne te parle pas de mes cheveux. Je te parle en général. » Il m'a lancé un regard dubitatif. « Sérieux. Tu ne te dis jamais que tu ferais mieux de te taire ? »

Il a réfléchi une seconde.

« Non. Comme je te l'ai dit, je n'aime pas les menteurs.

— Tu ne mens pas, tu te tais juste.

— Montre-moi la différence !

— Avec l'un, tu trompes ouvertement. Avec l'autre, tu gardes pour toi ce que tu penses.

« — Oui, mais il y a chaque fois tromperie. Dans le second cas, c'est toi que tu trompes. On est d'accord ? »

J'ai pris quelques secondes de réflexion pendant qu'il engloutissait un autre bretzel.

« Je ne sais pas, ai-je murmuré.

— En fait, se taire est pire que mentir, quand tu y penses. En premier lieu, c'est à soi-même que l'on doit dire la vérité. Si tu ne peux pas te faire confiance, sur qui compteras-tu ? »

Jamais je ne serais capable de le lui avouer, mais Phil m'inspirait. Ces petits mensonges de rien du tout que je racontais chaque jour, ces silences que je m'imposais, ces occasions où je n'étais pas très honnête… me sautaient aux yeux à présent. Je savais désormais quel bien cela faisait de pouvoir révéler le fond de ma pensée à quelqu'un. Que ce soit à propos de musique. Ou d'autre chose.

Un jour, à l'heure du déjeuner, Phil a posé son sac entre nous et en a sorti une pile de CD.

« Tiens, s'est-il exclamé en les poussant vers moi. Pour toi.

— Qu'est-ce que c'est ?

— Une vue d'ensemble. J'avais l'intention de t'en offrir davantage, mais mon graveur a fait des siennes… Alors en voilà une poignée. »

Pour Phil, une poignée signifiait dix. À première vue. Chacun comportait un titre – VRAI HIP-HOP, MARINS (DIVERS), JAZZ SUPPORTABLE, CHANTEURS SACHANT CHANTER – et toutes les chansons étaient notées en majuscules bien nettes. Il s'agissait probablement du résultat d'une discussion pointue que nous avions eue la veille sur le stoner rock. Phil avait décidé que mes connaissances en musique étaient trop « chétives et lacunaires », par manque d'exposition. Et son remède était un abécédaire personnel, divisé en chapitres.

« Si tu apprécies un CD en particulier, a-t-il poursuivi, je pourrai t'en graver d'autres. Quand tu seras prête à explorer les profondeurs. »

J'ai jeté un coup d'œil à la pile – country music, invasion british, folk. Quand j'ai atteint le dernier, je me suis aperçue que la jaquette était vierge, excepté un mot : ÉCOUTE-LA.

Aussitôt, je me suis montrée soupçonneuse.

« C'est de l'électro ?

— Je n'y crois pas ! s'est-il récrié, choqué. Merde.

— Phil ?

— Ce n'est pas de l'électro. »

Je l'ai fixé.

« Je t'explique, a-t-il continué tandis que je secouais la tête. Les autres ne sont que des listes, des concepts établis. Ton éducation, si tu préfères. Tu dois les écouter en premier et ensuite, si tu penses être prête, tout à fait prête, tu mets celui-ci. Il est disons… différent.

— O.K. Je suis officiellement prudente désormais.

— Tu risques de détester, a-t-il admis. Ou d'adorer. Ce disque contient peut-être la réponse à toutes les questions de ton existence. Ce qui fait toute sa beauté. Tu comprends ? »

J'ai examiné la jaquette à nouveau.

« ÉCOUTE-LA, ai-je lu à voix haute.

— Oui. Ne réfléchis pas, ne juge pas. Contente-toi d'écouter.

— Et ensuite ?

— Et ensuite, tu te fais une idée. Honnête comme proposition, non ? »

Oui, son offre me semblait honnête. Que ce soit une chanson, une personne, une histoire, on ne peut pas se faire une opinion à partir d'un extrait, d'un coup d'œil ou d'un refrain.

« Ça marche », ai-je conclu en glissant le disque sous la pile.

« Grace ! a lancé mon père en regardant sa montre pour la dixième fois. Il est l'heure.

— David, je sais. Je suis bientôt prête. » Ma mère est entrée en trombe dans la cuisine, a attrapé son sac à main qu'elle a mis en bandoulière. « Annabelle, j'ai laissé de l'argent pour la pizza de ce soir. Demain, vous mangez ce que vous voulez, les filles. J'ai fait des courses, le frigo est plein. D'accord ?

— Oui, Maman. »

Papa est apparu dans l'encadrement de la porte.

« Où sont mes clefs ? s'est enquise Maman.

— Tu n'as pas besoin de tes clefs, puisque je conduis, a remarqué mon père.

— Et moi, je passerai la journée de demain et l'après-midi de lundi à Charleston pendant tes réunions », a-t-elle répliqué. Elle a posé son sac sur le comptoir et a plongé la main dedans. « Je ne compte pas t'attendre à l'hôtel. »

Mon père qui, d'après moi, patientait dans le garage depuis une bonne vingtaine de minutes, a poussé un long soupir d'exaspération. Nous étions samedi matin et mes parents étaient supposés en route depuis l'aurore pour la Caroline du Sud où se tenait une grande conférence sur l'architecture.

« Tu prendras les miennes, a-t-il proposé, pendant qu'elle vidait son sac qui contenait son portefeuille, un paquet de Kleenex, son téléphone portable. Grace, je t'en prie. »

Elle n'a pas bougé.

Quand mon père lui avait proposé ce voyage, il avait mis en avant une escapade vers l'une de leurs villes préférées. Lors de ses réunions, elle pourrait faire du shopping, admirer les monuments, et le soir, ils iraient dans les meilleurs restaurants et auraient du temps à se consacrer l'un l'autre. Je trouvais son idée géniale, contrairement à Maman qui hésitait à nous laisser seules, Emma et moi. Surtout depuis la semaine précédente où Emma s'était montrée d'une humeur exécrable à cause de sa nouvelle thérapie de groupe qu'elle suivait contre son gré. Avec, je cite, une « dingue ».

« Emma, s'il te plaît, l'avait suppliée ma mère un soir à table quand le sujet avait été abordé. Le Dr Hammond pense que ce groupe t'aidera beaucoup.

— Le Dr Hammond est un imbécile », avait répliqué ma sœur. Mon père l'avait foudroyée du regard sans qu'elle ne s'en offusque. « Je connais certaines personnes qui ont travaillé avec la femme qui dirige le groupe, Maman. Il paraît qu'elle est cinglée.

— Difficile à croire, l'avait interrompue mon père.

— Crois-moi. Ce n'est pas une vraie psychiatre. De nombreux docteurs de mon programme pensent qu'elle n'a pas sa place en médecine. Ses méthodes ne sont pas trop orthodoxes.

— Explique-toi.

— Le Dr Hammond... » était intervenue Maman. Emma avait roulé des yeux en entendant son nom. « Le Dr Hammond dit que cette femme, Maya Bell, obtient d'excellents résultats avec la plupart de ses patients car elle opte pour une approche différente.

— Je ne comprends toujours pas ce que cette femme a de différent, avait insisté mon père.

— Elle donne beaucoup d'exercices pratiques, lui avait expliqué Maman. Ses patients ne se contentent pas de s'asseoir et de parler.

— Tu veux un exemple ? a demandé Emma en posant sa fourchette. Quand Janette, une fille que j'ai connue à l'hôpital, était dans le groupe de Maya Bell, elle a appris à faire du feu.

— À faire du feu ? avait répété Maman, interloquée.

— Oui. Maya lui a donné deux bâtons, avec pour ordre de les frotter jusqu'à obtenir du feu. À chaque séance.

— Et quel était le but de cet exercice ? » l'avait interrogée Papa.

Emma avait haussé les épaules et repris sa fourchette.

« D'après Janette, cela a un rapport avec l'autosuffisance. Elle aussi dit que Maya Bell est folle.

— Voilà un élément nouveau, avait marmonné Maman soudain inquiète, comme si elle s'imaginait Emma en train de mettre le feu à la maison.

— Je perds mon temps, avait conclu Emma.

— Donne-lui une chance, avait dit Papa. Ensuite, tu décideras. »

Je crois qu'elle avait déjà décidé, à en juger par le déroulement du restant de la soirée agrémentée de claquements de porte, de soupirs et de bouderies à la puissance dix. Le lendemain, après avoir participé à la séance de groupe comme prévu, elle était revenue avec une humeur de chien. Depuis, elle y était retournée deux fois et même si sa fille n'avait pas encore incendié la maison, ma mère se montrait très nerveuse. Et moi aussi du coup, vu que j'allais passer le week-end avec elle.

De son côté, Papa pensait qu'il était temps de donner un peu plus de responsabilité à Emma. Elle ne serait jamais indépendante si ma mère continuait à la couver ainsi. Et puis, ils ne partaient que deux jours. Il avait même appelé le Dr Hammond pour l'informer de leur absence. Et pourtant, Maman n'était pas convaincue, raison pour laquelle elle essayait de gagner du temps en vérifiant une nouvelle fois le contenu de son sac pendant que mon père fixait sa montre.

« Je ne comprends pas, a persisté Maman. Je les avais encore hier soir. Où peuvent-elles être… »

À ce moment-là, j'ai entendu la porte d'entrée se fermer. Quelques instants plus tard, Emma est apparue en caleçon long, T-shirt et baskets, les cheveux attachés en queue-de-cheval. Dans une main, elle tenait un sac de Jardiflore et dans l'autre, les clefs de ma mère.

« Ah ! s'est exclamé mon père qui s'est approché de Maman. Le mystère est résolu. » Il a ramassé le sac et fourré toutes ses affaires dedans. « On y va. Avant de perdre autre chose. »

Ils ont fini par partir. Depuis la cuisine, je les ai regardés reculer dans l'allée. Maman a observé une dernière fois la maison avant de disparaître au loin.

Je me suis levée de ma chaise. Les sourcils froncés, Emma scrutait le contenu du sac qu'elle avait rapporté de Jardiflore.

« Bien. On dirait qu'il ne reste plus que nous deux, ai-je remarqué.

— Pardon ? » a-t-elle marmonné sans lever la tête.

Autour de moi, la maison m'a paru soudain vide. Et silencieuse. Le week-end promettait d'être long.

« Rien. Non, rien. »

Par chance, j'avais d'autres choses à faire que d'être ignorée par ma grande sœur. Du moins, une. La présentation des collections Automne-Hiver du centre commercial de Lakeview se déroulait le week-end suivant et cet après-midi-là, je devais aller à une réunion pour les dernières répétitions. Quand je me suis rendue chez Kopf en plein samedi, le magasin généralement bondé accueillait Jenny Reef, une chanteuse pop qui faisait sa promo ainsi que celle des tenues de surf Mooshka. Oui, Mooshka. Le rayon des ados était rempli de filles. La file d'attente serpentait jusqu'à la lingerie tandis qu'une chanson entraînante passait en boucle dans tout le magasin.

« Annabelle ! »

Qui ai-je vu quand je me suis retournée ? Marjorie Armstrong. Un grand sourire aux lèvres, elle a couru à toute vitesse vers moi, malgré le CD, le poster et l'appareil photo qu'elle portait. Sa maman la suivait d'un pas un peu plus tranquille.

« Salut ! m'a-t-elle lancé. Je n'arrive pas à le croire ! Tu es une fan de Jenny Reef, toi aussi ?

— Euh… » Un groupe de filles nous a bousculées pour rejoindre la queue. « Pas vraiment. J'ai une réunion…

— Avec les Lakeview Models ?

— Oui. Il y a un défilé la semaine prochaine.

— La présentation des collections Automne-Hiver. Je sais ! Compte sur moi pour ne pas la rater ! J'adore. Je n'arrive pas à croire que Jenny Reef soit là ! Elle m'a dédicacé son poster ! »

Elle l'a déroulé pour que je constate. Il s'agissait bien de Jenny Reef, déguisée en surfeuse californienne sur une plage. À sa droite, une guitare avait été plantée dans le sable et à sa gauche, une planche de surf. La dédicace, rédigée au marqueur noir, disait « À MARJORIE. MOOSHKA ET MOI, ON FAIT LA PAIRE. BIZ, JENNY ».

« Ouah ! me suis-je exclamée tandis que sa maman s'approchait. C'est cool.

— Et j'ai eu un CD gratuit et une photo, s'est écriée Marjorie qui ne cessait de sautiller. Je voulais un T-shirt Mooshka, mais…

— Tu as plus d'un millier de T-shirts dans ton armoire », a complété sa mère. Plus grande que moi, elle avait les cheveux tirés en arrière et portait un pull tricoté main et un jean. J'ai jeté un rapide coup d'œil à ses chaussures. Comme elles n'étaient pas pointues, je me suis demandé si elles n'étaient pas végétariennes. « Bonjour, je m'appelle Teresa Armstrong et vous êtes ?

— Maman ! s'est offusquée Marjorie. C'est Annabelle Greene. Tu ne la reconnais pas ?

— Je suis désolée. Vous ai-je déjà rencontrée ?

— Non, ai-je répondu.

— Si ! a rétorqué Marjorie. Annabelle a participé à la publicité Kopf, celle que j'adore.

— Ah ! » Mme Armstrong a esquissé un sourire poli. « Je vois.

— Annabelle est une amie de Phil, a poursuivi Marjorie. Une très bonne amie.

— Vraiment ? s'est-elle étonnée. Bien, d'accord.

— Annabelle participe à la présentation des collections dont je t'ai parlé, a expliqué Marjorie.

202

Maman ne s'intéresse pas trop à la mode, m'a-t-elle confié en aparté. J'essaie de l'éduquer.

— Et moi, a soupiré Mme Armstrong, j'essaie que ma fille se passionne pour d'autres sujets que les stars de la pop et les vêtements.

— Difficile, ai-je remarqué.

— Quasiment impossible, oui. Mais je fais de mon mieux.

— Bonjour à vous, clients et clientes de Kopf, a soudain hurlé un haut-parleur. Merci d'être venus voir aujourd'hui en exclusivité Jenny Reef, sponsorisée par les vêtements de surf Mooshka. Rejoignez-nous à treize heures au Café Kopf, près du rayon Hommes. Jenny jouera son dernier single, "Becalmed". Venez nombreux !

— Tu as entendu ! Elle va jouer ! » Marjorie a attrapé la main de sa mère. « On reste ! On reste !

— Impossible. Nous devons être au centre féminin à 13 h 30.

— Maman ! a grommelé Marjorie. S'il te plaît… Pas aujourd'hui.

— Nous participons à un groupe de discussion mère-fille, m'a expliqué Mme Armstrong. Une fois par semaine, nous nous y rendons ensemble. En compagnie de six mères et six filles, nous parlons de sujets ayant trait à notre développement personnel. Le groupe est dirigé par ce merveilleux professeur d'études féminines, Anne Connell. Elle est vraiment…

— Chiante, a complété Marjorie. La semaine dernière, je me suis endormie.

— Ce qui était vraiment dommage, car nous avons parlé des menstruations. Il s'agit là d'une manifestation des nombreux changements qui surviennent chez une femme… Son discours était fascinant.

— Maman ! s'est écriée Marjorie, choquée. Tu parles de tes règles avec Annabelle Greene ?

— Les menstruations ne sont pas un sujet honteux, ma poupée. » Marjorie est devenue plus écarlate. « Les mannequins aussi ont leurs règles. »

Marjorie s'est caché le visage derrière ses deux mains.

« Oh… Mon… Dieu… »

Puis elle a fermé les yeux comme si elle eût aimé disparaître dans un trou de souris.

« Je dois y aller, ai-je remarqué tandis que la voix du haut-parleur s'exprimait à nouveau. J'ai été… euh… ravie de vous rencontrer.

— Moi aussi », m'a dit Mme Armstrong.

J'ai souri à une Marjorie mortifiée.

« À plus tard !

— Bye, Annabelle. »

Alors que je me dirigeais vers la salle de conférences, j'ai entendu une petite voix dans mon dos qui pestait.

« Maman ! Je n'arrive pas à croire que tu m'aies fait ça.

— Fait quoi ?

— Tu m'as humiliée ! Tu me dois des excuses.

— Mon cœur, a soupiré Mme Armstrong, je ne suis pas sûre de comprendre ton problème. Si tu… »

Je n'ai pas entendu la suite. J'ai traversé le rayon Cosmétiques où une nuée de femmes achetaient du maquillage. Leurs voix couvraient les bruits environnants. Devant la porte de la salle, je me suis retournée et j'ai constaté que Marjorie et sa mère n'avaient pas bougé. Accroupie devant sa fille, Mme Armstrong l'écoutait attentivement et hochait la tête de temps à autre.

À l'intérieur de la salle de conférences, Mme McMurty réclamait le silence. Alors que la réunion était sur le point de commencer, je suis restée une minute à les observer. Finalement, Marjorie et elle ont gagné la sortie. Marjorie ne semblait pas très heureuse, mais quelques pas plus loin, sa maman l'a prise par la main et elle ne l'a pas retirée. Au contraire, elle l'a serrée fort et a accéléré le pas. Ensemble, elles sont sorties.

Quand je suis rentrée à la maison, un peu plus tard dans l'après-midi, Emma était sur le perron. Un sac de terreau était posé devant elle, à côté d'une rangée de petits pots de fleurs. Assise sur la première marche, un plantoir à la main, ma sœur avait la mine perplexe.

« Salut ! lui ai-je lancé. Tu fais quoi ? »

D'abord, elle ne m'a pas répondu. Elle a déchiré le sac de terre et a plongé son plantoir dedans. Au moment où je la contournais pour entrer, elle m'a parlé.

« Je dois semer des herbes aromatiques.

— Pardon ?

— Tu m'as bien entendue. » Elle a sorti une pelletée de terreau qu'elle a déposée dans l'un des minuscules pots en en renversant un peu. « Pour ma stupide thérapie de groupe.

— Pourquoi des herbes aromatiques ?

— Est-ce que je sais ? » Elle a rempli un autre pot avec autant d'enthousiasme avant de s'essuyer le visage du revers de la main. « Le pire, c'est que Maman et Papa paient Maya Bell cent cinquante dollars l'heure pour que je sème de la saloperie de romarin. » Elle a ramassé plusieurs sachets de graines à ses pieds et les a examinés. « Et du basilic, de l'origan, du thym. Les séances ne coûtent pas assez cher.

— Tu as raison, c'est bizarre.

— Je ne cesse de le répéter ! » Elle a rempli un troisième pot. « C'est complètement idiot ! Quelle perte de temps… En plus, cela ne va pas marcher. L'hiver est bientôt là. Depuis quand on plante en hiver, hein ?

— Tu le lui as dit ?

— J'ai essayé, mais elle s'en moque, comme du reste. Non, ce qui l'intéresse, c'est que tu aies l'air d'une imbécile. » Elle a jeté une poignée de terreau dans le dernier pot qui a vacillé, mais ne s'est pas renversé. « *Tu peux les installer à l'intérieur*, a-t-elle pépié. *Derrière une fenêtre ensoleillée*. Je veux bien, mais ces trucs vont crever en moins de deux. Si ce n'est pas moi qui les tue. Et si ces fichues plantes poussent, qu'est-ce que je vais en faire, moi ? »

Elle a ramassé le paquet de basilic, l'a déchiré puis a jeté quelques graines dans la paume de sa main.

« Tu peux t'en servir pour cuisiner », ai-je suggéré.

Le regard absent, elle a levé la tête vers moi.

« Cuisiner, a-t-elle répété. Oui, pourquoi pas. »

J'ai rougi. Une nouvelle fois, j'avais gaffé alors qu'au départ, je n'avais pas l'intention de discuter avec elle. Par chance, le téléphone a sonné et je me suis précipitée à l'intérieur, contente de pouvoir mettre une porte fermée entre nous deux.

Le temps que j'atteigne la cuisine, le répondeur avait déjà pris le relais. Après le bip, Christine s'est mise à parler.

« Allô, a-t-elle crié, comme à son habitude. Il y a quelqu'un ? C'est moi… Décrochez, si vous… Bon sang, mais où êtes-vous ? J'avais une bonne nouvelle à… »

J'ai décroché.

« Quelle bonne nouvelle ?

— Annabelle ! Salut ! » Sa voix est montée de plusieurs octaves. Le contraste était flagrant avec le ton monocorde d'Emma. Je me suis assise. Si les messages de Christine étaient longs, l'avoir en direct pouvait vous fusiller l'après-midi. « Je suis contente que tu sois à la maison. Comment vas-tu ?

— Ça va », ai-je répondu en glissant ma chaise un peu plus vers la droite. Par la fenêtre de la salle à manger, j'apercevais Emma qui saupoudrait ses

207

pots de graines, les sourcils froncés tant elle était concentrée. « Et toi ?

— Génial ! » Forcément. « Tu te souviens de ces cours de cinéma dont je vous avais parlé ? Ceux que je suis ce semestre ?

— Oui.

— Eh bien, nous devions réaliser un court-métrage de cinq minutes pour les partiels. Ils en ont sélectionné deux qu'ils vont projeter lors de leur soirée annuelle à laquelle tout le monde assiste. Le mien a été choisi !

— Super ! Félicitations !

— Merci. » Elle a éclaté de rire. « Il fallait que je te raconte. Ce n'est qu'un exercice scolaire, mais je suis trop excitée. Ce cours et celui de communication… Ils ont vraiment changé ma manière de voir les choses. Comme dit Richard, j'apprends à raconter, mais aussi à montrer. Et je…

— Attends. Qui est Richard ?

— Le chargé de TD. Il aide mon professeur de communication et anime les groupes de discussion du vendredi. Il est stupéfiant et si intelligent… Bref, je suis très fière de mon travail. Il faudra juste que je me lève devant tout le monde et que je le présente le week-end prochain. Je ne te raconte pas à quel point je suis nerveuse.

— Nerveuse ? » Parmi tous les adjectifs qui auraient pu décrire ma sœur, je n'aurais jamais choisi celui-là. « Toi ?

— Oui. Annabelle, je dois me lever et parler de mon film devant des dizaines d'inconnus.

— Tu as déjà marché devant des inconnus avant, ai-je remarqué. En maillot de bain, même.

— Là, c'est différent.

— Ah bon ?

— Parce que… » Elle a soupiré. « C'est personnel. Réel. Tu comprends ?

— Oui, ai-je répondu, même si je ne comprenais pas tout à fait.

— La projection a lieu dans une semaine. Tu penseras très fort à moi, promis ?

— Bien sûr. Au fait, tu ne m'as pas dit quel était le sujet.

— De mon court-métrage ?

— Oui.

— Oh ! C'est un peu difficile à expliquer, a-t-elle déclaré avant de… m'expliquer. En résumé, il parle de moi. Et d'Emma. »

J'ai jeté un œil dehors à notre sœur qui ouvrait un second sachet de graines. Comment réagirait-elle à cette annonce ?

« Vraiment ? ai-je poursuivi.

— Tout est fictif, bien sûr. Le film est basé sur un épisode de notre enfance, le jour où nous étions à vélo et où elle s'est cassé le bras. Tu te souviens ? J'ai dû la ramener sur mon guidon.

— Ah oui ! ai-je répondu au bout d'une seconde. N'était-ce pas pour…

— Ton anniversaire. Oui, tes neuf ans. Papa a raté la fête pour l'emmener à l'hôpital. Elle est rentrée avec son plâtre juste à temps pour le gâteau.

— Exact. » Ce fameux jour me revenait en mémoire. « Je m'en souviens.

— En gros, le film parle de ça. Mais différemment. C'est difficile à expliquer. Je peux te l'envoyer par e-mail si tu veux. Je le fignole encore, mais tu pourras te faire une idée.

— J'aimerais beaucoup.

— N'hésite pas à me le dire si tu le trouves nul.

— Ça m'étonnerait.

— Je le saurai samedi, a-t-elle soupiré. Bon, je dois y aller. Je voulais juste vous mettre au courant. Tout va bien à la maison ? »

J'ai regardé Emma qui avait déposé une nouvelle couche de terreau dans les pots et avait sorti le tuyau d'arrosage. Elle plissait les yeux tandis que les gouttes jaillissaient.

« Oui. Tout va bien. »

Au moment où je raccrochais, j'ai entendu la porte d'entrée s'ouvrir. Alors que je traversais le vestibule, Emma alignait avec soin ses pots devant la fenêtre de la salle à manger. Depuis l'encadrement de la porte, je l'ai regardée essuyer le rebord du bout des doigts. Une fois qu'elle a eu fini, elle a planté ses poings sur ses hanches.

« Voilà. Advienne que pourra.

— Je suis sûre que tes graines vont germer. »

Elle a levé les yeux vers moi. Comptait-elle me gifler ou m'envoyer une remarque sarcastique de son cru ?

« On verra. »

Elle a baissé les bras et s'est rendue dans la cuisine.

Pendant qu'elle se lavait les mains dans l'évier, je me suis approchée de ses plantations. La terre noire et parfumée était parsemée d'engrais. Un mince filet d'eau brillait au soleil. Peut-être s'agissait-il d'un exercice idiot et que jamais rien ne poussait en hiver ? Moi, j'aimais bien l'idée de semer des graines, de les enfouir dans la terre afin qu'elles aient la chance de germer un jour. Bien que l'on ne vît rien à la surface, des molécules s'unissaient, de l'énergie s'accumulait lentement, tandis qu'un organisme vivant luttait, seul, pour grandir.

Chapitre 10

À la fin de l'après-midi, ma mère avait déjà laissé deux messages – le premier pour nous dire qu'ils étaient arrivés à l'hôtel, le second pour me rappeler où elle avait mis l'argent pour la pizza, une allusion subtile destinée à s'assurer que nous (c'est-à-dire Emma) dînions bien. *Message reçu cinq sur cinq*, ai-je pensé en allant dans la cuisine. L'argent se trouvait sur le comptoir à côté d'une liste de pizzerias qui livraient à domicile. On pouvait dire qu'elle pensait à tout, ma mère.

« Emma ! » ai-je appelé en bas de l'escalier sans obtenir de réponse. Ce qui ne signifiait pas qu'elle s'était absentée, mais qu'elle n'avait probablement pas envie de répondre. « Je commande une pizza aux quatre fromages, ça te va ? »

Pas de réponse. *Bien. Ce sera au fromage.* J'ai choisi un numéro au hasard que j'ai appelé.

Après avoir commandé, je suis montée dans ma chambre avec l'intention d'écouter les disques que

Phil m'avait gravés, en commençant par CHANSONS CONTESTATAIRES (ACOUSTIQUE – MONDE ENTIER). Au bout de trois morceaux sur le syndicalisme, je me suis assoupie et c'est la sonnette de l'entrée qui m'a réveillée en sursaut.

Je me levais quand Emma est passée devant ma chambre et est descendue ouvrir à petits pas. Après m'être brossé les dents, je l'ai suivie. Arrivée dans le vestibule, je l'ai vue dans l'encadrement de la porte. Ma sœur me tournait le dos et me cachait notre visiteur, mais cela ne m'empêchait pas d'entendre leurs voix.

« ... Pas leurs titres les plus récents, mais leurs premiers albums, disait ma sœur. J'ai quelques imports que m'a rapportés un ami. Ils sont terribles.

— Vraiment ? a répondu une voix plus grave, celle d'un garçon. D'Angleterre ou d'ailleurs ?

— D'Angleterre, je pense. Il faut que je vérifie. »

Était-ce dû à mon réveil soudain ? Cette scène me semblait familière.

« Je te dois combien déjà ? s'est enquise Emma.

— Onze dollars et quatre-vingt-sept cents, a répondu le type.

— Voilà vingt. Rends-moi cinq et garde le reste.

— Merci. » J'ai avancé d'un pas, persuadée d'avoir reconnu cette voix. « Une chose est certaine, a continué le livreur. On finit tous par apprécier Ebb Tide.

— Tu as raison, a enchaîné Emma.

— Certaines personnes ne... »

214

Je me suis approchée de la porte et oui, il s'agissait bel et bien de Phil. Sur le paillasson de ma maison, les écouteurs autour du cou, il rendait sa monnaie à ma sœur. Celle-ci hochait la tête quand il parlait. Je n'avais pas vu pareille chaleur dans le regard d'Emma depuis... une bonne année. Quand Phil m'a vue, il a souri.

« Tiens, voilà un très bon contre-exemple, a-t-il remarqué. Annabelle n'est pas une fan de Ebb Tide. En fait, elle déteste l'électro. »

Déroutée, Emma nous a examinés tour à tour.

« Ah bon ?

— Ouaip. Malgré mes efforts pour la faire changer d'avis, a-t-il ajouté. Elle est têtue comme une mule. Honnête, les idées bien arrêtées, mais aussi très têtue. Je pense que tu le savais déjà. »

Emma s'est contentée de me fixer. Je devinais ce qu'elle pensait – il se trompait, ce n'était absolument pas mon caractère. Sa tirade ne m'a pas paru très juste à moi non plus, mais j'ignore pourquoi, l'incrédulité de ma sœur m'a agacée.

« Bref. » Phil nous a tendu notre pizza. « Voilà. Bon appétit. »

Sans me quitter du regard, Emma a hoché la tête et a pris le carton.

« Merci. Bonne soirée.

— À vous aussi », a répliqué Phil.

Ma sœur s'est éloignée dans la cuisine pendant que j'avançais sur le perron. Phil a fourré sa monnaie dans sa poche. Il portait un jean et un T-shirt rouge qui disait : PIZZA X'PRESS. Parmi la dizaine de numéros que ma mère avait relevés, il avait fallu que je compose celui-là ! Je devais admettre que j'étais contente de le voir.

« Ta sœur, m'a-t-il dit, est une fan de Ebb Tide. Elle a des imports.

— Et c'est bien ?

— Très bien. Elle est presque éclairée. Se procurer des imports nécessite un effort.

— Tu parles musique à chaque personne que tu croises ?

— Non », m'a-t-il répondu. Derrière moi, Emma avait allumé la télé. « Non, pas toujours. Là, j'avais encore mes écouteurs et elle m'a demandé ce que j'écoutais.

— Et comme par hasard, tu écoutais un groupe qu'elle connaît et adore.

— Ah ! L'universalité de la musique ! Il n'y a pas mieux pour rassembler les gens. Amis et ennemis. Vieux et jeunes. Ta sœur et moi. Et…

— Ta sœur, ta mère et moi, ai-je complété.

— Ma mère ?

— Je l'ai rencontrée aujourd'hui au centre commercial. Au concert de Jenny Reef. »

Son visage s'est décomposé.

« Tu es allée voir Jenny Reef ?

— Je l'adore. » Il a plissé les yeux. « Elle joue tellement mieux que Ebb Tide.

— Ce n'est pas drôle, a-t-il déclaré le plus sérieusement du monde.

— Qu'y a-t-il de mal à aimer Jenny Reef ?

— Tout ! » s'est-il énervé. *Nous y voilà*, ai-je

pensé. « Tu as vu le poster qu'elle lui a dédicacé ? Avec le nom du produit inséré dans son autographe ? Je trouve honteux de se prendre pour une artiste et de se vendre à ce point à la société de consommation, au nom de…

— O.K. O.K. Calme-toi. » J'ai préféré intervenir avant qu'une veine de son front n'explose. « Je ne suis pas allée voir Jenny Reef. J'avais rendez-vous avec les Lakeview Models chez Kopf. »

Dans un soupir, il a secoué la tête.

« Dieu merci. Je me suis fait du souci pendant une seconde.

— Je croyais qu'il n'y avait pas de vérité absolue en musique, ai-je ironisé. Cela ne s'applique pas aux stars de la pop adulées par les ados ?

— Si, a-t-il marmonné. Tu as le droit d'avoir ton opinion sur Jenny Reef. Je serais juste consterné que tu sois une fan.

— Lui as-tu donné sa chance ? Souviens-toi. » J'ai levé la main. « Ne réfléchis pas, ne juge pas. Contente-toi d'écouter. »

Il a esquissé une grimace.

« J'ai écouté Jenny Reef. Pas nécessairement par choix, mais je l'ai écoutée. Et je pense que cette fille se prostitue pour vendre sa musique – si on peut appeler ça de la musique – au nom du matérialisme et du capitalisme.

— Eh bien, on dirait que le sujet te tient à cœur. »

Soudain, j'ai entendu un léger bourdonnement. Il a sorti un portable de sa poche arrière et a examiné l'écran.

« La pizza n'attend pas. Faut que j'y aille. Désolé, tu peux me supplier mais je ne peux pas rester ici et discuter musique toute la nuit.

— Vraiment ?

— Vraiment. » Il a reculé. « Cependant, si tu désires poursuivre cette conversation un de ces quatre, je serai ravi de te tenir compagnie.

— Mardi, ça te convient ?

— Va pour mardi. » Il a descendu quelques marches. « À plus !

— Bye, Phil.

— Et n'oublie pas l'émission de demain ! a-t-il crié par-dessus son épaule. Ce ne sera que de l'électro. Une heure entière de robinets qui coulent.

— Tu plaisantes ?

— Peut-être. Il faudra que tu écoutes pour le savoir. »

J'ai souri en le regardant monter dans sa voiture. Il a d'abord mis la radio avant de démarrer. Bien sûr.

Quand je suis entrée dans la salle à manger, Emma était installée sur le canapé, une petite bouteille d'eau à la main. La pizza se trouvait sur le comptoir. Les yeux rivés sur l'écran de la télé, elle n'a pas dit un mot – elle semblait passionnée par l'histoire d'une actrice de sitcom devenue accro à la cocaïne. Je me suis servi une part et je me suis assise à la table de la cuisine.

« Tu…, ai-je bafouillé. Tu n'as pas faim ?

— J'arrive », a-t-elle déclaré sans quitter l'écran des yeux.

Bien. Maman ne serait pas contente, mais tant pis, elle n'était pas là et moi, je mourais de faim. Alors que je mordais dans ma pizza, Emma a baissé le son.

« Dis ? Tu le connais d'où, ce type ?

— Du lycée. » J'ai dégluti. Comme elle me dévisageait, j'ai ajouté : « On est amis.

— Amis », a-t-elle répété.

J'ai pensé au sourire étonné de Mme Armstrong quand elle avait entendu ce même mot quelques heures plus tôt.

« Oui, on déjeune ensemble parfois.

— Il est ami avec Sophie aussi ? m'a-t-elle demandé.

— Non. » J'ignore la raison, mais aussitôt, j'ai été sur mes gardes. Pourquoi me posait-elle ces questions ? D'ailleurs, pourquoi discutais-je avec Emma qui avait résisté à toutes mes tentatives de conversation de la journée ? Et soudain, je me suis souvenue de son visage, quand Phil m'avait décrite comme une personne honnête. Elle avait paru tellement surprise que j'ai ajouté : « Je ne suis plus trop amie avec Sophie ces derniers temps.

— Ah bon ?

— Non.

— Que s'est-il passé ? »

Depuis quand cela t'intéresse ? avais-je envie de lui demander.

« Nous nous sommes brouillées au printemps dernier. Un truc moche… On ne se parle plus depuis.

— Oh ! »

J'ai fixé mon assiette en me demandant pourquoi je m'ouvrais ainsi à Emma. Était-ce une erreur ? Allait-elle m'envoyer une remarque désagréable ou mesquine ? Non, elle s'est contentée de se tourner vers la télé et de monter le son.

À l'écran, l'actrice racontait son histoire tout en se tamponnant les yeux avec un Kleenex. Emma était assise dans le fauteuil de mon père. Qui savait qu'elle était une fan de Ebb Tide, qu'elle possédait des imports, qu'elle était, selon l'expression de Phil, éclairée ? D'un autre côté, pouvait-on dire qu'elle me connaissait ? Peut-être aurions-nous pu y remédier durant ce long week-end, mais non. Nous sommes restées assises ensemble, chacune dans une pièce, à regarder une émission sur une étrangère qui déballait ses secrets, tandis que nous gardions bien au chaud les nôtres, comme toujours.

Le lendemain matin, Phil a démarré son émission par un morceau d'électro qui a duré, sans rire, huit bonnes minutes. Pendant ce temps, je me suis demandé si j'avais le droit de me rendormir sans en être capable.

« Il s'agissait de "Prickle" des Velveteen, a-t-il annoncé à la fin. Tiré de leur deuxième album, *The Burning*, qui est probablement l'un des meilleurs disques d'électro jamais enregistrés. Difficile de croire que certaines personnes n'aiment pas ce genre de musique, hein ? Vous écoutez "Self-control". N'hésitez pas à nous passer un coup de fil. RAD-

2000, notre radio, votre radio ! Et voici Snake-plant. »

J'ai fermé les yeux, mais je ne me suis pas assoupie. J'ai écouté toute l'émission, comme chaque dimanche désormais, pendant que Phil passait du rockabilly, des chants grégoriens, une chanson en espagnol qui, je cite, « ressemblait à du Astrid Gilberto, mais n'en était pas ». Quoi que cela veuille dire. Enfin, peu avant huit heures, j'ai entendu les premières notes d'une chanson qui me paraissait familière. Laquelle ? Je n'en étais pas sûre jusqu'à ce qu'il prenne à nouveau l'antenne.

« Vous écoutiez "Self-control" sur votre radio libre, RAD-2000, 89.9. Terminons aujourd'hui par une dédicace longue distance à une fidèle auditrice à qui je dis : N'aie pas honte de la musique que tu aimes. Même si, à mon humble avis, ce n'est pas de la vraie musique. Nous savons tous pourquoi tu es allée au centre commercial hier. À la semaine prochaine ! »

Et là, j'ai percuté. Il s'agissait de la chanson de Jenny Reef, celle qu'ils avaient diffusée non-stop au centre commercial la veille. Dès les premières notes, je me suis assise dans mon lit et j'ai décroché mon téléphone.

« RAD-2000, votre radio libre, j'écoute !

— Je ne suis pas allée au centre commercial pour voir Jenny Reef hier !

— Tu n'apprécies pas sa chanson ?

— Si, en fait. Elle est mieux que tout ce que tu as passé ce matin.

221

— Très drôle.

— Je ne plaisante pas.

— J'en suis certain. Ce qui, permets-moi de te dire, me rend très triste.

— C'est aussi triste que de passer Jenny Reef dans ton émission.

— C'était censé être ironique ! »

J'ai glissé une mèche de cheveux derrière mon oreille.

« Tu me le copieras cent fois ! » lui ai-je lancé, un grand sourire aux lèvres.

Il a poussé un gros soupir.

« Assez parlé de Jenny Reef. Réponds-moi. Que penses-tu si je te dis "bacon" ?

— Bacon ? ai-je répété. Je ne connais pas ce groupe.

— Ce n'est pas un groupe, mais de la nourriture ! Tu sais, le bacon ! Des tranches de lard fumé qui grésillent dans une poêle bien grasse. »

J'ai éloigné le combiné de mon oreille et j'ai examiné l'appareil une seconde.

« Ça te dit ? m'a-t-il demandé.

— Qu'est-ce qui me dit ?

— Un petit déjeuner.

— Maintenant ?

— Pourquoi ? Tu as déjà prévu quelque chose ?

— Non, mais…

— Cool, je passe te prendre dans vingt minutes. »

Et il a raccroché. J'ai reposé le combiné sur son socle avant de me regarder dans le miroir au-dessus de mon bureau. *Vingt minutes. O.K.*

En dix-neuf minutes et demie, je suis parvenue à me doucher, trouver des habits et me rendre sous la véranda où j'ai attendu que Phil vienne se garer dans l'allée. Emma dormait encore, ce qui m'épargnait une longue explication… que je n'avais pas. Alors que je m'approchais de la voiture, Rolly, qui était assis à l'avant, est descendu.

« Tu te souviens de Rolly ? a lancé Phil.

— Oui. Tu peux rester devant, tu sais.

— Pas de problème, m'a-t-il répondu en se glissant à l'arrière. Et puis, je dois vérifier que j'ai mon équipement pour tout à l'heure.

— Quel équipement ? » lui ai-je demandé après être montée et avoir fermé la portière.

Phil m'a fait signe de mettre ma ceinture, puis il a joué du marteau pour la boucler.

« Celui de mon travail. J'ai cours, aujourd'hui », m'a expliqué Rolly. Je me suis retournée. Il était assis à côté du casque rouge qu'il portait la première fois où je l'avais rencontré. Il y avait également des protège-tibias, des jambières, des rembourrages en forme de tube, des gants épais.

« Il s'agit d'un niveau intermédiaire. Je dois m'assurer d'être bien couvert.

— D'accord, ai-je déclaré tandis que Phil enclenchait la marche arrière. Comment as-tu trouvé ce job ?

— Normalement. J'ai répondu à une petite annonce. Au départ, j'avais un poste de standardiste et de secrétaire. Et un jour, un type a été blessé à l'aine et a dû partir. Alors j'ai été promu agresseur.

— Rétrogradé, tu veux dire, est intervenu Phil.

— Non, non ! » Rolly avait un visage très doux, ai-je remarqué. Alors que Phil était grand et large d'épaules, et avait le profil de l'agresseur, Rolly était plus petit et nerveux, avec des yeux bleus pétillants. « Je préfère agresser que jouer les employés de bureau.

— Vraiment ? ai-je demandé.

— Oui. Primo, c'est excitant. Secundo, tu rencontres des gens à un niveau très personnel. Un vrai lien se crée avec la personne qui te bat à plates coutures. »

J'ai jeté un œil à Phil qui changeait de vitesse d'une main et réglait la radio de l'autre.

« Regarde-moi autant que tu veux, a-t-il déclaré sans quitter la route des yeux. Je ne ferai aucun commentaire.

— Les bagarres créent des liens, a poursuivi Rolly. En fait, de nombreuses femmes qui suivent mes cours viennent m'embrasser après. Les gens deviennent proches de moi. Cela s'est produit des centaines de fois.

— Mais il n'y en a qu'une qui a compté, a ajouté Phil.

— Exact, a soupiré Rolly, exact.

— Pardon ?

— Rolly est amoureux d'une fille qui l'a frappé au visage, a expliqué Phil.

— Pas au visage, a rectifié Rolly. Dans le cou.

— Apparemment, elle a un sacré crochet du droit.

— J'étais impressionné, a avoué Rolly. C'était pendant une expo au centre commercial. Nous avions un stand, et les personnes tirées au sort avaient droit à un cours gratuit où elles pouvaient me cogner dessus pour s'amuser. »

Phil a mis son clignotant et a secoué la tête.

« Bref, a poursuivi Rolly, elle est arrivée avec des amies et Dolorès – ma patronne – a commencé son speech et les a invitées à me frapper. Ses amies n'ont pas voulu. Elle a fait un pas en avant, m'a regardé droit dans les yeux et Paf ! Entre le menton et la clavicule.

— Heureusement que tu avais tes protections.

— Oui ! Je suis un professionnel. Mais malgré cela, tu sens quand quelqu'un a du punch. Et cette fille en avait. En plus, elle était sublime. Combinaison mortelle, non ? Avant que je puisse dire quoi que ce soit, elle me remercie avec le sourire et s'en va. Comme ça. Je n'ai jamais su son nom. »

Nous prenions de la vitesse sur la nationale.

« Waouh ! me suis-je exclamée. Quelle histoire !

— Oui », a-t-il répliqué, l'air solennel. Il a posé les mains à plat sur le casque entre ses genoux. « Je sais. »

Phil a baissé sa vitre puis il a inspiré très fort.

« Sentez-moi ça ! On y est presque. »

J'ai regardé de tous les côtés.

« Où ça ?

— Deux mots seulement, a déclaré Phil. Double Bacon. »

Cinq minutes plus tard, nous nous garions sur le parking de Beignets à Gogo, une cafétéria 24/24 située à l'entrée de l'autoroute. *On dirait que le petit déjeuner est sacré !* Quand la brise a tourné, j'ai senti l'odeur de bacon, piquante, lourde, impossible à rater.

« Oh, mon Dieu ! me suis-je écriée en sortant de la voiture, pendant que Phil et Rolly respiraient à pleins poumons. C'est… C'est…

— Grandiose, a complété Phil. Avant c'était différent. Ils cuisinaient du bacon, mais pas à ce niveau. Et quand des nouveaux se sont installés en face…

— Le Morning Café, a expliqué Rolly en fronçant le nez. Trop cheap. Ils sont réputés pour leurs crêpes spongieuses.

— … Ils ont dû se montrer compétitifs. Désormais, tous les jours, c'est Double Bacon. » Il m'a ouvert la porte. « Somptueux, n'est-ce pas ? »

J'ai hoché la tête et je suis entrée. J'ai d'abord noté que l'odeur était encore plus forte, si cela était possible. Ensuite, que la salle exiguë était glaciale.

« Oh ! s'est inquiété Phil en constatant que je frissonnais. J'ai oublié de te prévenir. » Il a enlevé son blouson qu'il m'a posé sur les épaules. J'ai eu beau protester, il m'a dit : « S'ils mettaient du chauffage, les gens s'incrusteraient toute la journée. Croismoi, si tu as froid maintenant, dans dix minutes, tu seras gelée. Prends-le. »

J'ai enfilé son blouson qui était bien sûr trop grand pour moi. Les manches me couvraient les mains. Je me suis pelotonnée dedans tandis que nous suivions une serveuse grande et mince dont le badge indiquait DIANE jusqu'à une table près de la fenêtre. Derrière nous, une femme allaitait tranquillement son bébé, la tête penchée. De l'autre côté, un couple de notre âge mangeait des beignets. Tous deux étaient en jogging ; la fille avait les cheveux blonds et un élastique autour du poignet, le garçon était grand et brun. Son tatouage était à peine visible sous la manche de son T-shirt.

« Je te recommande les crêpes aux pépites de chocolat, m'a informé Rolly après que Diane nous eut apporté du café. Avec beaucoup de beurre et de sirop d'érable. Et du bacon.

— Beuh, est intervenu Phil. Moi, je préfère le menu de base : œufs, bacon et pain grillé. Point. »

Puisqu'il fallait manger du porc… Quand Diane est revenue prendre la commande, j'ai demandé un beignet et oui, du bacon. Je n'étais pas sûre d'en avoir besoin, vu que j'avais déjà eu ma ration rien qu'en respirant l'air ambiant.

« Vous venez là tous les dimanches ? leur ai-je demandé.

— Oui, a répondu Phil. Depuis la première émission. Et Rolly paie toujours l'addition. C'est une tradition.

— Ce n'est pas une tradition, l'a contredit Rolly. J'ai perdu un pari.

— Tu dois payer encore combien de temps ?

— Jusqu'à la fin de ma vie, m'a appris Rolly.

227

J'ai eu ma chance et je l'ai laissée passer. Et maintenant, je paie. Dans tous les sens du terme.

— Tu exagères, l'a sermonné Phil qui tapait sur son verre d'eau avec sa cuillère. On a dit jusqu'à ce que tu lui parles.

— Et quand lui parlerai-je, hein ? l'a interrogé Rolly.

— La prochaine fois que tu la verras.

— Ouais, la prochaine fois. »

J'ai lancé un regard interrogateur à Phil.

« La fille au crochet du droit, m'a-t-il expliqué. En juillet, nous l'avons croisée en boîte. C'était la première fois que nous la revoyions. Depuis qu'elle l'a assommé, Rolly parle d'elle non-stop.

— Faux, s'est insurgé un Rolly rougissant.

— Une chance et il la laisse passer, s'est moqué Phil.

— Je crois au moment idéal, a déclaré Rolly. Et il ne se présente pas souvent. »

Cette pensée profonde a été ponctuée – ou interrompue, c'est selon – par Diane qui est arrivée avec notre petit déjeuner. Jamais je n'avais vu autant de bacon de ma vie. Ma tranche débordait de mon assiette.

« Pour finir, a continué Rolly en tartinant sa crêpe de beurre. Pendant que je pèse le pour et le contre dans mon coin, son pull tombe du dossier de son siège. Un signe du destin, tu vois ? Et là, je reste pétrifié. Je ne peux pas le ramasser. »

À côté de moi, Phil avait déjà englouti un morceau de bacon et en mâchait un autre tout en poivrant ses œufs au plat.

« Tu comprends ? C'est énorme quand tu as enfin la chance d'accomplir ton rêve. Il y a de quoi rester paralysé, non ? »

Il m'a tendu la bouteille de sirop et j'ai arrosé mon beignet.

« Je pense, oui.

— Voilà pourquoi, est intervenu Phil, je lui ai dit que je paierais le petit déj tous les dimanches s'il ramassait son pull et lui parlait. Dans le cas contraire, la note serait pour lui. »

Rolly a mordu dans sa crêpe.

« En fait, je me suis levé et je me suis approché d'elle. Mais elle s'est retournée et j'ai…

— Flanché, a complété Phil.

— Paniqué. Elle m'a vu, j'ai perdu mes moyens et j'ai continué à marcher. Maintenant, je dois le régaler jusqu'à mon dernier jour. À moins que je fasse un super-pari, ce qui est peu probable puisque je ne l'ai jamais revue depuis.

— Waouh ! Quelle histoire ! » ai-je répété.

Il a hoché la tête avec autant de désarroi que dans la voiture un peu plus tôt.

Au moment de partir, une heure après, il ne restait plus une miette de bacon et j'en avais tellement mangé que j'étais sur le point d'éclater. Quand je suis montée en voiture, j'ai attrapé ma ceinture de sécurité. Je n'ai pas eu le temps de la boucler, car Phil s'en est emparé et l'a enfoncée d'un coup de marteau. Ses mains étaient à quelques centimètres de ma taille, sa tête près de mon épaule. J'ai pris le temps de regarder ses cheveux bruns, les taches de rousseur autour de son nez, ses longs cils.

Tandis que nous traversions la ville, j'ai observé Rolly dans le rétroviseur. Il enfilait ses vêtements de travail – d'abord, le gros plastron, puis les tubes couvrant ses bras et ses jambes. Au fur et à mesure, il se métamorphosait sous mes yeux au point de devenir méconnaissable. Il a enfilé son casque au moment où nous nous garions devant le petit centre commercial où était situé PUISSANCE QUATRE.

« Merci pour la balade ! » a lancé Rolly. Il est sorti tant bien que mal de la voiture. Les rembour-rages de ses jambes étaient si épais qu'il devait marcher à petits pas hésitants, bras écartés. « On s'appelle !

— O.K. », lui a répondu Phil.

Sur le chemin du retour, alors que le paysage défilait, j'ai repensé au premier jour. Comme il me semblait étrange, alors, d'être avec lui. À présent, c'était presque normal. Dehors, le quartier était pai-sible, quelques jets d'eau arrosaient les pelouses, un homme en robe de chambre remontait son allée, le journal à la main. Ce qu'avait dit Rolly au sujet du moment idéal m'est revenu à l'esprit. Il était temps de dire quelque chose à Phil. De le remercier peut-être, ou de lui avouer à quel point son amitié comptait pour moi depuis deux semaines. Alors que je rassemblais mon courage pour lui parler, il m'a devancée.

« Alors ? Tu as écouté un des CD que je t'ai gravés ?

— Oui, ai-je répondu pendant qu'il tournait dans ma rue. J'ai commencé par les chants de protestation hier.

— Et ?

— Je me suis endormie. » Il a froncé les sourcils. « J'étais vraiment fatiguée. Mais promis, je l'écouterai.

— Il n'y a pas urgence, a-t-il déclaré en se garant devant chez moi. Ces choses-là prennent du temps.

— Sans rire ! Tu m'as donné de quoi m'occuper un moment.

— Dix CD, a-t-il répliqué. Ce n'est qu'un minuscule échantillon.

— Phil ! Tu m'as enregistré cent quarante chansons au moins.

— Si tu désires une vraie éducation, sache que la musique ne viendra pas toute seule à toi. Il faut que tu ailles à la musique.

— Me suggères-tu une sorte de pèlerinage ? »

Je plaisantais. Lui non, à en juger par son air sérieux.

« Pourquoi pas ?

— Et où me proposes-tu d'aller ?

— En boîte voir un groupe. Un bon groupe. En live. Le week-end prochain. »

La première question qui m'est venue a été : *Tu me demandes de sortir avec toi ?* Aussitôt, je me suis dit que si je la lui posais, il me répondrait sans détour. Étais-je prête à entendre sa réponse ? Un oui de sa part serait… génial… et terrifiant. Un non me ferait passer pour une idiote.

« Un bon groupe, ai-je préféré répéter. Selon qui ?

— Moi, bien sûr.

— Oh ! »

Il a haussé les sourcils.

« Et d'autres, aussi. Il s'agit du groupe du cousin de Rolly.

— Ils font de la…

— Non, ils ne font pas d'électro, mais plutôt du rock alternatif, avec des chansons originales, ridicules parfois, mais bien alternatives.

— Waouh ! Quelle description !

— Ma description ne signifie rien. C'est la musique qui compte. Et cette musique-là, tu vas aimer. Fais-moi confiance.

— On verra ! Dis-moi où et quand exactement se produira ce "groupe de rock alternatif, avec des chansons originales, ridicules parfois, mais bien alternatives" ?

— Au Bendo. Samedi soir. Pas de limite d'âge. Il y a une première partie, donc ils passeront vers vingt et une heures.

— O.K.

— O.K. Comme dans O.K., je viens ? m'a-t-il demandé.

— Oui.

— Cool. »

J'ai souri. Derrière lui, Emma est apparue en haut de l'escalier de la maison. En pyjama, elle bâillait, une main devant la bouche. Son ombre s'allongeait derrière elle. Arrivée en bas des marches, elle s'est rendue dans la salle à manger et s'est penchée sur ses pots devant la fenêtre. Au bout de quelques secondes, elle a touché la terre du bout des doigts, a tourné l'un des pots pour qu'il soit mieux exposé à la lumière. Puis elle s'est assise sur les talons, les mains sur les genoux, et a continué de les contempler.

Phil l'observait également. Je me demandais à quoi il pensait. De l'extérieur, cette scène devait paraître tellement différente de la réalité. Allez voir la maison d'à côté et vous aurez une autre tranche de vie, une autre histoire. Bien qu'il ne s'agisse pas de la mienne, j'ai eu envie de la lui raconter.

« Ce sont des herbes aromatiques, lui ai-je appris. Elle les a semées hier. Elles font partie de sa… thérapie.

— Tu m'avais dit qu'elle était malade. De quoi souffre-t-elle ?

— De troubles alimentaires.

— Oh !

— Elle s'est requinquée, là », ai-je ajouté. Ce qui était vrai. En fait, je l'avais vue manger deux parts de pizza, la veille au soir. Bien après moi. Elle avait enlevé toute trace de gras avant de les couper en minuscules morceaux. Qu'elle avait mangés, c'est ce qui comptait. « Quand nous l'avons découvert, elle était très mal. Elle a passé une bonne partie de l'année dernière à l'hôpital. »

Sous nos yeux, Emma s'est levée et a écarté une mèche de cheveux de son visage. Phil la trouvait-il différente maintenant qu'il connaissait son histoire ? Son expression ne m'a rien appris.

« Cela a dû être difficile, a-t-il remarqué alors qu'elle faisait le tour de la table. De la voir traverser cette épreuve. »

Emma a alors disparu dans la cuisine. Une seconde plus tard, elle est réapparue devant le comptoir. J'oubliais toujours qu'à l'extérieur de la maison, on avait l'impression de tout voir alors qu'une partie était cachée, occultée.

« En effet. C'était horrible. Elle m'a vraiment fait peur. »

Cette fois-ci, je n'ai pas pensé au fait que je lui disais la vérité, que je sautais dans le vide en me montrant honnête avec lui. Je n'en ai pas eu le temps. Quand Phil s'est tourné vers moi, j'ai dégluti et comme chaque fois que j'avais son attention, j'ai poursuivi.

« Emma est une fille très secrète. Personne ne sait jamais si elle a un problème. Contrairement à Christine qui nous abreuve d'informations. Quand elle est malheureuse, par exemple, tout le monde est au courant, qu'on le veuille ou non. Emma, elle, il faut lui tirer les vers du nez. Ou jouer aux devinettes. »

Phil a scruté la maison. Emma avait de nouveau disparu.

« Et toi ?

— Quoi, moi ?

— Comment savent-ils que tu ne vas pas bien ? »

Ils ne le savent pas, ai-je pensé sans oser le dire.

« Je l'ignore. Il faudrait leur poser la question. »

Un gros 4 x 4 est passé à toute allure à côté de nous et a soulevé les feuilles qui avaient été balayées le long du trottoir. Tandis qu'elles glissaient sur le pare-brise, j'ai regardé Emma qui montait l'escalier, une bouteille d'eau à la main. Cette fois-ci, elle a jeté un œil dehors. Quand elle nous a vus, elle a ralenti avant de continuer vers le palier.

« Je dois y aller, ai-je dit, une main sur la boucle de ma ceinture. Merci encore pour le petit déj.

— Pas de problème. N'oublie pas ton pèlerinage ! Samedi. Neuf heures.

— J'y serai. »

Alors que je passais devant la voiture, il a mis le moteur en route et m'a fait un signe de la main. Ce n'est qu'au milieu de l'allée que je me suis rendu compte que je portais encore son blouson. J'ai fait volte-face. Trop tard. Sa voiture disparaissait déjà au coin de la rue.

Une fois dans le vestibule, j'ai enlevé son blouson que j'ai plié sur mon bras. Et là, j'ai entendu un bruit sourd. À tâtons, j'ai fouillé la poche extérieure et effleuré… son iPod. Au creux de ma main, son lecteur à l'écran fissuré était cabossé, rayé… Et malgré le froid qui régnait à Beignets à Gogo, il était chaud dans ma paume.

« Annabelle ? »

J'ai sursauté. Emma me toisait du haut de l'escalier.

« Bonjour, lui ai-je lancé.

— Tu t'es levée de bonne heure.

— Oui… Je… J'ai pris le petit déjeuner dehors. »

Elle a plissé les yeux.

« Tu es partie depuis quand ?

— Il y a un petit moment », ai-je répondu en montant les marches.

Quand je suis arrivée sur le palier, elle s'est à peine poussée, si bien que j'ai dû la frôler. Elle a reniflé une fois. Deux fois. *Bacon.*

« Je ferais mieux de me mettre à mes devoirs, ai-je continué.

— O.K. »

Immobile, elle ne m'a pas quittée des yeux tandis que je fermais la porte de ma chambre derrière moi.

Comme je n'avais jamais vu Phil sans son iPod, je me suis dit qu'il remarquerait rapidement son absence. Par conséquent, lorsque le téléphone a sonné au milieu de l'après-midi, j'ai décroché, persuadée qu'il était en état de manque le plus total. Ce n'était pas lui, mais Maman.

« Allô ! Annabelle ! »

Quand ma mère était stressée, son quotient de bonne humeur atteignait des pics. La ligne grésillait presque tellement sa gaieté était feinte.

« Allô, Maman. Vous allez bien ?

— Oui, merci. Ton père est en train de jouer au golf et moi, je sors de la manucure. Nous sommes bien occupés, mais on a toujours le temps pour un petit coup de fil. Ça va, à la maison ? »

Il s'agissait en fait de son troisième appel en trente-six heures. J'ai néanmoins joué le jeu.

« Oui. Il ne se passe pas grand-chose.

— Comment va ta sœur ?

— Bien.

— Elle est là ?

— Je ne sais pas. » Je suis sortie du lit et j'ai ouvert ma porte. « Je peux vérifier si…

— Elle est sortie ?

— Je n'en suis pas sûre. » *Eh ! Pas de panique.* « Attends. » Je suis allée dans le couloir, le combiné contre la poitrine. Comme je n'ai entendu ni la télé, ni le moindre bruit en bas, je me suis approchée de la chambre d'Emma. La porte était entrouverte. J'ai frappé, doucement.

« Oui ? »

J'ai poussé la porte. Assise en tailleur sur son lit, ma sœur écrivait dans un carnet.

« C'est Maman au téléphone. »

Elle a soupiré avant de tendre la main. Je lui ai tendu le combiné.

« Allô ? Bonjour ! Oui, je suis là… Oui, je vais bien… Ça se passe à merveille. Tu n'es pas obligée d'appeler tout le temps, tu sais. »

Emma s'est adossée contre la tête du lit et a répondu à Maman par une succession de « hum » et de « euh », pendant que je regardais par sa fenêtre.

Bien que nos chambres soient adjacentes, le terrain de golf où un homme en pantalon à carreaux était en train de pratiquer son swing me semblait totalement différent vu d'ici, comme s'il s'agissait d'un autre endroit.

« Oui, d'accord », a-t-elle répliqué en se lissant une mèche. Comme ma sœur était belle, ai-je soudain pensé. Vêtue d'un jean et d'un T-shirt, pas maquillée, elle était époustouflante. Impossible de croire qu'en se regardant dans un miroir, elle pensait le contraire. « Je lui dirai. O.K. Bye. »

Elle a appuyé sur OFF.

« Maman te dit à demain. Ils seront rentrés pour le dîner.

— Ah ! ai-je répondu tandis qu'elle me tendait l'appareil. Bien.

— Ce soir, nous pouvons soit manger des spaghettis, soit sortir. » Elle a plaqué ses genoux contre sa poitrine. « Qu'est-ce que tu en penses ? »

J'ai hésité. S'agissait-il d'une question piège ?

« Peu importe. Des spaghettis ?

— O.K. Je m'en occuperai tout à l'heure.

— Si tu veux de l'aide…

— On verra ! » Elle s'est penchée en avant, a ramassé un stylo à côté de son pied et a enlevé le capuchon. J'ai reconnu son écriture sur le carnet. Que pouvait-elle bien raconter ? Au bout de quelques instants, elle a levé les yeux vers moi. « Quoi ?

— Rien, ai-je répondu, gênée qu'elle m'ait surprise en train de l'observer. Je… Heu… À plus tard. »

Je suis retournée dans ma chambre et je me suis assise sur mon lit avec l'iPod de Phil. Cela m'a semblé bizarre, voire mal, d'avoir cet objet chez moi, entre les mains. Néanmoins, j'ai déroulé les écouteurs avant de l'allumer. Au bout d'une seconde, l'écran s'est éclairé. Quand le menu est apparu, j'ai cliqué sur SONGS.

J'avais le choix entre 9 987 chansons. *Mon Dieu !* J'ai fait défiler la liste pendant une minute tout en pensant à sa théorie de se couper du monde. C'est ce qu'il avait fait pendant le divorce de ses parents, mais aussi chaque jour, quand il se déplaçait, les écouteurs enfoncés dans les oreilles. Dix mille chansons pouvaient combler un profond silence.

Je suis retournée au menu principal avant de faire défiler ses playlists. Une longue liste est apparue – A.M. ÉMISSION 12/08, A.M. ÉMISSION 19/08, MÉLOPÉE (IMPORTS). Puis ANNABELLE.

J'ai cessé d'appuyer. Il s'agissait probablement des CD qu'il m'avait gravés. Et pourtant, j'hésitais, comme plus tôt dans sa voiture. Voulais-je savoir ou pas ? Cette fois-ci, j'ai craqué.

Quand j'ai sélectionné mon prénom, l'écran a changé et une liste de chansons est apparue. La première, "Jennifer", était interprétée par Lipo. Ce qui me disait quelque chose. Comme "Descartes Dream" par Misanthrope et les deux suivantes. Soudain, j'ai reconnu les chansons que Phil avait passées lors de la première émission que j'avais écoutée. Pas aimée, mais écoutée. Et commentée avec lui ensuite.

Elles étaient toutes là. Chaque chanson dont nous avions parlé, calmement ou non, était répertoriée là, dans l'ordre d'apparition. Les chants mayas écoutés la première fois où il m'avait raccompagnée, "Thank You" par Led Zeppelin quand moi je l'avais ramené, beaucoup trop d'électro, tout le trash metal, et même Jenny Reef. Tandis que j'écoutais un extrait de chacune, je pensais à toutes les fois où j'avais croisé Phil et son iPod, en me demandant ce qu'il écoutait. Qui aurait cru que j'occupais ses pensées ?

16 h 55. Son iPod devait lui manquer. Pas grave. Je le lui rapporterais chez lui plus tard. Facile.

Alors que je descendais, j'ai entendu un fracas suivi par un « merde » marmonné. Quand j'ai passé la tête par la porte de la cuisine, Emma rangeait une casserole dans le placard.

« Tout va bien ? lui ai-je demandé.

— Oui. » Elle s'est relevée, a écarté une mèche de cheveux. Sur le plan de travail devant elle, il y avait un pot de sauce tomate, un paquet de spaghettis, une planche à découper, un poivron rouge, un concombre et une laitue.

« Tu sors ?

— Euh… Je… Pas longtemps. À moins que tu veuilles…

— Non, merci. »

Elle a pris le paquet de spaghettis et, les yeux plissés, a commencé à lire les instructions au dos.

« Bon, d'accord, je serai de retour dans…

— Attends… » Elle a posé le paquet. « Je ne sais pas trop quelle casserole utiliser… »

J'ai posé le blouson de Phil sur une chaise et j'ai ouvert le placard à côté du four.

« Tiens. » Je lui ai tendu un grand faitout et la passoire qui allait à l'intérieur. « Ce sera plus facile pour les égoutter.

— Oh. Bien. D'accord. »

J'ai rempli le récipient d'eau avant de le mettre sur la gazinière. Je sentais son regard sur moi alors que je tournais le bouton.

« Ça ira plus vite si tu mets un couvercle.

— O.K. »

Je me suis approchée de la chaise sur laquelle j'avais posé le blouson de Phil et je l'ai regardée tandis qu'elle sortait une petite casserole du placard et la posait sur le feu. Elle a ouvert le pot de sauce et a versé le contenu dans la casserole. Elle agissait très lentement, chacun de ses gestes était prémédité, comme si elle séparait des atomes. Ce qui n'était pas surprenant, vu qu'Emma ne cuisinait quasiment jamais. Ma mère supervisait tous ses repas, préparait ses en-cas et ses sandwiches, les céréales qu'elle mangeait au petit déjeuner. Il était aussi étrange pour moi de la regarder que pour elle de préparer le dîner. Seule.

« Tu veux de l'aide ? » lui ai-je demandé. Elle avait pris une cuillère en bois dans le tiroir à droite du four et remuait maladroitement la sauce. « Cela ne me dérange pas. »

Pendant une minute, elle n'a pas répondu. L'avais-je vexée ? Et puis, elle s'est retournée.

« Oui. Si cela te fait plaisir. »

Ce soir-là, pour la première fois de ma vie je pense, j'ai préparé le repas avec ma sœur. Nous avons échangé quelques paroles, les questions banales (à quelle température mettre le four pour le pain à l'ail, quelle quantité de spaghettis prévoir) auxquelles j'ai répondu (thermostat 7 ; tout le paquet). J'ai mis la table pendant qu'elle préparait la salade avec sa lenteur et sa minutie légendaires. Ensuite, elle a coupé les légumes avec soin avant de les regrouper par couleurs sur la planche. Et enfin, Emma et moi nous sommes assises face à face dans la salle à manger. Rien que nous deux. Lorsque je me suis glissée sur ma chaise, j'ai jeté un œil à ses pots sur le rebord de la fenêtre.

« Tes plantations se portent bien, ai-je remarqué.

— Si tu le dis. » Elle a pris sa serviette, et s'est servie de salade surtout et d'un peu de pâtes. Je n'ai rien dit, parce que ma mère aurait inévitablement fait une réflexion. « Il ne reste plus qu'à attendre que les plantes poussent. »

J'ai enroulé des spaghettis autour de ma fourchette puis je les ai goûtés.

« Hum. Un régal. Parfait !

— Ce sont des pâtes, a-t-elle répondu avec un haussement d'épaules. Il n'y a rien de plus simple.

— Faux, ai-je rétorqué. Si elles ne sont pas assez cuites, elles sont croquantes au milieu. Si elles le sont trop, elles collent. Là, elles sont bien.

— Vraiment ? »

J'ai fait oui de la tête. Nous avons continué notre dîner sans parler. J'ai regardé à nouveau ses pots, le terrain de golf au-delà, si vert qu'il en paraissait irréel.

« Merci », a lancé Emma.

Était-ce pour mon compliment sur ses pâtes, la salade ou simplement sur le fait que je sois restée avec elle ? Je m'en fichais. J'étais trop contente d'entendre ce mot dans sa bouche. Peu importait la raison.

« De rien. »

Elle a secoué la tête. Dehors, une voiture a ralenti. Le conducteur nous a regardées avant de poursuivre son chemin.

Chapitre 11

« C'est Annabelle ! »

Je n'avais pas enlevé mon doigt de la sonnette que Marjorie ouvrait déjà la porte.

J'ai failli ne pas la reconnaître, tant elle était maquillée – fond de teint, eye-liner, ombre à paupières, rouge à lèvres, paire de faux cils dont l'un, mal collé, s'accrochait à sa paupière. Elle portait un fourreau noir et des sandales à talons très hauts qui menaçaient à tout moment de la faire tomber.

Quatre filles aux yeux exorbités se bousculaient derrière elle, elles aussi en costumes et maquillées. La première, une petite brune à lunettes, avait revêtu une robe noire et des chaussures à semelle compensée. Ensuite venaient des jumelles rousses aux yeux verts, en jean et brassière. La quatrième, une blonde joufflue, avait mis une robe de princesse. L'odeur de laque m'a prise à la gorge.

« Annabelle ! » s'est écriée Marjorie qui sautillait

sur place. Ses cheveux dressés en crête sur sa tête n'ont pas bougé. « Salut !

— Salut. Qu'est-ce que tu… »

Je n'ai pas eu le temps de finir. Elle s'est emparée de ma main et m'a entraînée à l'intérieur. Les autres ont reculé. Leurs yeux disaient : « Oh ! Mon Dieu ! Annabelle Greene ! Pas possible ! »

Ses lèvres roses pincées, la blonde en robe de bal m'a examinée de la tête aux pieds.

« Tu étais dans cette pub ?

— Oui ! s'est exclamée Marjorie en remettant ses faux cils en place. C'est la fille de Kopf. Elle est mannequin chez les Lakeview Models.

— Que fais-tu ici ? a demandé une des rouquines.

— Eh bien, je passais dans le quartier et…

— Annabelle est une amie de mon frère, m'a interrompue Marjorie. Et de moi ! » Sa paume était bouillante dans ma main. « Tu tombes pile pour notre séance photos ! Tu nous donneras des conseils pour poser.

— Euh… Je ne reste pas. »

C'est également ce que j'avais dit à Emma après le dîner. Je devais rendre un truc à un ami et je serais de retour dans une heure. Elle avait hoché la tête tout en me regardant d'un air étrange. Pensait-elle que je ramènerais à nouveau des effluves de bacon ?

« Tu aimes ma tenue ? » m'a demandé Marjorie en prenant la pose, une main sur la nuque, les yeux rivés au plafond. Elle n'a pas bougé pendant cinq secondes avant de gigoter à nouveau. « Nous affichons des looks différents. Je suis *Élégante du Soir*.

— Et nous, *Après-midi Décontracté* », m'a appris une des rousses, une main sur la hanche.

Sa sœur qui avait beaucoup plus de taches de rousseur a acquiescé d'un air solennel.

Je me suis tournée vers la brune à lunettes.

« *Working Girl*, a-t-elle marmonné en tirant sur sa robe.

— Et moi, a annoncé la blonde en tournant sur elle-même afin que sa robe virevolte, je suis *Fiançailles Fantaisie*.

— Faux, a rectifié Marjorie. Tu es *Remise des Oscars*.

— *Fiançailles Fantaisie*, a insisté la blonde qui a fait un tour supplémentaire avant de s'adresser à moi. Cette robe coûte…

— Quatre cents dollars, on sait, on sait, a marmonné Marjorie. Elle crâne parce que sa sœur a ouvert le bal des débutantes.

— Quand est-ce qu'on prend des photos ? a demandé une des rousses. J'en ai assez d'être *Après-midi Décontracté*. Je veux porter une robe.

— Une seconde, s'est énervée Marjorie. Il faut d'abord qu'Annabelle voie ma chambre. Ensuite elle nous conseillera. »

Elle m'a entraînée vers l'escalier. Les filles nous ont suivies clopin-clopant.

« Phil est là ? me suis-je enquise.

— Oui, quelque part », m'a-t-elle répondu sur la troisième marche. La brunette m'avait rejointe et m'étudiait, le visage sérieux, pendant que les trois autres chuchotaient dans mon dos. « Tu devrais voir les photos que nous avons prises la dernière fois chez Chloé. Elles étaient fantastiques. Je te montrerai celle où je suis en *Dolce Vita*. Terrible, je te jure !

— *Dolce Vita* ?

— Oui, je portais un corsaire jaune à pois blancs, un dos-nu et une capeline. Superbe.

— Je veux changer pour *Dolce Vita*, a supplié la fille en noir. Cette robe est ennuyeuse à mourir. Pourquoi c'est toujours toi, *Élégante du Soir* ?

— Une minute ! » a aboyé Marjorie alors que nous arrivions devant une porte fermée. Elle a pris sa respiration, mettant les mains sur sa poitrine. Son faux cil se faisait à nouveau la malle. « Annabelle ! Prépare-toi à vivre l'ultime expérience. »

Voilà qui promettait… J'ai jeté un œil derrière moi, les filles ne cessaient de me dévisager.

« Je suis prête », ai-je dit lentement.

La main sur la poignée, elle a ouvert la porte.

« Ta ta ! Tu en penses quoi ? »

Rien. Je ne pensais plus. Devant moi, trois murs entiers étaient couverts de photos de magazines, du sol au plafond. Mannequin après mannequin, pub après pub, star après star. Blondes, brunes, rousses. Prêt-à-porter, haute couture, sportswear, maillots de bain, robes de mariées… De superbes visages aux pommettes hautes se succédaient, de face, de profil… Il y avait tellement d'images qui se chevauchaient qu'on ne voyait plus le papier peint.

« Alors ? » m'a interrogée Marjorie.

Pour dire la vérité, j'étais médusée. Je l'ai été encore plus quand elle m'a poussée en avant pour me montrer un visage en particulier. Une fois le nez dessus, j'ai réalisé qu'il s'agissait… du mien.

« Il vient du calendrier des Lakeview Models de l'année dernière. Tu te souviens ? Tu étais Avril et tu posais avec des pneus. »

J'ai hoché la tête, puis elle m'a entraînée un peu plus à droite. Pendant ce temps, les filles s'étaient éparpillées dans la chambre. Les rousses étaient affalées sur le lit où elles feuilletaient des magazines. La blonde et la brune se battaient pour avoir la chaise de la coiffeuse.

« Là, a continué Marjorie, le doigt à quelques centimètres du mur, c'est la pub pour le Bronzage Boca qui était dans le programme d'un tournoi de basket universitaire auquel j'avais assisté. Tes cheveux sont plus blonds.

— Exact. » J'avais le teint un peu orange aussi. Étrange. J'avais complètement oublié cette pub. « Ils sont plus blonds. »

Les clichés devenaient flous au fur et à mesure qu'elle me les montrait. Enfin, nous nous sommes arrêtées à l'extrême gauche.

« Celle-ci est ma préférée. Voilà pourquoi je l'ai accrochée à côté de mon lit. »

J'ai regardé de plus près son collage tiré de la pub Kopf – moi en pom-pom-girl, sur le banc avec les filles, devant un bureau, au bras d'un beau garçon en smoking.

« Où as-tu obtenu ces photos ? lui ai-je demandé.

— Capture d'écran, a-t-elle avoué fièrement. J'ai gravé la pub sur un DVD avant de le télécharger sur mon ordinateur et de sauvegarder les images. Malin, hein ? »

Comme chaque fois que je voyais cette pub, j'ai repensé au tournage qui avait eu lieu par une belle journée d'avril. J'étais tellement différente à l'époque. Tout était différent.

Marjorie m'a lâché la main.

« J'adore cette pub ! a-t-elle poursuivi. Au début, j'aimais beaucoup ta tenue de pom-pom-girl, parce que cet été-là, c'était ma passion. Et puis, les vêtements, l'histoire…. Non, vraiment, j'adore.

— L'histoire, ai-je répété.

— Oui. Tu sais, la fille qui retourne au lycée après un été fantastique.

— Ah… Oui…

— L'année scolaire commence ; elle soutient l'équipe de son lycée, révise pour ses examens, papote avec ses amies dans la cour. »

Papoter avec ses amies dans la cour. Oui…

« Ensuite, la première danse avec le type le plus canon du lycée, ce qui promet une année exceptionnelle. » Elle a soupiré. « On dirait que cette vie géniale est vraiment la tienne. Tu ne te prends pas la tête, le lycée n'est qu'une formalité… Tu es la fille… »

J'ai fixé Marjorie. Son visage était à quelques centimètres des clichés.

« … La fille qui a tout, ai-je complété, en me souvenant des mots du réalisateur.

— Oui ! »

J'aurais aimé lui dire qu'elle se trompait. J'étais loin d'être la fille qui avait tout ; ce n'était pas moi sur les photos, cela ne l'avait jamais été. Personne ne vivait cette succession d'instants de gloire. Encore moins moi. Un album photos retraçant mes premiers jours de lycée lui offrirait une vision tout autre – la jolie bouche de Sophie articulant une injure, le sourire de Will Cash, moi en train de vomir dans l'herbe derrière un bâtiment. Elle était là, la vérité. L'histoire de ma vie.

À ce moment-là, j'ai entendu un pas lourd dans le couloir et un gros soupir.

« Marjorie, je ne le répéterai pas. Si tu veux que je prenne des photos, c'est tout de suite. J'ai une émission à préparer et je ne… »

Je me suis redressée. Phil se tenait sur le pas de la porte. Quand il m'a vue, ses yeux se sont écarquillés.

« … n'ai pas toute la nuit. Hé ! Qu'est-ce que tu fais là ?

— Elle est venue à ma fête, lui a appris Marjorie.

— Vraiment ? a-t-il demandé, les yeux plissés.

— Tu participes à la séance photos ? ai-je répliqué.

— Non. Je…

— Nous avions besoin d'un photographe, m'a expliqué Marjorie. Pour les photos de groupe. Et maintenant, nous avons une styliste ! Parfait ! » Elle

251

a applaudi. « O.K. Tout le monde en bas et en position. Les groupes d'abord, puis les individuelles. Qui a la liste de passage ? »

La brunette s'est levée de sa chaise devant le miroir, a fouillé dans sa poche et en a sorti un morceau de papier plié.

« Là !

— Bien ! s'est exclamé Phil pendant que Marjorie prenait la liste. Tu me dis pourquoi tu es ici ?

— Ma vie, c'est la mode, lui ai-je répliqué. Tu ne savais pas ? »

Marjorie a toussoté.

« *Après-midi Décontracté* en premier, a-t-elle déclaré en désignant les deux rousses. Suivies par *Working Girl*, *Élégante du Soir* et *Remise des Oscars*.

— *Fiançailles Fantaisie*, a rectifié la blonde.

— En bas ! Maintenant. »

Les jumelles sont descendues du lit et la brune en robe noire les a suivies dans le couloir. La blonde quant à elle a pris tout son temps et m'a lancé un regard assassin.

« Salut, Phil », a-t-elle susurré tandis que l'ourlet de sa robe effleurait la moquette.

Impassible, Phil a hoché la tête.

« Bonjour, Éléonore. »

Dès qu'elle a entendu son prénom, elle a rougi comme une pivoine et s'est dépêchée de rejoindre ses amies dans le salon où elles l'ont accueillie avec des gloussements.

« Phil, a lancé Marjorie avant de descendre à son

tour, j'ai besoin de toi en bas dans cinq minutes. Annabelle, tu t'occuperas des tenues et tu superviseras.

— Sur un autre ton, Marjorie, lui a demandé Phil. Ou tu n'auras que des autoportraits.

— Cinq minutes ! »

Elle a descendu l'escalier quatre à quatre tout en donnant des ordres à la pelle à ses amies.

« Waouh, ai-je commenté. Nous avons là une superproduction !

— Ne m'en parle pas. » Il s'est assis au bord du lit. « Je te parie que cela se finira par des larmes. Comme chaque fois. Ces filles ne connaissent pas la demi-mesure.

— Pardon ?

— La demi-mesure, a-t-il répété alors que je m'asseyais à côté de lui. C'est une expression tirée du programme de contrôle de l'agressivité. Ne pas se contenter des extrêmes. Tu sais, j'obtiens ce que je désire ou je ne l'obtiens pas. J'ai raison, j'ai tort.

— Je suis *Fiançailles Fantaisie* ou *Remise des Oscars*.

— Oui. Cette forme de pensée est dangereuse parce que rien n'est blanc ou noir. À moins, bien sûr, que tu n'aies treize ans.

— Mademoiselle *Fiançailles Fantaisie* m'a l'air d'une belle diva.

— Éléonore ? a-t-il soupiré. Il faut se la farcir.

— Elle semble beaucoup t'apprécier.

— Arrête ! »

Il m'a lancé un regard noir.

« Cela fait partie de la relation mannequin/photographe, ai-je remarqué en lui donnant un coup de genou.

— À propos, tu ne m'as pas dit ce que tu faisais ici.

— Je te rapportais ceci. » Je lui ai tendu son blouson. « J'ai oublié de te le rendre ce matin.

— Oh ! Merci ! Tu aurais pu attendre mardi, tu sais !

— Oui, mais… » J'ai plongé la main dans la poche et j'ai sorti son iPod. « Il t'aurait manqué. »

Il a écarquillé les yeux.

« Oui, en effet !

— Tu ne t'en étais pas aperçu ?

— Non, pas encore. Je comptais préparer l'émission de la semaine prochaine. Il m'aurait manqué à ce moment-là. Merci.

— De rien. »

Nous avons alors entendu des éclats de voix au rez-de-chaussée. Étaient-ce des pleurs ou des élans d'enthousiasme ?

« Tu vois ? a remarqué Phil. Des larmes. À coup sûr. Pas de demi-mesure.

— Et si nous restions cachés ici ? ai-je proposé. On courra moins de risques.

— Je ne sais pas, a-t-il déclaré en examinant les murs. Toutes ces photos me donnent la chair de poule.

— Toi, au moins, tu n'es pas dessus.

— Pardon ? Il y en a de toi ici ? »

Je lui ai désigné celles du spot publicitaire. Il s'est levé pour mieux les regarder.

« Elles n'ont rien de spécial, ai-je ajouté. Vraiment. »

Il a examiné les clichés assez longtemps pour que je regrette de les lui avoir montrés.

« Bizarre, a-t-il marmonné.

— Merci !

— Non. J'étais en train de penser que ce n'était pas toi. » Il s'est penché un peu plus. « Je sais que c'est toi, mais on ne dirait pas la même personne. »

Je n'ai pas bougé, tant j'étais surprise de m'être fait la même réflexion un peu plus tôt, quand j'avais vu ces anciennes pubs où j'apparaissais. Cette fille était différente de celle que j'étais aujourd'hui ; elle était entière, intacte et positive contrairement à la fille que je voyais dans le miroir ces derniers temps. Moi qui croyais être la seule à l'avoir remarqué…

« Ne le prends pas mal, a dit Phil.

— Non, non.

— Ce sont de belles photos, mais je te trouve mieux maintenant. »

J'ai cru que j'avais mal compris.

« Maintenant ?

— Oui. Tu pensais quoi ?

— Je… je…, ai-je bafouillé. Ce n'est pas grave.

— Tu croyais que je te trouverais mieux là, sur le mur ?

— Comme tu es quelqu'un… d'honnête, je…

— Je ne suis pas un mufle ! a-t-il répliqué. Tu es bien, mais ce n'est pas toi. Tu as l'air… différent.

255

— En mal ?

— Différent, différent.

— Super vague, lui ai-je signalé. Mot fourre-tout. Double mot fourre-tout !

— Tu as raison. De plus près, voilà ce que je me dis : *Eh ! Ce n'est pas Annabelle. Elle ne ressemble pas du tout à cette fille.*

— À quoi est-ce que je ressemble, alors ?

— À toi. Je t'explique : je ne t'ai jamais vue jouer les pom-pom-girls, ou les mannequins, d'ailleurs. Ce n'est pas toi, à mes yeux. »

Je voulais lui demander de poursuivre sa pensée, de me dire ce que je représentais pour lui. Peut-être venait-il de me l'avouer ? Il me voyait comme une personne honnête, directe, voire drôle – des adjectifs que je n'aurais jamais utilisés pour me décrire. Quels autres pouvait-on ajouter ? À quel point étais-je différente de la fille sur papier glacé ? Il existait tellement de possibilités.

« Phil ! a hurlé Marjorie en bas de l'escalier. Nous sommes prêtes ! »

Phil a roulé les yeux et m'a tendu la main.

« O.K. On descend ? »

Et là, je me suis rendu compte que ces instants-ci faisaient eux aussi partie de cette rentrée scolaire ; en compagnie de Sophie, Will et de toutes ces horreurs, il y avait Phil qui me tendait la main. Et au moment où mes doigts se sont refermés sur les siens, j'ai remercié le ciel d'avoir enfin quelqu'un à qui me raccrocher.

Phil avait raison pour les larmes. En moins d'une heure, la fête a dégénéré.

« Ce n'est pas juste, a gémi la brune qui s'appelait Angela.

— Je te trouve bien, a répliqué Marjorie en rajustant son boa. Quel est le problème ? »

Il était plutôt évident. Pendant que Marjorie et les autres alternaient, soit *Élégante du Soir*, soit *Remise des Oscars* (ou *Fiançailles Fantaisie*), Angela endossait chaque fois la tenue de *Working Girl*, qui était apparemment la moins bien cotée.

« Je veux être *Élégante du Soir*, a-t-elle décrété, les yeux rivés sur sa jupe noire et droite, son chemisier noir et ses talons plats.

— Phil, s'est écriée la blonde qui finissait de mettre sa robe tube. Tu es prêt ?

— Non », a-t-il marmonné alors qu'elle s'approchait de lui. Elle a secoué sa chevelure et mis une main sur la hanche. « Absolument pas. »

Cette séance photos n'avait rien d'amateur. Non seulement elles avaient poussé les meubles de la salle à manger et disposé un drap blanc sur la cheminée comme toile de fond, mais elles avaient prévu un coin pour se changer et se maquiller (le cabinet de toilette) et de la musique d'ambiance (Jenny Reef, Bitsy Bonds et 104Z – elles avaient catégoriquement refusé que Phil leur concocte un mix).

« Bientôt, Angela. » Marjorie portait à présent un haut de maillot de bain doré et un sarong, son boa sur les épaules. « *Working Girl* est très important. Quelqu'un doit le faire.

— Pourquoi pas toi ? »

Marjorie a soupiré, ce qui a soulevé sa frange.

« Parce que ma silhouette est mieux adaptée aux tenues de soirée », lui a-t-elle expliqué. Pendant ce temps, les rouquines, qui avaient elles aussi opté pour des maillots de bain, prenaient des postures de plage, se lançaient un ballon de volley, etc. « Avec tes lunettes, tu es parfaite dans le rôle sérieux de la bureaucrate. »

J'ai jeté un œil à Angela dont la lèvre supérieure tremblotait.

« Et si je lui enlevais ses lunettes ? ai-je proposé.

— Je suis prête, s'est exclamée Éléonore. Phil ! Vas-y. Prends-moi en photo ! »

Debout devant le canapé, Phil a sourcillé avant d'obtempérer. D'après mon expérience, les mannequins ne donnaient jamais d'ordres au photographe, ce qui n'était apparemment pas le cas ici. Phil les a mitraillées tant et plus. Les filles prenaient la pose. Pour finir, Éléonore a envoyé un baiser dans sa direction, ce qui l'a consterné.

En tant que styliste, j'avais ordre de rester dans le cabinet de toilette/salon d'essayage et de superviser la garde-robe, c'est-à-dire des tonnes de fringues et de chaussures éparpillées sur les étagères, le sol, l'escalier voisin. Vu que mes suggestions – moins de décolleté et de maquillage pour commencer – avaient été rejetées, j'observais Phil et réprimais mes fous rires.

« Bon, les filles, a-t-il lancé, tandis qu'Éléonore s'allongeait par terre et commençait à ramper vers lui, je crois que nous avons terminé.

— Et les photos de groupe ? a gémi Marjorie.

— Dépêchez-vous ! Ta styliste et ton photographe sont payés à l'heure et tu ne peux pas te permettre de les garder plus longtemps.

— O.K., a grommelé Marjorie en jetant son boa par-dessus son épaule. Tout le monde devant la toile de fond ! Exécution ! »

Les rouquines ont ramassé leur ballon et la blonde s'est relevée avant d'ajuster sa robe tube. Angela se tenait à l'entrée du salon, les bras croisés sur la poitrine. Sa lèvre supérieure tremblait franchement. Hors de question que les autres s'amusent et pas elle.

« Hé ! l'ai-je interpellée. Viens. On va arranger ta tenue. »

Pendant que Marjorie donnait des ordres à tout-va, Angela m'a suivie dans le cabinet de toilette où j'ai examiné les options.

« Que penses-tu de cette jupe rouge ? Elle est jolie, non ? »

Angela a reniflé, ajusté ses lunettes.

« Oui, m'a-t-elle répondu.

— Et si nous l'assortissions à… » J'ai attrapé un haut noir à doubles bretelles spaghetti. « … Ceci. Que dirais-tu de talons très hauts ? »

Elle a fait oui de la tête.

« O.K. Je vais me changer à côté.

— Bien, moi, je cherche les chaussures.

— Angela, a hurlé Marjorie. Grouille !

— Une seconde », ai-je répondu tout en fouillant dans une pile de chaussures. J'ai ramassé une sandale à lanières et pendant que je cherchais sa petite sœur, j'ai eu l'impression d'être observée. J'ai levé les yeux. Phil se tenait dans l'encadrement la porte, appareil photo à la main.

« Une seconde, ai-je répété. On change de look.

— J'ai entendu. C'est gentil de ta part. De l'aider. »

La sandale était cachée sous une grosse parka.

« Le monde des mannequins est cruel.

— Ah bon ? »

J'ai cherché Angela du regard dans le couloir et je me suis appuyée face à lui, contre l'encadrement, les chaussures à lanières à la main. Au bout d'un moment, il a voulu prendre une photo.

« Non ! me suis-je exclamée, une main sur le visage.

— Pourquoi ?

— Je déteste qu'on me photographie.

— Tu es mannequin !

— Depuis des siècles.

— Allez… Une seule. »

J'ai baissé la main, mais je n'ai pas souri. Je me suis contentée de fixer l'objectif. Flash.

« Pas mal, a-t-il commenté.

— Ah oui ? »

Il a tourné le numérique pour me faire voir l'écran au dos. J'ai jeté un œil à mon portrait, les cheveux en bataille, des mèches me barrant le visage. Je n'étais pas maquillée et il n'avait pas choisi mon meilleur profil, même si la photo était en effet pas mal. J'ai examiné de plus près mon visage, la légère lumière à l'arrière.

« Regarde ! » s'est exclamé Phil. Je sentais son épaule contre la mienne, son visage à quelques centimètres du mien. « Le vrai toi. »

J'ai levé la tête pour lui répondre quelque chose – quoi, je n'en ai aucune idée –, sa joue était si proche… Je l'ai regardé droit dans les yeux, et avant que je ne réagisse, il a tourné légèrement la tête et s'est penché vers moi. J'ai fermé les yeux. Ses lèvres étaient contre les miennes, si douces, si… Je me suis serrée contre lui et…

« Tu as mes chaussures ? »

Nous avons tous les deux sursauté. Phil s'est cogné la tête contre le bois.

« Merde ! » a-t-il grondé.

Mon cœur battait à cent à l'heure. Angela nous dévisageait, l'air sérieux.

« Tes chaussures ? ai-je marmonné. Tiens, les voilà. »

Phil se frottait le cuir chevelu, les yeux fermés.

« C'est malin…

— Ça va ? » lui ai-je demandé.

Il a fait oui. Du bout des doigts, je lui ai touché la tempe. Sa peau était chaude et lisse.

« Phil ! a crié Marjorie depuis la salle à manger. On est prêtes ! Quand tu veux. »

Il s'est éloigné dans le couloir. Angela, qui avait attaché ses chaussures, l'a suivi à pas lents. Je suis

261

restée quelques secondes dans le cabinet de toilette, abasourdie par ce qui venait de se produire. J'ai examiné mon reflet dans le miroir avant de détourner le regard.

Quand je suis arrivée dans la salle à manger, la crise était terminée. Le groupe des filles s'en donnait à cœur joie pendant que Phil les mitraillait sous tous les angles. Chacune jouait les vamps à sa manière – une hanche en avant, un cou tendu, un battement de cils.

La musique d'ambiance était tout ce que Phil détestait – un rythme saccadé, bondissant, la voix parfaitement trafiquée d'une fille qui coulait sans effort sur les arrangements. D'un geste rapide, Marjorie a tendu le bras vers la chaîne hi-fi et a mis le volume à fond. Aussitôt, les filles ont crié à pleins poumons avant d'entrer dans une danse endiablée, les bras levés. Phil s'est poussé sur le côté, tandis qu'elles sautillaient et virevoltaient. Il a braqué l'appareil photo sur moi ; les filles couraient dans tous les sens. Je ne savais pas exactement ce qu'il voyait, même si j'avais ma petite idée. Alors, cette fois-ci, j'ai souri.

Quand j'ai remonté l'allée de la maison plus tard ce soir-là, seule la chambre d'Emma était éclairée. Ma sœur était assise dans son fauteuil près de la fenêtre, les pieds ramassés sous elle. Elle écrivait lentement dans son carnet posé sur ses cuisses. Pendant quelques instants, je l'ai observée, unique silhouette visible dans l'obscurité.

J'avais quitté Phil juste à temps. Éléonore, Angela et les jumelles en avaient assez de la séance photos et de leur tyrannique amie. Une mutinerie se préparait, la maison était sens dessus dessous et la mère de Phil – une maniaque de la propreté, apparemment – devait rentrer d'un instant à l'autre. J'ai proposé à Phil de rester, de les aider à nettoyer, de jouer les pacificatrices, mais il a refusé.

« Je m'en charge, m'a-t-il déclaré sur le perron. Si j'étais toi, je partirais tant qu'il en est encore temps. La situation va se dégrader sans tarder.

— Quel optimisme !

— Non », m'a-t-il répliqué alors qu'à l'intérieur, j'entendais un cri indigné suivi d'un claquement de porte. Il a tourné la tête avant de revenir vers moi. « Je suis réaliste. »

Mes clefs de voiture à la main, j'ai descendu une marche.

« On se voit au lycée ?

— Oui, à plus. »

Aucun de nous n'a bougé. Allait-il m'embrasser à nouveau ?

« O.K., ai-je répondu, le moral dans les baskets. J'y vais.

— Bien. »

Il s'est approché de la marche sur laquelle je me tenais. Je me suis avancée pour le rejoindre à mi-chemin. Alors qu'il se penchait vers moi, j'ai fermé les yeux et là, j'ai entendu un bruit de pas pressés. La poignée de la porte a grincé et nous avons tous les deux reculé quand Marjorie et ses chaussures compensées, sa combinaison moulante noire et son boa vert, ont surgi.

« Attends ! s'est-elle exclamée en tendant le bras vers moi. Elles sont pour toi. »

Elle m'a remis une pile de photos qui sentaient encore l'encre. La première la représentait dans son maillot de bain doré – elle avait été prise si près que les plumes de son boa lui encadraient le visage. Parmi les suivantes, il y avait deux photos de groupe, Éléonore se tortillant sur le sol, et Angela vêtue de la tenue que je lui avais choisie.

« Elles sont réussies !

— Pour mettre sur ton mur, m'a-t-elle expliqué. Je ne serai jamais loin.

— Merci.

— De rien. Euh, Phil, Maman vient d'appeler. Elle sera là dans dix minutes.

— O.K., a soupiré Phil. À plus, Annabelle. »

J'ai hoché la tête et ils sont retournés à l'intérieur où les filles se disputaient à nouveau. Marjorie m'a fait un dernier signe de la main avant de fermer la porte. Dès que Phil a élevé la voix, elles se sont tues et je n'ai plus entendu un bruit.

Je suis montée en voiture et sur le trajet, je n'ai cessé de penser au visage de Phil qui se rapprochait du mien, à son baiser, inoubliable bien qu'éphémère. Les photos de Marjorie à la main, les joues rosies, j'ai ouvert la porte d'entrée et je suis montée dans ma chambre.

« Annabelle ! s'est écriée Emma alors que j'arrivais sur le palier. C'est toi ?

chacune regardant dans une direction différente, comme si elles attendaient cinq bus distincts…

« Je te comprends », a-t-elle affirmé.

Comme à plusieurs reprises durant le week-end, ma sœur m'a prise de court.

« Nous n'avons jamais fait de défilé de mode à la maison, quand nous étions petites, ai-je fini par dire.

— Nous n'en avions pas besoin, a-t-elle répondu tandis qu'apparaissait une photo d'Angela, le regard sombre, la peau blanchie par le flash. Nous le vivions tous les jours.

— Oui. On se serait peut-être plus amusées. Il y aurait eu moins de pression. »

Elle a froncé les sourcils. J'ai réalisé trop tard ma bourde – pensait-elle que je parlais d'elle ? J'ai attendu qu'elle m'envoie sur les roses… Rien. Elle m'a simplement rendu les photos.

« Je crois qu'on ne le saura jamais. »

Alors qu'elle traversait le couloir, j'ai examiné la pile dans ma main. Sur la première apparaissait Marjorie avec son boa.

« Dors bien », lui ai-je lancé.

Éclairée par la lampe de sa chambre, Emma s'est retournée.

« Toi aussi, Annabelle. »

Soudain, j'ai été frappée par la perfection de ses pommettes et de ses lèvres.

Plus tard, allongée dans mon lit, j'ai de nouveau regardé les photos. Après avoir examiné deux fois le paquet, je me suis levée et je suis allée chercher des punaises dans le tiroir de mon bureau. Puis j'ai accroché les photos par rangées de trois, sur le mur au-dessus de ma radio. *Je ne serai jamais loin*, m'avait dit Marjorie. J'ai éteint ma lampe. Les rayons de lune zébraient les photos. Je les ai regardées le plus longtemps possible avant de m'endormir et de plonger dans l'obscurité.

Chapitre 12

Ma mère est revenue de ses premières vacances depuis plus d'un an, reposée, manucurée, rajeunie. Ce qui aurait été génial si cette énergie retrouvée n'avait pas été utilisée pour préparer la présentation des collections Automne-Hiver du centre commercial de Lakeview – ce que je souhaitais oublier plus que tout au monde.

« Tu as rendez-vous chez Kopf aujourd'hui pour un essayage et demain pour une répétition, m'a-t-elle appris alors que je peinais à finir mon petit déjeuner. L'ultime répétition aura lieu vendredi. Coiffeur jeudi, manucure samedi matin, de bonne heure. O.K. ? »

Après avoir passé une semaine entière seule et effectué au cours des derniers mois de rares publicités, j'étais loin d'être O.K. Les jours à venir risquaient d'être pénibles, mais je me suis tue. J'avais beau appréhender la présentation des collections, je savais qu'une compensation m'attendait ensuite – ma soirée au Bendo avec Phil.

« J'ai pensé à quelque chose ce week-end, a continué Maman, Kopf va commencer à recruter pour sa campagne de printemps. Ce défilé représente l'occasion idéale de te mettre en valeur, tu ne crois pas ? »

Quand j'ai entendu cela, mon cœur s'est serré. Je devais lui dire que j'abandonnais le mannequinat. Et là, je nous ai revus, Phil et moi, sur le muret, en train de répéter ce même scénario. Bien qu'il ne s'agît que d'un jeu, j'avais été incapable d'articuler trois mots. Face à moi, Maman sirotait son café. Je devais saisir ma chance. Son pull était tombé et il fallait que je le ramasse. Comme Rolly, je me suis figée et je n'ai pas ouvert la bouche. Plus tard, me suis-je dit. Après le défilé. Promis.

Au même moment, pendant que je défilerais en vêtements d'hiver, ma sœur Christine affronterait elle aussi la foule, pour une raison tout à fait différente. La veille, elle m'avait envoyé par e-mail son court-métrage. J'avais tellement l'habitude que Christine fournît des explications sans fin sur sa vie et son œuvre, que son message d'accompagnement m'a quelque peu surprise.

Salut, Annabelle ! Le voilà. Dis-moi ce que tu en penses. Biz, C.

Une quinzaine de mots, pas plus. Si ma sœur était intarissable au téléphone, elle en écrivait aussi des tartines. Bizarre…

J'ai téléchargé sa pièce jointe puis ai cliqué sur PLAY.

Gros plan sur un magnifique gazon vert semblable à celui du terrain de golf de l'autre côté de la rue. Travelling arrière. La cour d'une maison blanche aux volets bleus. Deux silhouettes à vélo passent.

Changement d'angle. Les deux fillettes foncent sur la caméra. La première, blonde, doit avoir treize ans ; la deuxième, brune, plus mince et plus frêle, est un peu à la traîne.

Soudain, celle qui est devant se retourne avant de pédaler de toutes ses forces et de s'éloigner. La caméra tournoie entre son pédalier, ses cheveux qui volent au vent, le quartier qui offre des images de carte postale – un chien endormi sur le trottoir, un homme qui ramasse son journal, le ciel d'un bleu immaculé, un tourniquet qui arrose une plate-bande… Tandis que la fillette prend de la vitesse, les images accélèrent elles aussi jusqu'à ce que la caméra s'arrête au bout de la rue, au niveau d'un carrefour. La fillette freine et s'arrête. Derrière elle, au loin, on aperçoit une bicyclette renversée au milieu de la chaussée, une de ses roues tourne dans le vide. Assise à côté de son vélo, la brunette se tient le bras.

Plan suivant : la blonde arrive en trombe sur les lieux de l'accident. « Que s'est-il passé ? » demande-t-elle.

La plus jeune secoue la tête. « Je ne sais pas. »

La blonde se penche en avant. « Allez, monte ! »

Plan suivant : la plus jeune en équilibre sur le guidon se tient le bras, pendant que la blonde remonte la rue à vélo. À nouveau, la caméra alterne entre les filles et des images du quartier qui diffèrent légèrement : le chien aboie à la mort quand elles passent devant lui, l'homme trébuche en ramassant son journal, le ciel est gris, le tourniquet éclabousse une voiture, l'eau ruisselle sur le trottoir. La blonde remonte l'allée tandis que la caméra recule et s'arrête au moment où la plus jeune descend du guidon, le bras serré contre sa poitrine. Elles abandonnent le vélo sur la pelouse et courent vers la maison, grimpent les marches. La porte s'ouvre sans que l'on sache qui se trouve de l'autre côté. Puis elles disparaissent à l'intérieur. La caméra opère un dernier panoramique avant de zoomer sur le gazon d'un vert inquiétant, à la fois étincelant et factice.

Fin.

Je suis restée un moment à fixer l'écran. Puis j'ai à nouveau cliqué sur PLAY. Et une troisième fois. J'ignorais que penser de ce travail, ce qui ne m'a pas empêchée de prendre le téléphone et d'appeler Christine. Quand je lui ai dit que j'aimais son film sans avoir tout compris, elle ne s'est pas fâchée. Au contraire, selon elle, c'était le but.

« Quoi ? Que j'aie les idées embrouillées ?

— Non. Le but n'est pas d'expliquer, mais de laisser le spectateur libre de toute interprétation.

— Oui, mais toi, tu la connais, l'explication ? N'est-ce pas ? lui ai-je demandé.

— Bien sûr.

— Et… »

Elle a soupiré.

« Il s'agit de mon interprétation. Pour toi, ce sera différent. Écoute, tout film est personnel. Il n'y a pas de bon ou de mauvais message. À toi de prendre ce qui t'intéresse. »

J'ai regardé sur mon écran l'image figée du gazon vert.

« Ah ! D'accord. »

Encore plus bizarre. Ma sœur, la reine de la surinformation, se montrait réservée. J'avais l'habitude de deviner les pensées de certaines personnes, mais pas celles de Christine. Et je n'étais pas sûre d'apprécier. En tout cas, elle semblait plus heureuse que jamais.

« Je suis contente que tu l'aies apprécié. Et que tu aies eu une telle réaction ! » Elle a éclaté de rire. « Maintenant, j'ai besoin que les gens ressentent la même chose samedi et tout sera parfait ! »

Tant mieux pour toi, ai-je pensé quelques minutes après avoir raccroché. Quant à moi, je suis demeurée perplexe. Et, je devais l'admettre, intriguée. Assez pour regarder encore son film à deux reprises et l'examiner plan par plan.

Ce matin, quand mon père est entré dans la cuisine, il était déjà bien en retard. Pendant que Maman s'affairait autour de lui, j'ai rincé mon bol dans l'évier. Par la fenêtre, je voyais Emma assise sur une chaise à côté de la piscine, une tasse de café à la main. D'habitude, elle dormait à cette heure-ci, mais récemment, elle avait entrepris de se lever plus tôt. Un changement parmi d'autres.

Au début, les évolutions étaient infimes, mais perceptibles. Elle se montrait un peu plus sociable – l'avant-veille, elle était allée prendre un café avec des personnes du groupe de Maya Bell. Elle se rendait aussi deux ou trois matins par semaine au bureau de mon père pour répondre au téléphone et remplacer une énième secrétaire enceinte. À la maison, elle passait davantage de temps à l'extérieur de sa chambre. Elle y est allée progressivement : sa porte toujours close était entrouverte puis ouverte en grand à l'occasion. Ensuite, j'ai remarqué qu'elle s'enfermait de moins en moins à l'étage. La veille, je l'avais trouvée assise à la table de la salle à manger à mon retour de l'école. Entourée de livres, elle écrivait dans un grand bloc-notes.

Elle m'avait ignorée si longtemps que j'hésitais encore avant de lui adresser la parole. Cette fois-ci, elle a parlé la première.

« Salut ! s'est-elle exclamée sans lever la tête. Maman est partie faire les courses. Elle m'a demandé de te rappeler que tu as répétition à 16 h 30.

— Merci. Tu fais quoi ? »

Le bras sur son bloc-notes, elle faisait crisser son stylo sur la page. Devant la vitre, ses pots étaient en plein soleil, même s'ils ne montraient aucun signe de croissance pour l'instant.

« Je dois écrire une histoire.

— Une histoire ? Sur quoi ?

— Eh bien, en fait, je dois en écrire deux. » Elle a posé son stylo et étiré les doigts. « Une sur ma vie. L'autre sur mon trouble alimentaire. »

Comme il était étrange de l'entendre prononcer ces mots ! Au bout d'un moment, j'ai compris pourquoi. Même si sa maladie avait accaparé notre famille pendant une bonne année, je n'avais jamais entendu Emma discuter de son problème à voix haute. Comme le reste, le fait était connu mais passé sous silence, évident et pourtant inexpliqué.

« Ce sont deux choses séparées ? ai-je demandé.

— Apparemment. Selon Maya. » Elle a soupiré, plus lasse qu'exaspérée en prononçant le prénom de sa thérapeute. « Elle pense qu'il y a séparation, même si on n'en a pas toujours l'impression. Selon elle, nous avons une vie avant d'avoir un trouble alimentaire. »

Je me suis approchée pour mieux voir les livres sur la table. *Besoin d'attention : troubles alimentaires et adolescence.* Un autre, moins épais, s'intitulait *Une faim maladive.*

« Tu dois lire tout ça ?

— Je ne suis pas obligée. » Elle a repris son stylo. « Ils me serviront à compléter mon rapport, si j'en ai besoin. Mon histoire personnelle est basée sur mes souvenirs. On est censé se remémorer chaque année. » Elle m'a montré le carnet devant elle. Sur la première ligne était écrit ONZE (11). Le reste de la page était vierge.

« Cela doit faire drôle. De se souvenir de chaque année.

— L'exercice est difficile, oui. À un point que je ne m'imaginais pas. » Elle a ouvert un livre près de son coude, a feuilleté les pages avant de le refermer. « Je ne me souviens pas de grand-chose. »

J'ai jeté un œil à ses plantations baignées de soleil. De l'autre côté de la rue, le terrain de golf était d'un vert éclatant.

« Tu t'es cassé le bras, l'ai-je renseignée.

— Pardon ?

— Quand tu avais onze ans, tu t'es cassé le bras. Tu es tombée de vélo, tu ne te souviens pas ? »

Elle n'a pas bougé.

« Tu as raison, a-t-elle fini par admettre. C'était juste après ton anniversaire.

— Non, le jour de mon anniversaire. Tu es revenue avec ton plâtre juste à temps pour manger du gâteau.

— Comment ai-je pu oublier ? »

Elle a secoué la tête, regardant sa page blanche avant de s'emparer de son stylo. Alors qu'elle commençait à écrire, j'ai envisagé de lui parler du court-métrage de Christine. Je me suis tue, car elle avait déjà rempli trois lignes. Je suis sortie de la salle et je l'ai laissée à ses devoirs. Une heure plus tard, elle y était encore. Et cette fois-ci, elle n'a pas levé la tête.

J'ai rejoint ma mère dans la cuisine. Je brûlais d'envie de lui demander ce qui s'était passé lors de mon neuvième anniversaire, un mois ou deux avant la mort de sa mère. De quoi se souvenait-elle ? Du gazon vert, comme Christine. De cet incident qui s'était produit juste avant ma fête, comme moi. Ou de rien du tout, comme Emma. Tant de versions d'un seul et même souvenir sans qu'aucun soit vrai ou faux. Une poignée de morceaux qui, une fois assemblés bord à bord, créeraient une histoire.

« Monte. »

Les sourcils froncés, j'ai dévisagé Phil. Une minute plus tôt, je traversais le parking de Kopf pour me rendre à ma voiture. La répétition du défilé était enfin terminée quand, soudain, un véhicule s'est garé bruyamment à côté de moi. J'ai sursauté, persuadée d'avoir affaire à la camionnette blanche d'un kidnappeur. En fait, il s'agissait de Phil dans sa Land Cruiser. Il m'a ouvert la portière passager.

« C'est un enlèvement ? »

Il a fait non de la tête et, d'un geste impatient, m'a demandé de monter. Son autre main était occupée à régler l'autoradio.

« Sérieux, m'a-t-il lancé pendant que je montais lentement dans sa voiture. Il faut que tu entendes ça !

— Phil..., ai-je grommelé tandis qu'il manipulait les boutons, comment as-tu su que j'étais là ?

— Je ne le savais pas. J'attendais au feu là-bas quand je t'ai vue. Écoute un peu. »

Il a mis le volume à fond. Une seconde plus tard, un bruit de glissement m'a cassé les oreilles, suivi d'un violon apparemment, en vitesse accélérée et électrique. Il en a résulté un bruit qui aurait été perturbant en temps normal, mais là, j'avais les cheveux qui se dressaient tout seuls sur ma tête.

« Excellent, hein ? » a remarqué Phil qui souriait de toutes ses dents.

Il secouait la tête tandis que les accords rebondissaient sur nous. J'ai eu la vision d'un de ces appareils qui surveillent le cœur, chaque son transperçant le mien, l'aiguille de mesure zigzaguant sur l'écran.

« C'est quoi ? ai-je hurlé.

— Ils s'appellent Melisma », a-t-il hurlé à son tour. Les basses étaient si puissantes qu'elles faisaient vibrer mon siège. Depuis la voiture voisine, une femme qui installait son bébé récalcitrant dans son siège auto nous a foudroyés du regard. « C'est un projet musical. Ces cordes synthétisées et mélangées à divers rythmes tribaux, influencées par… »

Ses paroles ont été absorbées par une explosion soudaine de battements de tambour. J'ai regardé ses lèvres bouger en attendant une accalmie.

« … une formidable collaboration, une initiative musicale unique. Incroyable, tu ne trouves pas ? »

Je n'ai pas eu le temps de répondre. Il y a eu un bang de cymbales suivi d'un sifflement. Appelons cela un réflexe, l'instinct ou le bon sens, mais je n'ai pas pu m'empêcher de me boucher les oreilles. Phil a écarquillé les yeux et là, je me suis rendu compte de mon geste. Au moment où je baissais les bras, la chanson s'est arrêtée aussi soudainement qu'elle avait commencé. Le bruit de mes mains heurtant le siège m'a semblé d'une force incroyable. Ce qui n'était rien en comparaison du silence gêné qui a suivi.

« Je rêve ou tu t'es bouché les oreilles ? m'a demandé Phil à voix basse.

— C'était un accident… Je…

— Je n'y crois pas. » Il a secoué la tête et sorti le CD du lecteur. « C'est une chose d'écouter et de montrer respectueusement son désaccord. Mais se boucher les oreilles et ne pas donner une chance à…

— J'ai donné une chance à ton groupe.

— Pardon ? Cinq secondes, c'est limite.

— Cela m'a suffi pour me forger une opinion.

— Laquelle ?

— Je me suis bouché les oreilles, ai-je rétorqué. À ton avis ? »

Il a encore secoué la tête sans rien dire. À côté de nous, la femme du minivan reculait.

« Melisma, a déclaré Phil au bout d'un moment, c'est un groupe innovateur qui a de la texture !

— Si par texture, tu entends inaudible, je suis d'accord.

— I-L ! » s'est-il exclamé, le doigt pointé sur moi. J'ai haussé les épaules. « Comment peux-tu dire cela ? Le mariage parfait de l'instrument et de l'électrologie. Personne ne l'avait fait avant eux ! Leur son est incroyable.

— Peut-être qu'à la station de lavage... », ai-je marmonné.

Il venait d'inspirer pour continuer son speech quand il a soufflé longuement et tourné la tête vers moi.

« Pardon ? »

Une nouvelle fois, j'avais parlé sans réfléchir. Dire qu'à une époque, je pesais sans cesse mes mots en sa présence ! J'avais changé, ce qui n'était ni bon ni mauvais. À en juger par l'expression de son visage – à moitié horrifiée, à moitié vexée – j'en ai conclu que là, à cet instant précis, c'était très mauvais.

« Je... » Je me suis éclairci la voix. « Peut-être les trouverais-je incroyables à la station de lavage ? »

Je sentais son regard sur moi tandis que je tirais un petit fil au bord de mon siège.

« Ce qui signifie ?

— Tu sais ce que cela signifie !

— Non. Éclaire-moi ! »

Forcément, il exigeait une explication.

« Eh bien... Tu sais, je trouve le son meilleur dans une station de lavage. C'est un fait. O.K. ? »

Il n'a pas pipé mot.

« Voilà, ai-je conclu. Ce n'est pas ma tasse de thé. Je suis désolée. Je n'aurais pas dû me boucher les oreilles. C'était grossier de ma part. Je...

— Quelle station de lavage ?

— Quelle... ?

— Où se trouve ce centre magique qui rend la justice en matière de musique ?

— Phil…

— Sérieux, je veux savoir.

— Il n'y en a pas une en particulier. Il s'agit d'un phénomène universel. Tu l'ignorais ?

— Oui. » Il a passé la marche arrière. « Jusqu'à aujourd'hui. »

Cinq minutes plus tard, nous arrivions à WASH 123, la station automatisée qui se trouvait au bout de ma rue depuis des siècles. Ma mère adorait y aller, contrairement à mon père qui estimait qu'une voiture était propre si elle avait été lavée à la main. Il ne s'en privait d'ailleurs pas lors de belles journées ensoleillées. Selon lui, WASH123 était une perte de temps et d'argent. Maman s'en fichait.

« On s'en moque du lavage, répétait-elle. Ce qui compte, c'est l'expérience. »

Nous ne prévoyions jamais d'y aller. Non, on passait devant, et Maman décidait soudain de tourner. Mes sœurs et moi devions fouiller la voiture, chercher sous les tapis, la console centrale, de la monnaie pour alimenter la machine. Nous choisissions toujours le lavage simple, évitions la cire chaude, et parfois, nous ajoutions un peu de lustrant sur les pneus. Ensuite, nous remontions les vitres et nous allions à l'intérieur.

Il y avait de la magie dans l'air. Rouler dans ce tunnel obscur, l'eau s'abattant soudain sur nous telle la plus forte tempête de tous les temps… Elle cinglait le capot, le coffre, ruisselait le long des vitres, enlevait le pollen et la poussière, et quand on fermait les yeux, on pouvait s'imaginer en train de flotter avec elle. L'expérience était inquiétante et incroyable à la fois. On se parlait à voix basse, sans savoir pourquoi. Mais plus que tout, je me souviens de la musique.

Ma mère adorait la musique classique – on n'avait pas le choix en voiture, ce qui nous rendait folles, mes sœurs et moi. Nous la suppliions de mettre la radio normale, n'importe quoi qui soit de notre époque, mais elle s'entêtait. « Quand vous conduirez, vous écouterez ce que vous voudrez », nous disait-elle avant de pousser Brahms ou Beethoven à fond pour ne plus entendre nos soupirs irrités.

Dans la station de lavage, sa musique paraissait différente. Belle ! Je fermais alors les yeux et j'appréciais. Je comprenais pourquoi elle ne pouvait s'en passer.

Quand j'ai finalement eu mon permis, j'ai pu mettre la radio qui me plaisait. Néanmoins, la première fois où je suis allée seule à WASH123, j'ai cherché une station de radio classique, en souvenir du bon vieux temps. Alors que je pénétrais dans le tunnel de lavage, mon tuner a zappé sur la station suivante qui passait du country nasillard, ce que je n'aurais jamais choisi spontanément. Mais c'était étrange. Assise là, tandis que les rouleaux frottaient le toit et que l'eau dégoulinait contre ma vitre, cette chanson – sur le plaisir de conduire une vieille Ford par une nuit de pleine lune – m'a semblé parfaite. Là, dans le noir, la forme importait plus que le fond.

Voilà ce que j'ai expliqué à Phil sur le trajet. J'étais convaincue que n'importe quelle musique sonnait bien à la station de lavage. Il semblait plus que perplexe quand il a mis des pièces dans l'automate. Et un moment, je me suis demandé si ma théorie n'allait pas me revenir en pleine figure.

« Et maintenant ? s'est-il enquis, après que la machine lui eut craché son reçu et que la lumière rouge à gauche fut passée au vert. On roule dedans ?

— Tu n'as jamais lavé ta voiture ?

— Chez moi, l'esthétique passe au second plan. En plus, j'ai un trou dans mon toit. »

Je lui ai fait signe d'avancer jusqu'à la ligne jaune effacée par le temps. Il a coupé le moteur.

« O.K. J'attends d'être impressionné.

— Tu sais…, ai-je bredouillé. Comme c'est la première fois, il faut que tu inclines ton siège. L'effet sera décuplé.

— Incliner mon siège ?

— Oui, pour une meilleure expérience. Fais-moi confiance. »

Nous avons pris position. Il avait son bras contre le mien, ce qui m'a fait penser à l'autre soir chez lui, lorsque nous avions failli nous embrasser, par deux fois. Quand la machine a commencé à vrombir derrière nous, j'ai remis son CD dans le lecteur.

« Bien ! » Les jets d'eau éclaboussaient la voiture. « C'est parti ! »

Après les crépitements, nous avons eu droit à une vague qui a submergé le pare-brise. Phil a reçu une première goutte d'eau sur son T-shirt.

« Super ! Il y a vraiment un trou dans le toit ! »

Il s'est tu quand le CD a démarré – un léger murmure, des cordes que l'on pince, un petit bourdonnement. Pendant ce temps, l'eau ruisselait sur la carrosserie et l'habitacle semblait rétrécir comme s'il allait disparaître. On entendait le vrombissement des rouleaux qui s'approchaient de la voiture, se mélangeaient aux notes tristes d'un violon. Je sentais le temps ralentir, s'arrêter un instant, ici, maintenant.

J'ai tourné la tête vers Phil. Allongé à côté de moi, il regardait les brosses dessiner de gros cercles savonneux sur son pare-brise et semblait perdu dans ses pensées. J'ai fermé les yeux et à nouveau je me suis dit à quel point ma vie avait changé, en quelques semaines seulement, depuis que j'avais rencontré Phil. Et une fois de plus, j'aurais aimé partager ce sentiment avec lui. Trouver les bons mots, les entremêler avec talent, sachant qu'en ces lieux, ils auraient toutes les chances de sonner à la perfection.

Quand j'ai rouvert les yeux, il me regardait.

« Tu avais raison, a-t-il chuchoté. C'est excellent. Sérieux.

— Oui. Je sais. »

Il s'est approché de moi. Son bras était chaud contre le mien. Et enfin Phil m'a embrassée – vraiment embrassée – et je n'entendais plus l'eau, la musique, mon cœur qui battait à toute allure. Un instant, il n'y a eu que ce silence merveilleux, qui s'étendait à l'infini. Et puis plus rien.

La station de lavage est redevenue silencieuse, la musique s'est arrêtée. Au-dessus de moi, j'ai vu une grosse goutte d'eau qui menaçait de tomber. Sous mes yeux, elle s'est détachée et a atterri sur mon bras. Un klaxon a retenti derrière nous.

« Oups ! » a dit Phil.

Nous nous sommes redressés. Il a mis le moteur en marche pendant que je jetais un œil au type à la Mustang qui attendait à l'entrée, les vitres déjà relevées.

Quand nous sommes sortis du tunnel, le soleil était resplendissant. Il se reflétait dans les minuscules flaques d'eau qui glissaient du capot. Après le baiser et l'obscurité, j'avais l'impression de nager dans les profondeurs de l'océan.

Phil s'est garé au bord du trottoir en clignant des yeux.

« Eh bien ! Je ne regrette pas d'être venu !

— Je te l'avais dit. Le tunnel de lavage amplifie les sensations.

— Ah oui ? »

Soudain, j'ai revu l'expression de son visage, quelques minutes plus tôt, quand il fixait le pare-brise. Peut-être qu'un jour, je serais capable de lui dire tout ce que j'avais pensé à cet instant. Voire plus.

« Je me demandais, a-t-il continué en se passant la main dans les cheveux, si cela marchait pour l'électro.

— Non.

— Tu es sûre ?

— À cent pour cent. »

Il a haussé les sourcils.

« Ah ! » Il s'est éloigné du trottoir et a fait le tour du bâtiment. « C'est ce qu'on va voir. »

« Tu connais la dernière ? »

Samedi, dix-huit heures, peu avant le défilé. Assise dans le vestiaire temporaire de Kopf, j'attendais. Les deux dernières heures, pendant que j'étais coiffée et maquillée, que ma tenue était ajustée et apprêtée, j'étais parvenue à ignorer les papotages. Concentrée sur le show, je n'avais qu'une chose en tête : le concert au Bendo avec Phil. Je m'en sortais bien… jusque-là.

À ma gauche, Hillary Prescott venait de s'asseoir à côté d'une certaine Corinne. Comme moi, elles étaient maquillées et coiffées, ce qui ne leur laissait pas grand-chose d'autre à faire que de boire de l'eau minérale, se regarder dans le miroir et cancaner.

« Non ! » a répliqué Corinne.

Très mince, elle avait un long visage et des pommettes hautes. La première fois que je l'avais vue, j'avais trouvé qu'elle ressemblait à Emma, même si elle était loin d'être aussi belle que ma sœur.

Hillary a jeté un œil par-dessus son épaule, puis l'autre. Vérification d'usage.

« Tu ne sais pas ce qui s'est passé hier chez Rebecca Durham ?

— Non, a répondu Corinne qui tapotait du bout du doigt le gloss sur ses lèvres. Raconte. »

Hillary s'est penchée vers elle.

« Eh bien… D'après ce que j'ai entendu dire, il y a eu du grabuge pendant sa fête. Louise m'a raconté que vers minuit… »

Elle s'est arrêtée au milieu de sa phrase, les yeux rivés dans le miroir, au moment où Emily Shuster entrait, les bras croisés sur la poitrine, la tête baissée, accompagnée de sa mère. Il ne m'a fallu qu'un regard pour constater le pire : son visage était enflé, ses yeux rouges et cernés.

Hillary, Corinne et moi les avons regardées passer et rejoindre Mme McMurty, à l'autre bout de la pièce.

« Elle a du culot de se montrer ici ! a marmonné Hillary.

— Pourquoi ? a demandé Corinne. Raconte ! »

Ce n'est pas mon problème. Je me suis plongée dans la lecture de mes notes d'histoire que j'avais apportées pour tuer le temps entre deux passages. Une mèche de cheveux m'est tombée sur la joue. J'ai regardé dans le miroir pour l'écarter au moment où Hillary se penchait davantage.

« Elle a couché avec Will Cash la nuit dernière, a-t-elle murmuré assez fort pour que je l'entende. Dans sa voiture. Et Sophie les a surpris.

— Non ! s'est exclamée Corinne, les yeux exorbités. Je ne te crois pas. »

Comme je regardais mon reflet, je me suis vue réagir à cette nouvelle. J'ai cligné des yeux, ma bouche s'est entrouverte avant de vite se refermer, j'ai baissé la tête.

« Louise n'a rien vu puisqu'elle était à l'intérieur, a continué Hillary. Mais apparemment, Will a conduit Emily à sa voiture et quelqu'un les a aperçus. Quand elle l'a appris, Sophie a pété les plombs. »

Emily nous tournait le dos pendant que sa mère discutait avec Mme McMurty.

« Oh ! mon Dieu ! s'est écriée Corinne. Qu'a fait Will ?

— Je l'ignore. Mais d'après Louise, Sophie avait des soupçons. Emily flirtait avec lui, se montrait bizarre en sa compagnie. »

Bizarre ou nerveuse ? Le regard intense et implacable de Will m'est revenu en mémoire. Le temps passait si lentement quand nous étions seuls dans la voiture à attendre Sophie. Derrière moi, les gens circulaient, d'autres mannequins discutaient. Malgré le chahut, je n'entendais que leurs deux voix et les battements de mon cœur.

« Oh ! Pauvre Sophie, a minaudé Corinne.

— Tu peux le dire. Nous qui les croyions les meilleures amies du monde, a soupiré Hillary. On ne peut plus faire confiance à personne. »

J'ai tourné la tête. Dans le mille ! Elles m'observaient toutes les deux. Corinne a rougi et détourné le regard, contrairement à Hillary qui m'a dévisagée un long moment avant de reculer sa chaise et de se lever. Elle a secoué sa chevelure puis s'est éloignée.

Après avoir bu plusieurs gorgées d'eau, Corinne s'est levée à son tour et lui a emboîté le pas.

Pendant quelques instants, je n'ai pas bougé. J'essayais de digérer ce que j'avais entendu. Emily était à présent assise à l'autre bout de la pièce. Debout à côté d'elle, sa mère lui parlait, le visage sérieux, et, de l'autre côté, Mme McMurty hochait la tête. La main de Mme Shuster reposait sur l'épaule de sa fille et, de temps à autre, le tissu se froissait sous la pression de ses doigts.

J'ai dégluti pour avaler la boule qui s'était formée au fond de ma gorge. *Elle a couché avec Will Cash la nuit dernière. Sophie a pété les plombs. Nous qui les croyions les meilleures amies du monde. On ne peut plus faire confiance à personne.*

Non, en effet. J'ai repensé à ces derniers mois, mon été paisible, mon retour au lycée seule, cette horrible journée où j'avais poussé Sophie dans la cour. Je ne pouvais pas modifier le passé, mais à présent, trop tard, je me suis rendu compte que j'aurais pu changer une chose.

J'ai essayé d'étudier, de penser à Phil, à notre soirée au Bendo. Mais, chaque fois, j'étais distraite et je ne pouvais m'empêcher de regarder Emily assise devant un miroir, à l'autre bout de la pièce. Elle était arrivée avec un tel retard que la coiffeuse et la maquilleuse s'affairaient en tandem autour d'elle. Malgré l'afflux de personnes dans la salle, la cacophonie, l'effervescence à l'approche du défilé, Emily fixait son reflet dans la glace, immobile.

Quand on nous a appelées, elle est restée en retrait et a attendu que nous soyons toutes en place pour prendre la sienne et se mettre en second, soit trois personnes avant moi. Il était 17 h 55 à l'horloge au-dessus du centre commercial. À des milliers de kilomètres de moi, Christine s'apprêtait à projeter son court-métrage. J'ai eu une vision de ce gazon d'un vert étincelant qui n'était soudain plus aussi parfait.

D'habitude, j'avais un trac terrible quelques minutes avant de monter sur le podium. Devant moi, Julia Reinhart tirait sur le bas de sa jupe et derrière moi, j'entendais l'une des nouvelles qui se plaignait de ses chaussures trop petites. Les yeux rivés sur le rideau entrebâillé, Emily ne disait rien.

Quand la musique a commencé – tonitruante, dynamique, style 104Z –, Mme McMurty est apparue, complètement stressée, son porte-blocs à la main.

« Une minute ! » s'est-elle écriée.

La première, une des plus anciennes, a secoué sa chevelure et redressé les épaules.

J'ai écarté les doigts et pris une profonde inspiration. Tout était plus lumineux, plus ouvert dans le centre commercial. Il ne me restait qu'à faire ce fichu défilé et ensuite, j'irais rejoindre Phil. J'effectuerais un pas en avant vers mes désirs, loin de mes frayeurs.

La musique s'est arrêtée quelques secondes avant de reprendre. Mme McMurty a gravi les marches pour se poster à côté du rideau. Elle l'a écarté et a fait signe à la première fille d'avancer. À ce moment-là, j'ai aperçu la foule. La plupart des gens patientaient sur leur siège ; les autres étaient debout.

Lorsque est venu le tour d'Emily, elle a redressé le menton et s'est avancée, droite comme un I. J'aurais aimé être comme tous ces spectateurs qui ne voyaient qu'une belle fille dans de beaux vêtements. Une autre est sortie, puis Julia. Emily est revenue par l'autre côté. À moi !

Quand le rideau s'est ouvert, je n'ai distingué que le podium devant moi et des visages flous de chaque côté. La musique me résonnait dans les oreilles. Tandis que je marchais en essayant de regarder droit devant moi, j'ai réussi à entrapercevoir mes parents sur la gauche (ma mère était rayonnante, mon père la tenait par les épaules). Marjorie Armstrong était assise entre les jumelles rousses quelques rangées plus loin. Excitée comme une puce, elle me faisait de grands signes tandis que j'avançais. Arrivée au bout, j'ai vu Emma.

Adossée à une jardinière devant le magasin bio, elle se trouvait à une quinzaine de mètres de la foule. J'ignorais qu'elle viendrait. Son visage reflétait une telle tristesse que j'en ai eu le souffle coupé. Quand nos regards se sont croisés, elle a fait un pas en avant, a glissé ses mains dans ses poches et, un instant, je me suis contentée de la fixer. Ma poitrine s'est serrée et j'ai dû pivoter.

J'ai senti une boule me monter dans la gorge au fur et à mesure que je m'approchais du rideau. J'en avais assez encaissé. Je ne voulais plus penser à rien. Je voulais être assise sur le muret avec Phil et parler musique avec lui, être celle qu'il avait devinée en moi : une fille différente, honnête et sincère.

J'étais à la moitié du défilé. Encore quatre tenues, quatre voyages, le final et rideau. Je n'avais pas les moyens de sauver qui que ce soit, moi qui n'avais pas été capable de me sauver moi-même.

« Annabelle ! »

À ma gauche, Marjorie souriait à pleines dents tout en braquant son appareil photo sur moi. Les rouquines agitaient la main, la foule me regardait, mais quand le flash m'a éblouie, je n'ai pensé qu'à ce soir-là, dans sa chambre avec Phil. Face à tous ces visages épinglés, je n'avais pas reconnu le mien.

Au moment où je me tournais vers le public, Emily a écarté le rideau et j'ai entendu la petite voix de Christine qui m'expliquait pourquoi elle avait si peur de montrer son film : « *C'est personnel. Réel.* » Cet instant-là dégageait la même intensité. Il semblait factice à première vue mais il suffisait de bien le regarder pour comprendre combien il était vrai.

Le plus étrange, c'était que durant tout cet automne, les répétitions, les pauses au lycée, nos rencontres fortuites, Emily m'avait évitée. Comme si elle refusait de me voir. Là, plus je m'avançais, plus je sentais son regard sur moi. Insistant, oppressant. J'ai lutté autant que j'ai pu, mais quand elle est passée à côté de moi, j'ai cédé.

Elle savait. Un coup d'œil, un millième de seconde m'a suffi à comprendre. Je l'ai lu dans ses yeux. Malgré le maquillage excessif, ils étaient encore cernés, hantés, tristes. Mais surtout, je les ai trouvés familiers. Le fait que nous soyons face à des centaines d'inconnus ne changeait rien. J'avais passé l'été avec ces mêmes yeux – terrifiés, perdus, gênés. Je les aurais reconnus n'importe où.

Chapitre 13

« Sophie ! »

Fin juin. J'étais en retard à la fête de fin d'année. Et la voix d'Emily a été le premier son que j'ai entendu quand j'ai passé la porte.

Impossible de la distinguer au milieu de la foule qui envahissait le vestibule, les escaliers… Au bout d'un moment, elle est apparue, une bière dans chaque main. Dès qu'elle m'a vue, elle a souri.

« Te voilà enfin ! s'est-elle exclamée. Tu en as mis du temps ! »

J'ai repensé à ma mère qui, une heure plus tôt, écarquillait les yeux quand Emma s'était levée de table d'un bond et avait renversé les verres, furieuse à cause du demi-blanc de poulet que mon père avait déposé devant elle. Après l'avoir coupé en quarts, en huitièmes puis en minuscules seizièmes, elle avait poussé les morceaux pour manger sa salade, dont elle mâchait chaque feuille pendant, semblait-il, des heures. Mes parents et moi agissions comme si de rien n'était, comme si son comportement était normal et que nous discutions de la pluie et du beau temps. Quelques minutes plus tard, j'ai vu Emma poser sa serviette sur son assiette et envelopper sa viande de manière à la faire disparaître, tel un prestidigitateur avec son foulard magique. En vain. Mon père lui a ordonné de manger et là, elle a explosé.

À l'époque, nous aurions dû être habitués à son comportement hystérique. Elle était sortie de l'hôpital depuis plusieurs mois, et ces crises étaient devenues routinières. Pourtant, le volume et la soudaineté de ses accès de colère nous sidéraient encore. Surtout Maman, qui traitait la moindre syllabe plus haute que l'autre, le moindre claquement de porte ou soupir sarcastique comme une attaque personnelle. Voilà pourquoi j'avais pris mon temps après le dîner et étais restée dans la cuisine pendant que Maman faisait la vaisselle. Je ne cessais de regarder son reflet dans la vitre au-dessus de l'évier, comme chaque fois qu'elle était contrariée. J'avais tellement peur que son visage me révèle un sentiment nouveau.

« J'ai été retenue à la maison, lui ai-je appris. J'ai raté quoi ?

— Pas grand-chose, m'a répondu Emily. Tu as vu Sophie ? »

J'ai scruté la foule autour de nous. Personne. Soudain, je l'ai aperçue sur un petit canapé dans la salle à manger, près de la fenêtre. Elle semblait s'ennuyer.

« Par là ! » ai-je dit à Emily en lui arrachant ses bières des mains et en me dirigeant vers le canapé.

Non loin, une télé braillait.

« Hé ! ai-je interpellé Sophie. Quoi de neuf ?

— Rien, m'a-t-elle répliqué. C'est pour moi, cette bière ?

— Peut-être. »

Elle m'a fait la grimace et me l'a prise des mains. Puis je me suis assise. Elle a bu une gorgée, son rouge à lèvres a marqué le verre.

« J'adore ton T-shirt, Annabelle, a dit Emily. Il est nouveau ?

— Ouais. » J'ai effleuré le top en daim rose que ma mère et moi avions déniché à Tosca la veille. Il nous avait coûté cher, mais nous nous étions dit que le nombre de fois où je le porterais cet été justifiait son prix. « Je l'ai acheté cette semaine. »

Sophie a poussé un gros soupir et a secoué la tête.

« C'est officiellement la pire fête de fin d'année que j'aie jamais vue, a-t-elle annoncé.

— Il n'est que huit heures et demie », lui ai-je rétorqué. Autour de nous, un couple se pelotait dans un fauteuil, un groupe jouait aux cartes un peu plus loin. De la musique venait de nulle part, la sono avait dû être installée dehors vu que les basses résonnaient sous nos pieds. « Cela va s'arranger. »

Elle a bu une gorgée de bière.

« J'en doute. Si c'est un signe, l'été promet d'être pire.

— Tu crois ? s'est exclamée Emily, interloquée. J'ai aperçu des types de la fac dehors. Ils étaient mignons.

— Tu veux sortir avec un type de la fac qui traîne à une fête de lycéens ? a répliqué Sophie.

— Euh… Je ne sais pas.

— Minable ! »

Beaucoup de bruit à notre gauche. Un groupe se frayait un chemin dans le vestibule – une fille de mon cours de gym, deux types que je ne connaissais pas et derrière eux, Will Cash.

« Tu vois, il ne fallait pas désespérer », ai-je déclaré.

Au lieu d'afficher sa joie, elle a plissé les yeux. Ils avaient eu des mots en début de semaine. Mais je pensais qu'ils s'étaient réconciliés, comme toujours. Apparemment pas. Will a fait un signe de la tête à Sophie avant de suivre les autres dans le couloir qui menait à la cuisine.

Une fois qu'il a été hors de vue, elle s'est enfoncée dans le canapé et a croisé les jambes.

« Ça pue ici ! »

Cette fois-ci, j'ai préféré me taire. Emily et moi nous sommes levées et je lui ai tendu la main.

« Viens ! On circule.

— Non », a répondu froidement Sophie.

Aussitôt, Emily s'est rassise.

« Sophie…

— Non, allez vous promener. Amusez-vous bien.

— Si ça te fait plaisir de rester là à bouder…

— Je ne boude pas, a-t-elle aboyé. Je me repose.

— Je vais me chercher à boire. Tu as besoin de quelque chose ?

— Non. »

Elle regardait en direction de la salle à manger où Will parlait avec un type qui battait les cartes en bout de table.

« Tu viens, Emily ? »

Elle a posé sa bière sur la table basse et m'a suivie dans le couloir.

« Elle va bien ? m'a-t-elle demandé dès que nous avons été hors de sa portée.

— Oui.

— Elle semble contrariée. Avant ton arrivée, elle m'a à peine adressé la parole.

— Ça va s'arranger. Tu la connais. »

Nous avons traversé la cuisine et sommes allées sous la véranda. Des garçons plus âgés que nous entamaient un fût de bière.

« Hé ! m'a interpellée un grand mince qui fumait une cigarette. Je t'offre un verre ?

— Je me débrouille, ai-je répondu avec un vague sourire tout en prenant un gobelet pour me servir.

— Vous allez à Jackson, les filles ? » a demandé un autre à Emily. Les bras croisés, il se tenait sur le côté. Les yeux braqués sur moi, elle a fait oui de la tête. « Ouah ! les premières années sont de plus en plus chaudes.

— On n'est pas en première année », ai-je répliqué.

Je suis retournée dans la cuisine, suivie d'Emily qui a fermé la porte derrière nous.

« Ce ne sont pas les garçons dont je parlais tout à l'heure, a-t-elle murmuré.

— Je sais. Ces gars-là squattent chaque soirée. »

Nous comptions rejoindre Sophie, mais un groupe venait d'arriver et bloquait le couloir. À coups de coude, j'ai avancé pour me retrouver bloquée à mi-chemin. J'ai tourné la tête, Emily avait été alpaguée par Helena, une fille extravertie qui faisait partie des Lakeview Models et qui lui hurlait à l'oreille.

« Excuse-moi », a aboyé une inconnue en passant à côté de moi, son coude heurtant le mien. J'ai entendu un splash. Quand j'ai baissé les yeux, sa bière (ou la mienne, difficile à dire) ruisselait le long de ma jambe. Soudain, j'ai eu l'impression que le couloir rétrécissait et se réchauffait. Dès que la voie a été libre, je me suis réfugiée sous l'escalier où j'ai finalement pu respirer.

Adossée au mur, j'ai siroté un peu de bière tandis que les gens circulaient. Je m'apprêtais à prendre un nouveau bain de foule quand Will Cash a surgi. Il m'a vue et s'est arrêté.

« Salut ! » s'est-il exclamé.

Deux types sont arrivés dans l'autre sens. L'un d'eux lui a ébouriffé les cheveux et Will a grimacé.

« Tu fais quoi ? m'a-t-il demandé.

— Rien. Je... »

Il m'a rejointe sous l'escalier où il y avait à peine la place pour deux personnes. Je me suis donc poussée vers la gauche afin de laisser un peu d'espace entre nous.

« On se cache ? »

Il a posé cette question sans sourire, même s'il plaisantait, j'en étais à peu près sûre. Avec Will, on ne savait jamais. Du moins, moi, je ne savais jamais.

« C'est de la… folie, ai-je répondu. Vous vous êtes… réconciliés… Sophie et toi ? »

Il m'a à nouveau lancé ce regard indéfinissable qui m'a fait rougir.

« Pas encore. Vous êtes là depuis longtemps ?

— Oh ! Je ne suis pas venue avec les filles », ai-je répondu au moment où Hillary Prescott passait. Quand elle nous a vus, elle a ralenti, nous a dévisagés tour à tour avant de continuer et de disparaître au coin. « Je viens d'arriver… J'ai été retenue à la maison. »

Sans rien dire, Will a continué de me fixer.

« Tu sais ce que c'est », ai-je poursuivi. J'ai bu une gorgée de bière, un groupe de filles est passé en gloussant. « Les joies de la famille ! »

J'ignorais pourquoi je lui racontais tout ça, comme j'ignorais pourquoi j'agissais de cette manière avec Will Cash. Il y avait quelque chose en lui qui me mettait mal à l'aise. Je cherchais mes mots et tentais de compenser en lui racontant ma vie.

« Vraiment », a-t-il commenté d'une voix neutre.

J'ai à nouveau rougi.

301

« Je ferais mieux de retrouver Sophie, ai-je déclaré. Hum… On se voit plus tard ?

— Oui, à plus. »

Je n'ai pas attendu une accalmie. J'ai foncé dans la foule, j'ai accroché un joueur de football américain qui passait et je l'ai suivi jusqu'à la cuisine pour découvrir Emily, son portable à l'oreille.

« Tu étais où ? m'a-t-elle demandé en refermant le clapet et en le remettant dans sa poche.

— Nulle part. Suis-moi. »

Quand nous sommes revenues dans la salle à manger, Sophie n'avait pas bougé du canapé, mais elle n'était plus seule. Will l'avait rejointe et à première vue, ils se disputaient. Le visage pincé, Sophie lui parlait tandis qu'il n'écoutait que d'une oreille et scrutait la pièce.

« Mieux vaut ne pas les interrompre, ai-je dit à Emily. On repassera. Tu sais où sont les toilettes ?

— Je crois en avoir aperçu au bout du couloir. Viens. »

La salle de bains se trouvait bien là-bas, mais comme il y avait la queue, on a décidé de tenter notre chance au premier étage. Nous naviguions le long d'un immense couloir quand quelqu'un a crié mon prénom.

Je me suis arrêtée et je suis revenue sur mes pas. Derrière une porte ouverte se tenaient Michael Kitchens et Nicolas Lester, deux terminales avec qui j'avais souffert pendant un semestre en histoire de l'art. Ils jouaient au billard.

« Tu vois ! s'est écrié Nicolas. J'avais bien reconnu Annabelle !

— Pardon ! » Penché sur la table, Michael s'apprêtait à jouer. « J'avais cru que tu hallucinais. »

Nicolas s'est retourné et a mis la main sur son cœur quand il m'a vue.

« Non mais, c'est Annabelle ! Annabelle, Annabelle, Annabelle Greene.

— Tu m'avais promis d'arrêter à la fin de l'année », l'ai-je sermonné. Depuis qu'il avait fait un exposé sur Edgar Poe, il ne cessait de chanter mon prénom. « Tu te souviens ?

— Non », m'a-t-il répondu en grimaçant.

Michael a tiré et les boules se sont éparpillées sur le tapis en cliquetant.

« Nicolas est saoul, nous a-t-il informées. Je vous aurais prévenues.

— Je ne suis pas saoul, a protesté Nicolas. Je suis d'humeur joyeuse, nuance.

— Vous savez où sont les toilettes ? ai-je demandé. On les cherche partout.

— Là-bas », m'a indiqué Michael.

J'ai fait signe à Emily d'approcher.

« Je te présente Nicolas et Michael. Et voici Emily. Je reviens dans une seconde. O.K. ? »

Elle a hoché la tête, l'air nerveux.

« Tu joues ? s'est enquis Michael.

— Pourquoi pas ? »

Il s'est emparé d'une queue sur le mur et la lui a remise.

« C'est ça. Et dans moins de dix secondes, tu me mets la pâtée.

— Une main de fer dans un gant de velours », est intervenu Nicolas.

Emily a éclaté de rire.

« Je te demande juste d'être indulgente avec moi », l'a suppliée Michael.

À mon retour, soit deux minutes plus tard, j'ai constaté qu'Emily n'avait pas perdu de temps. Michael et elle flirtaient allégrement, ce qui me laissait en tête à tête avec Nicolas. Nous nous sommes assis sur un canapé où il a annoncé qu'il souhaitait me parler.

« Tu sais, a-t-il commencé en sirotant sa bière, puisque les cours sont finis, je peux t'avouer que je connais la nature de tes sentiments pour moi.

— Mes sentiments pour toi ? ai-je répété.

— Eh, mec ! s'est écrié Michael. Tais-toi plutôt que de dire n'importe quoi.

— La ferme ! Bon, Annabelle, je comprends que tu sois folle de moi.

— Oh non ! a grommelé Michael. La honte.

— C'est logique, a ronronné Nicolas pendant que je me retenais de rire. Je suis en terminale, je suis plus vieux que toi. C'est évident que je t'attire. Mais… » Il s'est interrompu pour boire un peu de bière. « Cela ne peut pas marcher entre nous.

— Oh ! me suis-je exclamée. Tu as bien fait de m'en parler… »

Nicolas m'a tapoté gentiment la main.

« Je suis très flatté, tu sais, mais peu importe à quel point tu m'aimes. Je n'éprouve rien pour toi.

— Quel débile ! a marmonné Michael, ce qui a provoqué le rire d'Emily.

— Je comprends, ai-je poursuivi.

— Vraiment ?

— Oui. »

Se rendait-il compte qu'il continuait à me tapoter la main ?

« Bien, parce que tu sais, j'aimerais beaucoup, oui beaucoup, que nous restions amis.

— Moi aussi. »

Nicolas a porté le goulot à ses lèvres, puis il a renversé la bouteille. Une goutte est tombée par terre.

« Vide. Il m'en faut une autre.

— Je n'y crois pas, a déclaré Michael qui a grimacé quand Emily a frappé la boule blanche et rentré deux boules rayées.

— Et de l'eau ? ai-je suggéré. J'allais justement m'en chercher une bouteille.

— De l'eau, a-t-il répété lentement, comme si ce concept lui était inconnu. O.K. Passe devant.

— On revient », ai-je prévenu Emily en me levant. Nicolas avait beaucoup plus de difficulté à se mettre en position verticale. « Je te rapporte un verre ? »

Elle s'est penchée pour viser.

« Non, je suis bonne pour l'instant.

— Trop, même », a commenté Michael lorsque deux autres boules ont disparu.

Nicolas et moi étions dans le couloir quand il m'a annoncé qu'il avait changé d'avis.

« Fatigué, a-t-il expliqué en s'affalant devant la porte d'une chambre. Besoin de repos.

— Ça va ? lui ai-je demandé.

— Par-fait ! Va te chercher ta… ton…

— Eau.

— Eau. Je t'attends ici, O.K. » Sa tête a heurté le mur derrière lui. « Je bouge pas. »

Dans l'escalier, j'ai marqué une pause pour jeter un œil à la salle à manger en contrebas. Elle était pleine à craquer. Sophie n'était plus sur son canapé, Will pas davantage. Était-ce une bonne ou une mauvaise nouvelle ?

En bas, j'ai repéré deux bouteilles d'eau et je me suis arrêtée pour discuter avec quelques personnes. Quand je suis revenue dans le couloir du premier, Nicolas avait disparu. Je me suis dit qu'il était retourné dans la salle de billard. Je m'apprêtais à le rejoindre quand j'ai entendu une voix.

« Annabelle. »

Douce et basse. Je me suis retournée. À ma droite, il y avait une chambre à la porte entrouverte. Pratique pour trébucher ou pire, vomir. *Pauvre Nicolas*. J'ai fourré une bouteille dans ma poche arrière, dévissé le bouchon de l'autre flacon et je suis entrée.

« Hé ! Tu t'es perdu ? »

Au moment où je passais le seuil de la chambre plongée dans le noir, mon sixième sens m'a mise en garde. Cette pièce ne semblait pas saine. J'ai reculé, cherché la poignée sans la trouver. Mes doigts ne palpaient que le mur.

« Nicolas ? »

Soudain, quelque chose a heurté mon flanc gauche. Il ne s'agissait pas d'un meuble ou d'un objet mais d'un être vivant. *Il y a quelqu'un. C'est Nicolas*, me suis-je dit. *Il est saoul*. Je ne cessais de chercher l'interrupteur derrière moi, à toute vitesse. Quand j'ai enfin mis la main sur le bouton de la porte, des doigts se sont refermés sur mon poignet.

« Eh ! » J'ai essayé de prendre un ton neutre, mais j'étais terrifiée. « Qu'est-ce que…

— Chut, Annabelle », a murmuré une voix. Les doigts sont remontés le long de mon bras, ont frôlé ma peau. Une autre main s'est posée sur mon épaule droite. « Ce n'est que moi. »

Je n'ai pas reconnu Nicolas. Cette voix était plus grave, plus intelligible que la sienne, chaque syllabe était prononcée avec soin. Aussitôt, j'ai paniqué. Ma main s'est serrée autour de la bouteille dont le bouchon a sauté. Et soudain, le liquide froid s'est déversé sur mon haut, sur ma peau.

« Non !

— Chut », a répété la voix.

Les mains se sont éloignées de moi pour mieux me couvrir les yeux.

J'ai secoué la tête pour me libérer. La bouteille à moitié vide m'a échappé et a rebondi sur la moquette. Il m'a attrapé par les épaules avec énergie. Je ne cessais de me contorsionner pour me

307

dégager et gagner la porte, en vain. Je n'avais rien à quoi m'agripper. Les murs semblaient s'être volatilisés.

J'entendais chacun de mes halètements, je suffoquais depuis qu'il avait passé le bras autour de mon cou pour mieux me serrer contre lui et me soulever. J'ai donné des dizaines de coups de pied dans le vide avant qu'il ne me fasse reculer de quelques pas. Il a passé son autre main sous mon haut, m'a effleuré le ventre avant de la glisser dans mon jean.

« Arrête… »

Tout à coup, son bras qui était chaud et sentait la transpiration m'a couvert la bouche et a empêché tout son de s'échapper. Il a violemment écarté ma culotte tandis que son souffle devenait de plus en plus saccadé. Je continuais à me tortiller, à vouloir m'échapper quand ses doigts sont soudain entrés en moi.

J'ai mordu son avant-bras avec rage. Il a crié avant de me pousser. Je suis tombée par terre. Aussitôt, j'ai cherché le mur à tâtons, un repère, n'importe quoi. Au moment où je touchais une vague surface solide, il m'a saisie par la ceinture de mon jean et m'a retournée vers lui. Instinctivement, j'ai mis mes mains devant moi pour me protéger, mais il les a écartées avec brutalité et je me suis retrouvée sur le dos.

En une seconde – comment a-t-il pu agir si vite ? – il s'est jeté sur moi et a arraché les boutons de mon jean. La moquette m'éraflait le dos tandis que j'essayais de le repousser. Une odeur de daim humide s'est dégagée quand il a mis une main à plat sur ma poitrine pour me maintenir au sol. De l'autre, il baissait mon jean. Mes coudes heurtaient le sol chaque fois que j'essayais de me soulever.

Il a baissé sa fermeture Éclair et s'est à nouveau rué sur moi. J'ai tenté de repousser ses épaules, de me jeter de tout mon poids contre lui, mais il était trop lourd, trop déterminé. Et soudain, alors qu'il commençait à soulever mes jambes, j'ai vu quelque chose : un minuscule rai de lumière qui nous éclairait.

Ce filet lumineux m'a révélé son dos, couvert de taches de rousseur ; les poils blonds et fins sur le bras qui me plaquait au sol ; puis juste avant qu'il ne me repousse, ses yeux, bleus, aux pupilles dilatées qui se contractaient à mesure qu'entrait la lumière. Lentement, il s'est levé.

Le cœur battant à cent à l'heure, je me suis redressée et j'ai remis mon jean. J'ai même pensé à le boutonner, comme s'il s'agissait de la chose la plus importante au monde. Je venais de terminer quand le plafonnier s'est allumé. Là, devant moi, est apparue Sophie.

Elle m'a vue la première. Puis elle a tourné la tête et regardé Will Cash qui était assis sur le lit derrière moi.

« Will ? » s'est-elle exclamée d'une voix aiguë.

Will. En un flash, j'ai revu son bras sur ma bouche, ses mains sur mes yeux, son regard perçant quand il m'avait rejointe dans l'alcôve. *C'est Will.*

« Je ne sais pas. » Il a haussé les épaules avant de passer la main dans ses cheveux. « Elle a juste… »

Sophie l'a fixé un long moment. Dans le couloir derrière elle, j'entendais des rires – Emily et Michael devaient encore jouer au billard. Ils m'attendaient.

Sophie s'est tournée vers moi.

« Annabelle ? » Elle a avancé d'un pas dans la chambre, la main toujours posée sur le chambranle de la porte. « Qu'est-ce que vous faites ? »

J'avais l'impression d'être brisée en mille morceaux, atomisée. Je me suis levée, j'ai lissé mon top sur mon ventre.

« Rien », ai-je répondu dans un souffle. J'ai essayé de déglutir. « J'étais… »

Sophie a fusillé Will du regard et je me suis interrompue. Il a soutenu son regard. Sans sourciller.

« Je veux une explication. Maintenant. »

Personne n'a pris la parole. Voilà un mystère que je n'éluciderais jamais : pourquoi ai-je attendu qu'une tierce personne décrive ce qui m'était arrivé, comme si je n'avais pas été présente, comme si je n'avais pas de mots pour le dire.

« Will ! Explique-toi !

— Écoute… Je t'attendais et elle est entrée… » Il a cherché ses mots, secoué la tête mais ne l'a pas quittée un instant des yeux. « Je ne sais pas. »

Sophie a reporté son attention sur moi et pendant un instant, nous nous sommes regardées dans le blanc des yeux. Ne voyait-elle pas que quelque chose clochait ? Je n'avais pas besoin de le lui dire. Je n'étais pas comme ces filles qu'elle traquait jusqu'au bout de la nuit. Nous étions les meilleures amies du monde. Je le croyais, honnêtement. À ce moment-là.

Ses lèvres se sont pincées avant de s'entrouvrir.

« Salope ! »

Sur le moment, telle une idiote, j'ai cru que j'avais mal entendu.

« Pardon ?

— Tu n'es qu'une sale pute, s'est-elle écriée d'une voix chevrotante. Toi ! Je n'en reviens pas !

— Sophie… Attends. Je n'ai pas…

— Tu n'as pas quoi ? » Derrière elle, les ombres s'allongeaient sur le mur opposé du couloir. Les gens approchaient. Les gens l'entendaient. Les gens sauraient. « Tu crois que tu peux coucher avec mon mec dès que j'ai le dos tourné ? »

Ma bouche s'est ouverte, mais aucun son n'est sorti. Les bras ballants, je me suis contentée de la dévisager. Les yeux écarquillés, Emily est apparue sur le seuil.

« Annabelle ? a-t-elle demandé. Que se passe-t-il ?

— Ta copine est une garce, lui a appris Sophie.

— Non, ai-je répliqué. Ce n'est pas ce que tu crois.

— Je sais ce que j'ai vu ! » a-t-elle hurlé. Emily a reculé d'un pas. Sophie a pointé un doigt vers moi. « Tu as toujours voulu me prendre ce que j'avais ! Tu as toujours été jalouse de moi ! »

J'ai senti mes jambes se dérober sous moi. Sa voix était si forte que chacun de mes os tremblait. J'étais paumée, terrifiée, et pourtant je ne pleurais pas – pourquoi n'avais-je pas pleuré ? J'ai senti une boule se former dans ma gorge et enfler.

Deux grandes enjambées et Sophie s'est campée devant moi. J'ai eu l'impression que la pièce rétrécissait – Will, Emily, tous les autres disparaissaient de ma vision périphérique – jusqu'à ce que je ne voie plus que ses yeux plissés, ses doigts qui trahissaient sa colère et sa fureur.

« Tu es morte ! a-t-elle annoncé d'une voix tremblante.

— Sophie… S'il te plaît. Laisse-moi…

— Dégage ! Je ne veux plus jamais te voir. »

Soudain, le brouillard qui nous entourait s'est dissipé et là, j'ai aperçu la foule de curieux qui s'agglutinait dans le couloir, Will Cash encore assis sur le lit, la moquette turquoise sous mes pieds, la lumière jaune du plafonnier. Comment croire que, quelques minutes plus tôt, ces détails étaient plongés dans l'obscurité la plus profonde, dissimulés au point que je ne puisse pas les reconnaître ? Et là, ils étaient exposés au regard de tous.

Sophie se tenait encore devant moi. La pièce était calme autour de nous. J'aurais dû briser le silence, parler. C'était ma parole contre celle de Will, et la sienne maintenant. Mais je me suis murée dans mon mutisme.

J'ai quité la chambre sous les regards ébahis. J'ai longé le couloir et descendu l'escalier. Tel un zombi, j'ai ouvert la porte d'entrée et je suis sortie dans la nuit. Le gazon était humide sous mes pieds. J'ai agi avec soin et détermination, persuadée que la maîtrise de mes gestes contrebalancerait ce qui venait d'arriver.

Sur le chemin du retour, j'ai soigneusement évité mon reflet. Dans les rétroviseurs. Aux feux, chaque fois que je rétrogradais, je fixais un point au loin – le pare-chocs de la voiture me précédant, un bâtiment, la ligne en pointillé sur le côté… Je ne voulais pas me voir dans cet état.

Quand je suis rentrée à la maison, mon père n'était pas couché, comme à son habitude. La lumière pâle de la télé se reflétait sur les murs.

« Annabelle ? » m'a-t-il appelée. Le volume a diminué peu à peu avant de se couper. « C'est toi ? »

J'ai réfléchi une seconde dans le vestibule. Si je ne répondais pas, il risquait de s'inquiéter. Je me suis ébouriffé les cheveux, j'ai inspiré puis je suis entrée dans le salon.

« Oui, c'est moi. »

Il a tourné son fauteuil vers moi.

« Ta soirée s'est bien passée ?

— Pas mal.

— Je regarde une émission passionnante sur le New Deal, a-t-il enchaîné. Ça t'intéresse ? »

Un autre soir, je me serais jointe à lui. C'était

notre rituel, même si je ne m'asseyais que quelques minutes. Cette fois-ci, je n'ai pas pu.

« Non. Merci. Je suis fatiguée. Je vais me coucher.

— D'accord. » Il a fait face à la télé. « Bonne nuit, Annabelle.

— Bonne nuit. »

Il s'est emparé de la télécommande, je suis retournée dans le vestibule éclairé par la lune. La lumière blanche se reflétait sur le portrait de ma mère, mes sœurs et moi sur le mur opposé et en accentuait les moindres détails – les vagues au loin, les teintes grisées du ciel… Pendant quelques instants, j'ai étudié chacune d'entre nous, le sourire de Christine, le regard hanté d'Emma, la manière dont ma mère penchait légèrement la tête sur le côté. Quant à mon visage, il était si lumineux sur ce fond noir que j'ai failli ne pas le reconnaître. Tel un mot sur lequel on bute des milliers de fois et qui semble tout à coup bizarre, faux, étranger. Et durant une seconde inquiétante, on a peur d'avoir perdu quelque chose, sans savoir quoi.

Le lendemain, j'ai essayé d'appeler Sophie, mais elle ne m'a pas répondu. J'aurais dû me rendre chez elle, lui expliquer en personne, mais aussitôt, je me revoyais dans cette chambre, avec cette main sur ma bouche, mes pieds qui battaient le vide. Je n'ai pas pu y aller. En fait, chaque fois que je repensais à ce qui était arrivé, mon estomac se tordait et j'avais un goût de bile dans la bouche. Comme si une partie de moi essayait d'évacuer son geste, de

314

purger mon corps puisque je ne parvenais pas à le faire une fois pour toute.

Cette solution n'était pas la bonne non plus. Bien sûr. J'avais été traitée de salope et qui savait quelles histoires couraient sur moi maintenant ? Une chose était certaine : ce qui s'était vraiment passé était pire que tout ce que Sophie inventerait et ferait circuler à mon sujet.

Au fond de moi, je savais que je n'avais rien fait de mal. Ce n'était pas ma faute. Dans un monde parfait, je raconterais ce qui m'était arrivé et je n'en aurais pas honte. Dans la vraie vie, la tâche était plus ardue. J'avais l'habitude d'être observée – cela faisait partie de moi, depuis des années et des années. Mais une fois que les gens seraient au courant, j'étais sûre qu'ils me considéreraient différemment. Ils ne verraient plus Annabelle Greene, mais ce que j'avais vécu, une expérience crue, honteuse, privée, qui serait affichée au grand jour et examinée au microscope. Je ne serais plus la fille qui avait tout, mais la fille qui avait été attaquée, agressée, la fille sans défense. Il m'a semblé plus sûr de garder ça en moi, où je demeurais le seul juge.

Je me suis souvent demandé si j'avais pris la bonne décision. Au fil des jours et des semaines, j'ai compris qu'on ne me croirait pas si je racontais mon histoire. Plus le temps passait, moins je serais crédible.

Alors je me suis terrée dans mon coin. Deux semaines plus tard, j'accompagnais ma mère au centre commercial quand elle s'est exclamée :

« Ce n'est pas Sophie, là-bas ? »

Si. Elle feuilletait des magazines chez le marchand de journaux. Je l'ai regardée tourner une page puis froncer le nez en lisant un article.

« Oui, ai-je répondu. Ça en a l'air.

— Va lui dire bonjour ! Je m'en occupe ! » Elle m'a arraché la liste des mains. « Tu me rejoins plus loin, d'accord ? »

Et puis elle a disparu, son panier sous le bras.

J'aurais pu la suivre. Mais pour une raison inconnue, mes pas m'ont conduite à Sophie. Quand je suis arrivée derrière elle, elle rangeait le magazine dont la couverture évoquait la dernière rupture d'une célèbre star du cinéma.

« Salut ! »

Elle a sursauté puis s'est retournée. Dès qu'elle m'a vue, elle a froncé les sourcils.

« Qu'est-ce que tu veux ? »

Je n'avais pas réfléchi à ce que je lui dirais. Heureusement, cela m'aurait rendu la tâche encore plus difficile.

« Écoute, ai-je bredouillé tout en jetant un œil à ma mère qui entrait à la pharmacie. Je voulais juste…

— Ne m'adresse pas la parole ! » Elle parlait plus fort que moi. « Je n'ai rien à te dire.

— Sophie… » Je chuchotais presque à présent. « Ce n'est pas ce que tu crois.

— En plus d'être une salope, tu es mytho maintenant ? »

J'ai rougi. Et instinctivement, j'ai regardé ma mère. L'avait-elle entendue ? Elle a levé les yeux, nous a souri et a continué ses achats.

« Un problème, Annabelle ? Laisse-moi deviner... Les joies de la famille ? »

Je l'ai dévisagée sans comprendre. Puis je me suis souvenue. C'est ce que j'avais dit à Will sous l'escalier ce soir-là pour une raison que je ne m'expliquais toujours pas. Forcément, il le lui avait répété, il avait utilisé la plus stupide des confessions contre moi. J'imaginais sans peine comment il l'avait tournée à son avantage – je m'étais confiée à lui puis je l'avais suivi au premier. *Je ne sais pas*, avait-il dit pendant que j'attendais qu'il s'explique. *Elle a juste...*

« Si tu savais qu'un type a une relation stable – avec une fille comme moi, qui plus est –, tu ferais des trucs aussi louches ? m'avait-elle déclaré, voilà plusieurs mois. C'est un choix, Annabelle. Si tu fais le mauvais, tu ne peux t'en prendre qu'à toi-même et en assumer les conséquences. »

Dans son esprit, tout était d'une simplicité enfantine. Je savais qu'elle avait tort, mais pendant un instant, j'ai douté tandis que les pièces du puzzle s'assemblaient sous mes yeux, se liguaient contre moi et transformaient mon existence en cauchemar. J'avais peur que personne ne croie mon histoire. Pire, j'avais peur qu'on m'accuse de l'avoir cherché.

Mon estomac s'est serré, l'habituel goût âcre m'a piqué la langue.

Sophie a lancé un long regard à ma mère et soudain, j'ai revu celle-ci ce fameux soir, dans la salle à manger, se crispant quand Emma avait cogné sa chaise contre la table. Je me faisais tellement d'inquiétude pour elle que je ne parvenais pas à imaginer sa réaction si elle l'apprenait.

« Sophie… Je…

— Disparais ! Je ne veux plus jamais te revoir. »

Elle m'a poussée en secouant la tête et s'est éloignée. Dieu sait comment, je suis parvenue à me retourner et à longer les vitrines floues. J'ai croisé une femme qui portait son enfant sur la hanche, un vieil homme qui poussait un déambulateur, une vendeuse, et enfin, j'ai retrouvé Maman qui m'attendait près d'un présentoir pour huiles solaires.

« Te voilà ! s'est-elle exclamée. Comment va Sophie ? »

Je me suis obligée à inspirer.

« Bien. Elle va bien. »

C'était le premier mensonge que je racontais à ma mère sur Sophie, le premier d'une longue liste. Je pensais que la honte et la peur que j'avais ressenties cette nuit-là s'effaceraient au fil du temps, que la balafre s'estomperait en une cicatrice à peine visible. Bien au contraire : le moindre souvenir, le plus petit détail semblait grossir à tel point que je sentais son poids opprimer ma poitrine. Rien ne m'a plus frappée que le souvenir de cette chambre obscure où j'avais rencontré mon destin et celui de cette lumière qui avait transformé mon cauchemar en réalité.

Avant, la différence entre la lumière et l'obscurité me paraissait basique. L'une était bonne, l'autre mauvaise. Et soudain, les choses n'étaient plus aussi simples. Alors que l'obscurité demeurait un mystère, voilé, terrifiant, j'en étais venue à craindre aussi la lumière, parce qu'elle révélait tout au grand jour, du moins en apparence. Les yeux fermés, je voyais les ténèbres qui me rappelaient sans cesse mon secret le plus intime. Les yeux ouverts, je voyais le monde qui ignorait ce secret, lumineux, inéluctable, omniprésent.

Chapitre 14

« Salut ! s'est exclamé Phil. Tu es venue ! »

Oui, j'étais venue. Je me trouvais au Bendo, debout devant la scène. Comment étais-je venue, je n'étais pas sûre de le savoir. En fait, mon face-à-face avec Emily demeurait dans le flou le plus total.

J'étais restée jusqu'à la fin du défilé de mode, j'avais présenté trois autres tenues et j'avais applaudi Mme McMurty qui avait feint l'embarras et la surprise complète quand on l'avait appelée sur scène pour lui offrir des fleurs, comme chaque année. Ensuite, j'avais regagné les coulisses où mes parents m'attendaient.

Quand elle m'a vue, ma mère m'a serrée dans ses bras en me frottant le dos.

« Tu étais fantastique ! Absolument sublime !

— Même si cette robe est un peu décolletée, a ajouté mon père, les yeux rivés sur le fourreau blanc que je portais pour la clôture du défilé. Vous ne trouvez pas ?

— Non ! s'est écriée Maman qui lui a tapé sur l'épaule. Cette robe est sublime. Tu étais parfaite, ma fille. »

J'ai esquissé un sourire. Le cœur n'y était pas. Il y avait tellement de gens en coulisses, de bruit, de va-et-vient et moi, je pensais à Emily. *Elle savait*, me suis-je dit pendant que Maman échangeait quelques mots avec Mme McMurty. *Elle savait.*

J'ai glissé une mèche derrière mon oreille. Je me sentais nerveuse, fébrile ; le bruit de la foule et la chaleur dégagée par tous ces corps ne m'aidaient pas.

« Rentrons, a proposé enfin Maman. Emma prépare le dîner et nous devrions être à la maison depuis dix minutes déjà.

— Emma ? ai-je répété tandis que Papa saluait un homme en costume. Elle n'est pas là ? »

Maman m'a prise par l'épaule.

« Oh ! Mon cœur ! Je suis sûre qu'elle aurait aimé venir, mais ce doit être difficile pour elle, je pense... Elle a préféré rester à la maison. En tout cas, ton père et moi avons adoré. »

Non, je ne devenais pas folle. J'avais bel et bien aperçu ma sœur quand j'avais atteint l'extrémité du podium. J'en aurais parié ma vie.

Soudain, j'ai senti une main sur mon bras.

« Annabelle, a déclaré Mme McMurty, accompagnée d'un grand homme aux cheveux gris.

J'aimerais te présenter M. Driscoll. Il est directeur du marketing chez Kopf et il souhaitait te saluer.

— Bonsoir, ravie de vous rencontrer.

— Le plaisir est pour moi », a-t-il répliqué en tendant la main. Sa paume était sèche et fraîche. « Nous sommes de grands fans. Nous avons adoré la publicité pour la rentrée des classes.

— Merci.

— C'était un beau spectacle. »

Il m'a souri, a salué mes parents puis Mme McMurty et lui se sont frayé un chemin dans la foule. Les joues rouges, Maman les a regardés s'éloigner.

« Oh ! Annabelle ! »

Elle m'a serré le bras sans rien ajouter, mais j'avais reçu le message cinq sur cinq.

Plus loin derrière Maman, Mme Shuster, un manteau plié sur l'avant-bras, se tenait au bord du podium. Elle examinait sa montre et jetait des regards inquiets autour d'elle. Une seconde plus tard, son visage s'est détendu quand Emily s'est approchée d'elle. Encore coiffée et maquillée, elle s'était changée et avançait sans parler à personne.

« Euh… Il faut que je me change, ai-je annoncé à mes parents. Ces chaussures me font trop mal aux pieds. »

Maman a déposé un baiser sur ma joue.

« Bien sûr. Je garde ton assiette au chaud ? »

M. Driscoll est passé devant nous, seul cette fois-ci.

« En fait… Eh bien, on a prévu de manger une pizza avec les filles ; tu sais pour fêter la fin du défilé et tout ça.

— Oh ! Tu dois être fatiguée. Ne rentre pas trop tard. D'accord ? »

J'ai hoché la tête. Dans son dos, Mme Shuster tendait son manteau à sa fille. Le visage sombre, elle a attendu qu'elle l'enfile. Puis elle a glissé la main sous le bras d'Emily et elles ont pris la direction de la sortie. J'ai vite reporté mon attention sur Maman.

« D'accord, ai-je répondu.

— Vingt-trois heures au plus tard, a ajouté Papa qui s'est penché pour m'embrasser. O.K. ?

— O.K. »

J'ai pris mon temps pour me changer, rejoindre ma voiture et traverser la ville et pendant tout ce temps, je n'ai cessé de me répéter qu'il fallait que je chasse Emily de mon esprit. J'avais attendu avec impatience cette soirée au Bendo et j'étais déterminée à m'amuser. Du moins j'essaierais.

« Qu'est-ce que j'ai raté ? ai-je demandé à Phil qui faisait face à la scène.

— Pas grand-chose. » Quelqu'un m'a poussée. Comme je partais en avant, il m'a retenue par le bras. « Attention ! On se croirait à la foire. » Une série de larsens a été accueillie par des sifflements et des huées à notre gauche. Phil s'est penché à mon oreille. « Et ton défilé ? »

Je ne voulais pas lui mentir. Mais je ne pouvais

pas non plus lui raconter ce qui s'était vraiment passé – pas là, pas ce soir. Peut-être jamais.

« C'est fini, ai-je répondu, ce qui était vrai, d'un point de vue technique.

— Tu es contente ? a-t-il continué, tandis qu'une fille immense en robe à paillettes se faufilait entre nous une bière à la main et nous éclaboussait au passage.

— Mouais, ai-je répondu avec un sourire.

— T'inquiète. Quand le groupe va jouer, ta soirée va être bien plus fun.

— Tu crois ?

— Oui. » Cette fois-ci, c'est un type en manteau noir, le portable collé à l'oreille, qui l'a bousculé, assez fort. Phil l'a foudroyé du regard, le type a haussé les épaules et a continué sa route, l'air de rien. « O.K. Une autre fois le pogo. Viens. »

Il s'est frayé un chemin dans la foule tandis que je faisais de mon mieux pour le suivre. Il m'a conduite à une table près du mur.

« Assieds-toi ! La vue n'est pas aussi bonne, mais au moins, finis, les coudes dans les côtes. »

Sur scène, un musicien accordait ses instruments. Nouveaux larsens.

« C'est la première partie, m'a informée Phil. Il y a une demi-heure qu'ils auraient dû commencer, mais... »

Rolly s'est soudain glissé à côté de lui sur la banquette, l'interrompant net.

« Oh... Mon... Dieu ! a-t-il déclamé, à bout de souffle.

« — Enfin ! T'étais passé où, mec ? J'ai cru qu'on t'avait kidnappé.

— Non. Vous n'allez pas croire ce qui m'est arrivé !

— Il est parti chercher à boire il y a plus d'une demi-heure, m'a expliqué Phil. Je sais qu'il y a foule, mais quand même ! Où est ma bouteille d'eau ?

— Tu ne comprends pas. Elle est là !

— Ma bouteille ? »

Rolly a inspiré avant de nous présenter ses paumes.

« Elle est là ! » a-t-il répété. Il a attendu que cette information atteigne nos cerveaux. « Elle est là et elle m'a souri.

— Pendant trente minutes ? l'a interrogé Phil.

— Non, une seconde.

— La fille qui t'a frappé ? ai-je demandé pour mettre les points sur les i.

— Oui.

— J'en conclus que tu ne m'as pas rapporté à boire.

— Tu pourrais oublier ta petite personne une seconde ? Tu ne sembles pas comprendre l'importance de cette information !

— Tu lui as parlé ? s'est enquis Phil.

— Non. Voilà ce qui s'est passé. Je me rendais au bar quand soudain, boum ! Elle a surgi, telle une apparition. Je m'apprêtais à lui parler mais quelqu'un est passé entre nous. Et voilà qu'elle s'éloigne et disparaît dans la foule. Depuis, je la cherche partout en attendant que le moment propice se présente. Ça va marcher !

— Et si tu lui offrais à boire ? a suggéré Phil. Tu pourrais me prendre une bouteille d'eau par la même occasion.

— C'est une obsession chez toi !

— J'ai soif. Je voulais y aller mais tu t'es proposé. Tu as insisté, même.

— Je vais te la chercher, ta bouteille ! Mais d'abord, si cela ne te dérange pas, j'aimerais rencontrer mon destin dans des conditions idéales. »

Nouveaux larsens. Nouveau soupir de Phil.

« Un conseil, Rolly. Oublie le moment idéal.

— Je ne te suis pas.

— Il t'a fallu longtemps avant de la revoir, n'est-ce pas ? Et si le moment idéal ne se présentait jamais ? »

Rolly a soudain écarquillé les yeux.

« Merde ! La voilà ! »

Phil s'est penché légèrement.

« Où ?

— Ne regarde pas ! » s'est écrié Rolly en le poussant en arrière.

Phil a fixé sa manche que Rolly empoignait. Celui-ci a vite enlevé sa main.

« O.K. Elle est près de la porte. En rouge. »

Phil s'est penché une nouvelle fois, a jeté un rapide coup d'œil avant de se redresser.

« Ouaip, c'est elle, a-t-il confirmé. Et maintenant ?

— Maintenant ? J'ai besoin qu'on me présente. »

Je dois l'admettre : j'étais morte de curiosité.

« Je regarde juste par-dessus mon épaule, O.K. ? » ai-je proposé.

Dès qu'il a hoché la tête, Phil a affiché sa désapprobation.

« C'est une fille, lui a expliqué Rolly. Elles sont championnes pour regarder sans regarder. »

La première fois que je me suis retournée, je n'ai vu qu'un type vêtu d'un T-shirt Metallica. Puis j'ai bougé un peu et j'ai aperçu une fille derrière lui. Les cheveux noirs et brillants, elle portait des lunettes rétro, un pull rouge, un jean et un sac orné de perles. En vérité, ce n'étaient que des détails, car je l'avais reconnue tout de suite.

« Eh ! Rolly ! Cette fille… c'est Claire ! »

Pendant un instant, Rolly s'est contenté de me fixer. Puis il s'est couché sur la table si vite que je me suis reculée, surprise, et me suis cogné la tête au mur derrière moi.

« C'est son prénom ? » Son visage était à quelques centimètres du mien. « Claire ?

— Euh… oui », ai-je bredouillé, méfiante.

Après m'avoir fixée une longue seconde, il a reculé avec lenteur jusqu'à s'asseoir correctement.

« Elle a un prénom ! Et c'est Claire ! Claire…

— Reynolds, ai-je complété.

— Claire Reynolds, a-t-il répété. Waouh ! »

On aurait dit qu'il était en transe. Soudain, il a écarquillé les yeux et claqué des doigts.

« J'y suis ! C'est toi qui nous présenteras ! Oui, toi !

— Moi ?

— Tu la connais !

— Non. Non.

— Tu sais son nom, a-t-il remarqué.

— Nous étions amies avant. Quand…

— Tu étais amie avec elle ? Parfait.

— Euh… Pas vraiment.

— Tu te lèves, tu lui parles. Ensuite, je passe dans le coin et tu me présentes. Naturel. Idéal !

— Rolly. Sans rire. Je ne suis pas la personne qui te permettra d'approcher Claire.

— Annabelle… » Il s'est couché à nouveau sur la table et m'a tendu les mains. « Annabelle, Annabelle, Annabelle Greene. »

Chut, Annabelle. Ce n'est que moi. Un frisson est passé sur ma nuque.

« S'il te plaît, a insisté Rolly. Écoute-moi jusqu'au bout. »

J'ai regardé Phil, qui s'est contenté de secouer la tête. Quand j'ai avancé ma main droite, Rolly s'en est emparé.

« Mon destin, a-t-il déclaré avec solennité, la paume chaude, est lié à cette fille.

— Tu as gagné, l'a interrompu Phil. Maintenant, elle a la trouille.

— Rolly, suis-je intervenue. Il s'agit…

— Je t'en prie, Annabelle. » Il a posé son autre main sur la mienne si bien que j'avais les doigts emprisonnés. « Je t'en prie, présente-moi. C'est tout ce que je te demande. Une seule et unique fois. Donne-moi une chance. S'il te plaît ! »

J'aurais dû lui expliquer pour quelle raison il ne fallait pas que j'intervienne dans la relation qu'il aurait, ou non, avec Claire. Un, il méritait de le savoir ; deux, jusqu'à présent, j'avais toujours dit la vérité à Phil. Garder cela en moi signifierait que, pour la seconde fois de la soirée, je n'étais pas la fille honnête qu'il voyait en moi. Si jamais je l'avais été...

En même temps, quand je scrutais le visage plein d'espoir de Rolly, je ne pouvais m'empêcher de flancher. Ce soir, ce que j'avais fait (ou pas fait) m'était renvoyé en plein visage et, d'une certaine manière, à des années de distance, on m'offrait l'occasion de me racheter. Je ne pouvais ni modifier le passé, ni changer ce qu'avait subi Emily, mais cette fois-ci, peut-être pouvais-je embellir l'avenir de quelqu'un.

« D'accord, mais je te préviens. Cela risque de ne pas marcher. »

Le visage rayonnant, Rolly s'est levé.

« Je vais au bar. J'attends que tu sois entrée en contact avec elle. Ensuite, je passe à côté de toi, l'air de rien, et tu nous présentes, O.K. ? »

J'ai hoché la tête, regrettant déjà d'avoir accepté. Rolly a dû le sentir parce qu'il a filé vite fait, craignant que je change d'avis.

« Tu es sûre de vouloir le faire ? m'a demandé Phil.

— Non. » J'ai jeté un coup d'œil à Claire qui était assise avec un groupe d'amis autour d'une table. « Je reviens dans une seconde. »

Au moment où je me levais, j'ai senti sa main sur mon bras.

« Eh ! Ça va ?

— Oui, ai-je répondu. Pourquoi ?

— Je ne sais pas. » Phil a éloigné sa main. « Tu me sembles… Je ne sais pas. Tu n'es pas toi-même. Tu es sûre que ça va ? »

Moi qui croyais bien cacher mes sentiments… Telle la différence entre la photo punaisée sur le mur de Marjorie et celle qu'il avait prise de moi, le contraste était flagrant entre celle que j'avais été et celle que je redevenais contre mon gré, à chaque pas que je faisais en avant ou étais obligée de faire en arrière. Lui aussi s'en rendait compte. Voilà pourquoi cette fois-ci, je n'ai pas hésité entre vérité et mensonge. Je lui ai répondu avec naturel :

« Je vais bien. »

J'ai senti qu'il m'observait tandis que je m'éloignais.

Claire discutait avec une blonde dont les yeux étaient soulignés d'un épais trait d'eye-liner noir. Elle ne m'a pas vue venir. Elle a levé les yeux tout en riant à une parole de son amie. Quand elle m'a aperçue, elle a immédiatement adopté son habituelle expression stoïque et pincé les lèvres. Comme je ne pouvais plus faire demi-tour, je me suis jetée à l'eau.

« Salut, Claire ! »

Son silence a duré si longtemps que je me suis dit qu'elle allait tourner la tête et m'ignorer. Puis, au moment où la pause devenait embarrassante, elle a répondu : « Bonsoir. »

Une personne de la table s'est adressée à la blonde qui nous a laissées en tête à tête. Impassible, elle me fixait. Soudain, je l'ai revue à la piscine, plusieurs années auparavant, des cartes en éventail entre son pouce et son index.

« Écoute, ai-je bafouillé, je sais que tu me détestes. Mais voilà, je…

— C'est ce que tu crois ?

— Pardon ?

— Tu crois que je te déteste ? » m'a-t-elle demandé. Tout à coup, j'ai remarqué que sa voix était cristalline, débarrassée de tout reniflement. « Tu penses que le problème se situe là ?

— Je ne sais pas. Je me disais juste que…

— Tu ne sais pas ? a-t-elle répété sur un ton sec. Vraiment ? »

Et là, une main s'est abattue sur mon épaule avec une telle force que j'ai failli m'écraser sur la table.

« Annabelle ! Salut ! »

Rolly. Quand je me suis retournée, il jouait les étonnés à la perfection, comme si nous étions des amis de longue date qui ne s'étaient pas revus depuis des siècles. Sa main moite détrempait mon haut.

« Salut, lui ai-je répondu sur un ton que je voulais désinvolte.

— Salut ! a-t-il répliqué sur un ton aussi convaincant que le mien. Je vais au bar me chercher une bouteille d'eau. Tu en veux une ? »

Claire plissait les yeux.

Finissons-en.

« Oui, merci. Oh ! Euh ! Rolly, je te présente Claire. Claire, voici Rolly. »

D'un geste vif, il lui a tendu la main.

« Ravi de te rencontrer.

— Moi aussi, a répondu Claire qui lui a serré lentement la main. Tu disais, Annabelle ?

— Tu es venu voir Truth Quad ? s'est enquis Rolly qui nous a dévisagées tour à tour avant de fixer son attention sur Claire. Ils sont géniaux. Tu connais leur musique ?

— Heu… Non, a répondu Claire.

— Ils sont vraiment doués », s'est enflammé Rolly. Je me suis un peu décalée et aussitôt, il a squatté l'espace que j'occupais, près d'elle. « Je les ai vus des dizaines de fois.

— Je vais voir si Phil n'a pas soif », ai-je marmonné. Claire m'a lancé un regard furieux. J'avais gagné ma soirée. « Je… Je reviens dans une minute… Ou deux. »

Et je suis vite partie. Phil était en compagnie d'un brun aux cheveux courts, à l'air passionné.

« … Un vrai bordel, racontait le brun. C'était mieux quand on prenait les réservations nous-mêmes. À l'époque, on avait notre mot à dire sur les dates, les lieux. Maintenant, on n'est plus que des pions sur leur sale petit échiquier corporatif.

— Ça craint, a remarqué Phil.

— Ouais. Au moins, notre single passe sur les

ondes nationales. D'après eux. Qui sait s'ils ne sont pas en train de nous arnaquer ? »

À la table de Claire, Rolly parlait toujours avec animation. Claire, elle, semblait moins enthousiaste.

« Annabelle, je te présente Damien. Damien, Annabelle.

— Salut ! m'a-t-il lancé par politesse.

— Salut ! »

Sur scène, un type a tapoté sur le micro.

« Un deux. Un deux. Ça marche ? »

Comme réponse, il a obtenu des huées.

« Tu vois, a soupiré Damien. Exactement ce que je te disais. Ces rigolos sont censés faire une petite apparition et ils n'ont même pas commencé.

— C'est qui ? l'a interrogé Phil.

— Je ne sais même pas, a rétorqué Damien, dégoûté. Le premier groupe a déclaré forfait pour cause de gastro, alors ils ont engagé ceux-là pour les remplacer.

— Ils auraient dû vous faire passer plus tôt, a déclaré Phil. Les gens sont venus pour voir ton groupe.

— Précisément. Si nous avions plus de temps, je pourrais tester de nouveaux trucs que j'ai écrits. J'envisage quelques changements.

— Ah ouais ? »

Damien est soudain devenu plus exalté.

« Je n'ai pas apporté de modifications majeures. Non, c'est un peu plus lent, un peu plus technique. Effet réverb, etc.

— Technique ou électro ? l'a interrogé Phil.

— Difficile à dire. C'est un genre à part entière. On en jouera peut-être un morceau en deuxième partie… Tu me diras ce que tu en penses, O.K. ? C'est très avant-garde tout en restant accessible, tu piges ?

— Si tu veux vraiment avoir un avis, demande à Annabelle. Elle déteste l'électro.

— Eh bien… Euh… »

Ils attendaient ma réponse.

« Si elle aime, a enchaîné Phil, ce ne sera pas avant-garde. Si elle déteste, par contre, ta musique ne risque pas de se fondre dans la masse.

— Elle le dira, si elle déteste ? l'a questionné Damien.

— Ouaip ! Y a pas plus honnête. Elle ne sait pas mentir. »

Aussitôt, mes dernières défenses sont tombées. Je voulais tellement que ce soit vrai. Il y a peu, j'étais persuadée que c'était vrai. Assise là, sous leurs regards pressants, j'ai eu l'impression d'être la plus grande menteuse de tous les temps.

Premiers accords de guitare sur scène suivis de percussions. La première partie commençait enfin. Une grimace aux lèvres, Damien s'est extirpé du box.

« Je ne peux pas écouter un truc pareil. Je file en coulisses. Tu m'accompagnes ?

— Bien sûr. Tu viens, Annabelle ? »

Des sifflements en provenance de la salle ont été couverts par de nouveaux larsens.

Je les ai suivis parmi la foule. Nous sommes passés à côté de la table de Claire. Rolly s'y trouvait encore. Excité comme une puce, il parlait avec les mains. Claire l'écoutait – tout n'était pas perdu.

Damien nous a conduits à une porte derrière le bar et un couloir si sombre que j'ai à peine deviné les toilettes en passant. Puis il a poussé une porte sur laquelle était inscrit PRIVÉ, et la lumière soudaine m'a aveuglée un instant.

À l'intérieur, un type aux cheveux noirs et frisés était allongé par terre et fouillait sous un canapé. Quand il nous a vus, il s'est levé d'un bond et a souri de toutes ses dents.

« Phil ! Quoi de neuf ? »

Ils se sont serré la main.

« Pas grand-chose. Et toi ?

— La routine, mec. La routine. » Le type nous a montré un portable et sa batterie. « J'ai encore cassé mon téléphone.

— Voici Annabelle, m'a présentée Phil.

— Fred. » Il m'a tendu la main avant de s'adresser à Damien. « Alors, ça dit quoi ?

— Les jeunots sont sur scène. » Damien s'est dirigé vers un petit frigo et s'est servi une bière. « Vous êtes prêts, les gars ? »

Deux types jouaient aux cartes non loin.

« On a l'air prêt ? a rétorqué le rouquin.

— Non.

— Comme quoi les apparences sont parfois trompeuses. Parce qu'on l'est. »

Son acolyte a éclaté de rire avant d'abattre une

336

carte. Damien l'a foudroyé du regard puis s'est ava-chi dans le canapé et a mis les pieds sur la table devant lui.

« Bien », a continué Fred qui s'est assis à l'autre extrémité du canapé. Il a posé son téléphone sur un genou et a examiné la batterie avec attention. « Tu penses quoi de la nouvelle scène locale ?

— Pas de quoi user sa salive, a déclaré Phil.

— Sans déc', a renchéri Damien. Tu devrais écouter le groupe de nazes qui jouent en ce moment. Ils se prennent pour Spinnerbait.

— Spinnerbait ? ai-je répété.

— C'est un groupe, m'a appris Phil.

— Je déteste Spinnerbait ! a grommelé le rou-quin en claquant sa carte sur la table.

— Allons, allons », a tempéré Fred qui a lente-ment replacé la batterie dans le portable. Quand il a enlevé sa main, la batterie s'est écrasée par terre. Il s'est penché pour la ramasser puis l'a remise. « Voilà ce qu'il y a de génial ici. Le nombre de groupes est incroyable.

— Ça ne veut pas dire qu'ils savent jouer, a ironisé Damien.

— Exact. Mais un peu de variété n'a jamais fait de mal. » Sa batterie est à nouveau tombée. Il a tourné le téléphone au cas où il se serait trompé de sens. En vain. « Dans certaines villes, on n'a vrai-ment pas le choix et ça... » Chute de batterie. « ... craint.

— Fred ? » Derrière moi, une blonde était assise sur une chaise dans un coin sombre. Un marqueur

337

à la main, elle potassait un manuel. Je ne l'avais même pas vue ! « Tu veux de l'aide ?

— Non, je m'en sors, merci. »

Elle s'est levée, a calé le marqueur dans le livre qu'elle a coincé sous son bras et s'est dirigée vers lui.

« Donne !

— Non, j'y arrive, a insisté Fred. Il est bon pour la casse cette fois-ci.

— Laisse-moi essayer. »

Il le lui a tendu et sous nos yeux, elle l'a examiné une seconde avant d'insérer la batterie. Nous avons entendu un clic puis une vibration quand le téléphone s'est mis en route. Elle le lui a rendu et s'est assise sur le canapé.

Il n'en revenait pas.

« Merci, mon chou.

— À ton service. » Elle a ouvert son livre – *Statistiques pour applications commerciales*, ai-je lu sur la tranche – et nous a souri. « Moi, c'est Caroline.

— Oh ! Désolé, s'est exclamé Fred en s'ébouriffant les cheveux. Voici Phil et Annabelle, et voici Caroline.

— Caroline traîne avec nous pendant ses vacances, a expliqué Fred. Elle va à Stanford. Elle est très intelligente.

— Pourquoi elle sort avec toi, alors ? s'est écrié le rouquin.

— Je n'en ai aucune idée, a rétorqué Fred tandis que Caroline roulait les yeux. Parce que je suis un amant hors pair ? »

Il s'est penché sur elle et a déposé de longs baisers dégoulinants sur sa joue. Elle a eu beau le repousser, il a glissé et s'est couché de tout son long sur elle.

« Arrête ! Pitié ! » l'a-t-elle supplié en riant.

Au loin, nous avons entendu une série impressionnante de larsens accompagnés de sifflements.

« Ils ne vont pas tarder à les virer, a commenté Damien. Et si… Et si on se préparait ?

— Non, a répondu le rouquin.

— Pas question », a ajouté l'autre type.

Damien leur a lancé des regards mauvais, puis d'un geste brusque, il a posé sa bière sur la table et a pris la porte qu'il a claquée violemment derrière lui.

Le rouquin a abattu ses cartes.

« Yes ! » Il a levé les mains au-dessus de sa tête en signe de victoire. « Enfin !

— Argh, a grommelé l'autre. J'étais pas loin.

— File ! » a ordonné Caroline.

Fred s'est relevé tant bien que mal et a fait tomber son portable dans la manœuvre. Cette fois-ci, la batterie est restée en place.

« Damien a raison ! On devrait mieux s'organiser. Phil ? Vous restez dans les parages après ?

— Sûr, a-t-il répondu après m'avoir interrogée du regard.

— Cool. On se retrouve plus tard.

— O.K. »

Et soudain, tout le monde s'est activé : Fred a glissé son portable dans sa poche, le rouquin a poussé sa chaise pendant que l'autre ramassait les cartes. Phil m'a escortée dans le couloir où Damien, adossé au mur, ruminait. Phil lui a marmonné quelques mots que je n'ai pas compris.

De retour à notre table, j'ai jeté un coup d'œil à celle de Claire. Elle était tournée vers la scène. Rolly avait disparu. *Tant pis. J'aurai essayé.*

« Enfin de la vraie musique », s'est exclamé Phil. Sur scène, le premier groupe remballait. « Tu vas aimer. »

Je me suis appuyée contre le mur et j'ai glissé une mèche de cheveux derrière mon oreille. Là, je me suis rendu compte que Phil me dévisageait.

« Oui ?

— O.K. Il y a un truc qui ne tourne pas rond. Dis-moi quoi. »

Je me suis figée. Phil était spécialiste des questions directes. Pouvais-je dire la vérité, cracher le morceau ? Peut-être…

« C'est vrai ! Depuis quand affirmes-tu que tu aimes les groupes que j'aime ? Et si c'était Ebb Tide qui montait sur scène ? Tu as de la fièvre ou quoi ? »

Comme il me souriait, j'ai essayé de lui sourire aussi. Au fond de moi, j'ai soudain senti le poids de mes mensonges, de mes omissions, de mes silences.

« Je vais bien. » Le guitariste s'est mis à jouer. « Cesse de me distraire. Je dois me concentrer sur la musique. »

340

La foule était plus nombreuse à présent et très vite, je n'ai plus vu que des dos et des épaules. Phil s'est mis debout.

« Tu ferais mieux de te lever.

— Ça va.

— Dans l'expression "voir un groupe en live", il y a "voir". »

Il m'a tendu la main.

Depuis que j'avais quitté le centre commercial, j'avais essayé d'oublier ce qui s'était passé entre Emily et moi sur le podium. Tout m'est revenu d'un coup. Chaque journée depuis notre première rencontre. Il m'avait non seulement tendu la main, mais il m'avait offert son amitié qui m'avait sauvé la vie. J'étais si seule et effrayée. J'étais en colère aussi et cela, Phil l'avait deviné quand tous les autres avaient choisi de détourner le regard et d'agir comme si de rien n'était. Comme moi avec Emily ce soir.

Il attendait que je lui prenne la main.

« Euh... Il faut que j'aille aux toilettes. Je reviens.

— Attends ! Le groupe arrive...

— Je sais. J'en ai pour une minute. »

Je me suis éloignée avant qu'il n'ajoute quoi que ce soit. Je ne supportais plus d'avoir à lui mentir. Et puis, j'avais un goût aigre dans la bouche, une boule à l'estomac. Il fallait que je m'en aille.

La foule était terriblement dense, tandis que je me frayais un chemin vers la sortie. Truth Quad a commencé par un titre, qui à en juger par le nombre

341

de personnes qui l'ont repris en chœur, était archi-connu du public. La chanson parlait de pommes de terre.

J'avançais en crabe parmi tous ces gens qui faisaient face à la scène, profil contre profil. Certains ronchonnaient, d'autres m'ignoraient complètement. J'arrivais enfin à la porte quand on m'a attrapée par la manche.

« Annabelle ! » Les bras chargés de bouteilles d'eau, Rolly arborait un immense sourire. « Je suis bon ! »

Un tonnerre d'applaudissements a retenti.

« Pardon ?

— Je suis bon ! Je suis allé lui chercher à boire ! Ça marche ! Enfin ! Tu le crois ? »

Les joues rouges, il semblait tellement heureux.

« Génial, ai-je bredouillé. Je…

— Tiens ! » m'a-t-il coupée. Il a glissé une bouteille dans la poche de sa chemise, l'autre sous son bras et m'a remis les deux autres. « Pour Phil et toi. Dis-lui qu'il avait raison. Sur tous les points. D'accord ? »

J'ai fait oui de la tête. Il m'a montré ses deux pouces et a disparu. Aussitôt, j'ai regretté de ne pas lui avoir donné de message pour Phil. J'ai scruté la foule, sachant qu'il se trouvait quelque part de l'autre côté, à m'attendre. La distance m'a alors semblé infranchissable. Nauséeuse, les mains moites, je suis sortie.

Dehors, l'air froid m'a saisie. Les gravillons crissaient sous mes pieds. Je commençais à m'habituer à ce bouillonnement en moi, ces brûlures au fond de la gorge. Je n'étais pas arrivée à ma voiture que je suis tombée à genoux. J'ai plaqué mes cheveux en arrière et j'ai vomi tant et plus. Cette fois-ci, tandis que mon estomac se révulsait, que mon corps se vidait, personne n'est venu à mon secours. Je n'entendais que mon souffle rauque, mon pouls qui battait dans mes oreilles, et au loin, à peine audible, la musique.

Chapitre 15

« Bien ! » s'est exclamée Maman en poussant son chariot entre les portes automatiques du super-marché. Elle avait posé son sac sur le siège et sorti sa liste. « C'est parti. »

En cette deuxième semaine de décembre, j'avais été recrutée pour faire les courses avec elle en pré-vision du retour de Christine. Je n'étais pas du tout excitée par la préparation de son repas de bienve-nue, contrairement à Maman qui était d'humeur festive. Malgré tout, tandis qu'elle souriait derrière son Caddie, j'ai fait de mon mieux pour avoir l'air réjoui. Tout était une question d'effort, ces derniers temps.

Le mois précédent demeurait dans le flou le plus complet. J'avais repris mon rythme de la rentrée, comme si je n'avais jamais rencontré Phil de ma vie. J'errais en solitaire au lycée, je courais les podiums même si je n'en avais pas envie, mais je demeurais incapable de prendre les choses en main.

Le dimanche qui a suivi la soirée au Bendo, je me suis réveillée à sept heures, juste à temps pour écouter l'émission de Phil. Quand j'ai ouvert les yeux, je me suis souvenue que cette matinée était différente ; j'ai tourné le dos au réveil, bien décidée à me rendormir. Cependant, une partie de moi s'obstinait à rester éveillée et soudain, tout est remonté à la surface.

Il devait être furieux contre moi. Au fond, je m'étais enfuie sans explication. Sur le moment, je savais que j'avais tort et pourtant, je n'ai pas fait demi-tour. La seule manière de réparer aurait été d'expliquer avec franchise pourquoi j'étais partie. À cœur ouvert. Je n'en ai pas eu le courage.

En définitive, cette conversation n'a pas eu lieu. Le lendemain, au lycée, Phil a décidé pour nous.

Je venais de me garer quand il est soudain apparu à ma fenêtre, côté conducteur. Il a donné trois coups secs à la vitre – boum, boum, boum –, ce qui m'a fait sursauter. Il a contourné ma voiture par l'avant et ouvert la portière. J'ai retenu mon souffle, comme je l'aurais fait si ma voiture avait plongé au fond d'un lac, une dernière bouffée d'air pour tenir. Il s'est assis.

« Qu'est-ce qui t'a pris ? »

Comme je m'y attendais, je n'ai eu ni bonjour, ni silence de mort à briser. Juste une question qui lui avait trotté dans la tête pendant, disons, trente-six heures. Pire, il me fixait avec une telle intensité, une telle colère que j'ai été obligée de baisser les

346

yeux. Les lèvres pincées, le visage écarlate, il dégageait une exaspération qui remplissait l'habitacle.

« Je suis désolée. » Ma voix s'est brisée. « J'ai juste… »

Le problème, avec les personnes qui savent écouter, c'est qu'elles ne complètent pas vos phrases, elles ne vous interrompent pas, si bien que vos paroles ne se perdent pas dans la nature ou ne sont pas altérées en cours de route. Non, elles attendent et vous forcent à poursuivre.

« Je ne sais pas quoi dire », ai-je bredouillé.

Il est demeuré silencieux pendant très longtemps. Un vrai supplice.

« Il fallait me le dire, si tu ne voulais pas venir samedi. »

Les yeux rivés sur mes mains, je me suis mordu la lèvre. Deux types sont passés, ils avaient une discussion animée sur le football.

« Je voulais venir.

— Qu'est-ce qui est arrivé, alors ? Pourquoi t'es-tu enfuie ? Je n'ai pas compris. Je t'ai attendue. »

Ces derniers mots m'ont brisé le cœur. *Je t'ai attendue.* Bien sûr qu'il m'avait attendue. Il s'était inquiété parce que, contrairement à moi, Phil ne savait pas garder un secret. Avec lui, c'était argent comptant.

« Je suis désolée », ai-je répété. À moi aussi, mes excuses m'ont paru si lâches et minables, sans aucun sens. « J'ai juste… Il s'est passé tellement de choses…

— Par exemple ? »

J'ai secoué la tête. Je ne pouvais pas. Dans une seconde, je me retrouverais dos au mur, sans autre choix que celui de lui dire la vérité.

« Tellement de trucs…, ai-je continué.

— De trucs ! »

Mot fourre-tout, ai-je pensé. Il n'a rien ajouté.

Il a expiré, tournant la tête vers la vitre. J'en ai profité pour le regarder attentivement, capturer des images familières – son menton volontaire, ses bagues au majeur, ses écouteurs qui pendaient autour de son cou. Une légère musique me parvenait. Par habitude, je me suis demandé ce qu'il écoutait.

« Je ne comprends pas. Il doit bien y avoir une raison. Tu ne veux pas me la donner, c'est tout. » Il a secoué la tête. « Cela ne te ressemble pas. »

Pendant un instant, un grand calme a régné. Personne ne passait, aucune voiture ne remontait l'allée devant nous.

« Tu te trompes », ai-je remarqué.

Phil a posé son sac sur son autre jambe.

« Pardon ?

— Cela me ressemble, ai-je murmuré.

— Allons, Annabelle. »

Il paraissait ennuyé, comme s'il n'en croyait pas ses oreilles.

« Je voulais être différente, lui ai-je avoué, la tête baissée. Là, tu me vois sous mon vrai jour. »

J'avais essayé de le lui dire la première fois – je camouflais par moments la vérité, j'avais peur des conflits, les accès de colère me pétrifiaient, j'avais l'habitude que les gens disparaissent quand ils étaient fous furieux. Nous avions commis l'erreur de croire que je pouvais changer. Que j'avais changé. Il était là, le plus gros mensonge entre tous.

La première sonnerie a retenti, longuement, bruyamment. Phil a remué dans son siège et posé la main sur la poignée.

« Tu aurais dû m'en parler. Tu le sais bien… »

Une main sur la portière, Phil attendait que je devienne la fille résolue qu'il voyait en moi. Il a patienté plus longtemps que je ne l'aurais cru, avant de sortir de la voiture.

Il a traversé le parking, son sac sur l'épaule, ses écouteurs dans les oreilles. Un an plus tôt, je l'observais de la même manière, juste après qu'il avait frappé Ronald Waterman. J'avais été remplie d'effroi. J'ai ressenti un sentiment identique quand j'ai calculé ce que mon silence et ma peur me coûtaient aujourd'hui.

J'ai attendu la seconde sonnerie. La cour était quasiment vide quand je suis sortie de ma voiture et me suis rendue en classe. Je ne voulais croiser personne, pas même Phil. J'ai passé la matinée dans le brouillard, à bloquer délibérément les voix autour de moi. À l'heure du déjeuner, je suis allée à la bibliothèque et je me suis assise à une table individuelle près de la section Histoire américaine. J'ai empilé des livres devant moi sans en feuilleter un seul.

Au bout d'une demi-heure, j'ai remballé mes affaires et je suis allée aux toilettes. Il y avait deux filles que je ne connaissais pas, à côté des lavabos. Elles se sont mises à discuter quand je suis entrée dans une cabine.

« Si tu veux mon avis… », a commencé la première. Un robinet s'est mis à couler. « Je ne pense pas qu'elle mente.

— Allez ! » L'autre, à la voix nasillarde, parlait plus fort. « Il sort avec qui il veut. Ne me dis pas qu'il est désespéré. Pourquoi ferait-il une chose pareille ?

— Tu crois qu'elle serait allée voir la police sinon ?

— Elle cherche peut-être à attirer l'attention ?

— Nan… » L'eau s'est arrêtée de couler. Bruit d'essuie-tout que l'on déroule. « Sophie et elle étaient les meilleures amies du monde. Et maintenant la ville entière est au courant ! Pour quelle raison mentirait-elle ? »

Je me suis figée. Elles parlaient d'Emily.

« Il a été inculpé pour quoi ?

— Agression sexuelle. Ou viol. Je ne sais pas.

— Je n'arrive pas à croire qu'il ait été arrêté !

— Au Chalet en plus ! D'après Mégane, quand les flics ont débarqué, les gens couraient dans tous les sens. »

Bruit de clefs.

« Tu as vu Sophie ?

— Non. Je ne crois pas qu'elle vienne aujourd'hui. Tu te pointerais, toi ? »

Elles sont parties, leurs talons claquant sur le carrelage, ce qui m'a empêchée d'entendre la réponse. Debout dans la cabine, j'ai posé la main sur le mur où quelqu'un avait écrit LYCÉE DE MERDE au stylo bleu. J'ai rabattu le couvercle et je me suis assise pour réfléchir à la conversation que je venais de surprendre.

Emily s'était rendue à la police. Emily avait déposé plainte. Emily avait parlé.

Les mains croisées sur les genoux, je suis restée abasourdie. Will avait été arrêté. Les gens savaient. Depuis samedi soir, je croyais qu'Emily, comme moi, avait préféré garder le silence. Je m'étais trompée.

Au fil de l'après-midi, j'ai tendu l'oreille et obtenu la suite de l'histoire. Une personne du Chalet devait accompagner Emily à une fête avec Sophie, mais elle avait été retenue. Will avait proposé de l'emmener. Il s'était garé dans la rue et tout dépendait de qui l'on croyait : soit il avait sauté sur elle, soit elle lui avait fait des avances. Une femme qui promenait son chien les avait surpris et avait menacé d'appeler la police s'ils ne redémarraient pas. Voilà comment Emily avait réussi à sortir de la voiture. Elle était rentrée en stop chez elle, où elle avait tout raconté à sa mère. Ensuite, elle avait passé la matinée au commissariat. Le samedi soir, les flics s'étaient rendus au Chalet. Will pleurait quand ils lui ont passé les menottes. En quelques heures, son père avait payé sa caution et engagé le meilleur avocat de la ville. Sophie racontait partout qu'Emily mourait d'envie de coucher avec Will. Il avait dû la repousser et elle avait crié au viol. Mais contrairement à Sophie, Emily était venue en cours ce lundi.

Je l'ai aperçue après la dernière sonnerie. J'attrapais un cahier dans mon casier quand un étrange silence s'est abattu dans le hall, toujours bruyant en fin de journée. Soudain, les élèves se sont mis à parler à voix basse. J'ai tourné la tête, Emily venait dans ma direction. Elle n'était ni seule, ni effarouchée. Deux filles l'escortaient, des amies qu'elle avait rencontrées avant Sophie. J'étais convaincue que tout le monde me tournerait le dos après ce qui m'était arrivé, que les gens croiraient la version de Sophie. Il ne m'avait jamais traversé l'esprit que quelqu'un puisse croire à ma version.

Les jours suivants, tout le monde ne parlait que de l'affaire Will/Emily et je faisais mon possible pour ne pas prêter attention aux ragots. Parfois, c'était tout simplement impossible, comme ce jour où j'étais en salle d'anglais, en train de réviser. Assises derrière moi, Jessica Norfolk et Pamela Johnson se sont mises à parler de Will.

« D'après ce que j'ai entendu, a commencé Jessica, notre trésorière qui, croyais-je, n'était pas du genre à cancaner, il l'aurait déjà fait.

— Vraiment ? a répliqué Pamela qui cours après cours, ne cessait de faire cliquer son stylo, ce qui me rendait dingue.

— Oui. Quand il était à Perkins, paraît-il. Ce serait arrivé à d'autres filles.

— Personne ne l'a jamais envoyé en prison...

— Non, mais ce serait une habitude chez lui ! »

Pamela, qui jouait encore avec son stylo, a poussé un gros soupir.

« Pauvre Sophie.

— Oui. Imagine, tu sors avec un type et il arrive ça ! »

Nombre des conversations que j'avais surprises revenaient toujours à Sophie, ce qui n'était pas étonnant. Will et elle faisaient partie des couples en vue, réputés pour leurs disputes en public. Il était donc étrange qu'elle ne soit pas venue en cours le premier jour. Si Emily m'avait étonnée, Sophie aussi. Non seulement par son absence, mais aussi par son comportement le mardi.

Elle ne s'est pas plantée dans la cour pour que chacun la sache indifférente aux événements. Elle n'a pas non plus attaqué Emily en public, comme elle m'avait attaquée, moi. La première fois où je l'ai vue, elle marchait seule dans le couloir, portable à l'oreille. Au déjeuner, quand j'ai regardé par la fenêtre de la bibliothèque, elle n'était pas sur son banc, occupé par des filles que je ne connaissais pas. Assise au bord du trottoir, elle attendait une voiture. De son côté, Emily, assise à une table de pique-nique, buvait de l'eau et mangeait des chips en compagnie d'un groupe de filles.

Sophie était seule. J'étais seule. Phil était seul, pensais-je. De temps à autre, avant ou après les cours, j'apercevais sa silhouette qui se détachait de la foule, dans une allée, au coin d'un bâtiment.

Parfois, j'avais envie de me précipiter vers lui et de tout lui raconter la vérité. Cette pensée s'abattait sur moi telle une vague soudaine et inattendue qui emporterait tout sur son passage. La seconde suivante, je me disais que mon histoire ne l'intéressait probablement pas. Quand je le regardais traverser la cour, impassible, ses écouteurs dans les oreilles, j'avais l'impression qu'il rétrogradait, qu'il redevenait ce mystérieux inconnu, un garçon parmi d'autres dans la foule.

Si les journées au lycée étaient stressantes, ce n'était pas mieux à la maison. Pour moi du moins. En ce moment même, ma mère poussait son Caddie et semblait au paradis dans le rayon fruits et légumes. Elle était tellement heureuse que la famille soit à nouveau réunie. Christine avait d'abord envisagé de venir pour Thanksgiving, puis elle avait préféré rester à New York afin de travailler davantage et s'avancer dans ses devoirs. Par la suite, elle mentionna avoir mangé de la dinde avec Richard. Et au contraire de son habitude, elle ne s'était pas étendue sur le sujet. Finalement, elle venait un peu plus tôt à Noël et Maman ne savait plus où donner de la tête.

« Il me faut deux sortes de pommes de terre. » Elle m'a fait signe d'attraper des sacs en plastique. « Je vais préparer une purée maison et Emma fera frire les autres dans de l'huile d'olive. Une recette que lui a donnée Maya. N'est-ce pas génial ? »

Oh, que si. Mes problèmes, une fois mis de côté, *je ne* pouvais m'empêcher d'être impressionnée par les récents progrès d'Emma. Au bout d'un an, elle n'était pas guérie, mais les changements étaient à la fois flagrants et positifs.

D'abord, elle cuisinait ; pas beaucoup, pas souvent. Elle s'y était mise peu à peu, après m'avoir préparé le dîner en l'absence des parents. Apparemment, Maya Bell était une accro de la nourriture bio et de la cuisine naturelle. Quand Emma lui avait parlé de sa soirée spaghettis, Maya lui avait prêté quelques livres de cuisine. Ma mère avait la main lourde sur la crème et le beurre, préparait des plats mijotés, des sauces bien épaisses, des viandes rôties, des féculents. Nous n'avons donc pas été surpris quand Emma s'est tournée vers des produits différents. Elle a commencé par ajouter de la salade à nos dîners – elle se rendait au marché et revenait avec des tonnes de légumes qu'elle passait des heures à éplucher et à découper en dés. Elle ajoutait des herbes aromatiques à ses vinaigrettes et si vous aviez le malheur de demander de la mayonnaise ou de la sauce toute prête, elle vous foudroyait du regard. Le week-end du défilé de mode, elle avait préparé du saumon grillé et une sauce au citron pour mes parents, avec des haricots verts cuits à la vapeur en accompagnement afin de remplacer la viande gluante aux oignons frits que nous dégustions en général à Thanksgiving. Ma mère était une excellente cuisinière qui fonctionnait à l'instinct et inventait les proportions à coups de pincée et de cuillerée. Pour Emma, la cuisine était une question d'exactitude. Son autorité naturelle – concernant la sauce de la salade ou « oui, on peut vivre sans mettre du beurre dans chaque plat » – faisait simplement partie du processus. Bien qu'agacés au maximum, nous constations une évolution dans le bon sens. Et puis une chose était sûre : nous mangions mieux.

Ensuite, elle écrivait. Fin octobre, elle avait fini son histoire officielle et depuis, elle la peaufinait avec acharnement. On la voyait souvent à la table de la salle à manger en train de gribouiller dans un carnet, ou pelotonnée au coin du feu à mâcher son crayon. Jusqu'à présent, elle ne m'avait pas laissé lire quoi que ce soit – je ne le lui avais pas demandé non plus. Les rares fois où j'avais trouvé son carnet dans l'escalier ou sur la table de la cuisine, j'avais été tentée de l'ouvrir, histoire de voir ce que racontaient ses lignes écrites avec soin. Sans passer à l'action. Qui mieux que moi pouvait comprendre son envie de garder certaines choses secrètes ? Les herbes aromatiques m'ont le plus étonnée. Après s'être fait attendre deux mois sur le rebord de la fenêtre, le romarin a soudain germé juste avant Halloween. Il n'y avait au départ qu'une minuscule pousse verte, mais la semaine suivante, d'autres sont apparues. Emma les examinait tous les jours, vérifiait l'humidité du terreau du bout du doigt, les tournait d'un centimètre pour une exposition maximale au soleil. Alors qu'autrefois je comparais ma sœur à une porte fermée, ces derniers temps, je la voyais sous un autre angle – sa main tenant un économe, un stylo ou un arrosoir.

De son côté, Christine avait non seulement survécu à la projection de son court-métrage à ses professeurs et camarades de classe, mais elle avait remporté le premier prix. Je m'attendais qu'elle appelle et nous abreuve d'un monologue dont elle avait le secret. Mais non, elle nous a juste laissé un message de deux minutes, un record pour elle. Cette concision était si inhabituelle que nous nous sommes inquiétés. Quand j'ai rappelé, elle m'a rassuré.

« Tout se passe à merveille !

— Tu en es sûre ? lui ai-je demandé. Ton message était affreusement court.

— Ah bon ?

— Au début, j'ai cru que le répondeur l'avait coupé.

— Ne sois pas surprise, a-t-elle soupiré. J'ai fait un gros travail sur moi-même ces derniers temps.

— Ah ?

— Oui. » Nouveau soupir, rempli de joie cette fois-ci. « Je n'en reviens pas d'avoir appris autant ce semestre. Entre la préparation du court-métrage et les cours de Richard, j'apprends beaucoup sur la communication avec un grand C. Ils m'ont ouvert les yeux. »

J'ai attendu qu'elle continue son explication. Qu'elle me parle de Richard. En vain. Elle m'a dit qu'elle m'aimait et qu'elle devait partir, mais qu'on se verrait bientôt. Et elle a raccroché. Quatre minutes chrono.

Christine maîtrisait peut-être l'art de la communication, moi pas. Je me plantais en beauté avec Phil et avec ma mère, puisque j'avais accepté bon gré mal gré de tourner une nouvelle pub pour Kopf, en dépit des événements récents.

Leur proposition est arrivée en même temps que les accusations d'Emily. Quand je suis rentrée du lycée ce vendredi, ma mère m'attendait sur le perron.

« Devine ? s'est-elle écriée. Linda vient juste de m'appeler. Les dirigeants de Kopf l'ont contactée hier matin et ils te veulent pour leur campagne publicitaire du printemps prochain.

— Pardon ?

— Apparemment, ils ont été très contents de celle de l'automne. Même si, je dois le dire, notre rencontre avec le type du marketing le week-end dernier n'a pas fait de mal. Le shooting aura lieu en janvier, mais ils veulent te voir en décembre pour des essayages. N'est-ce pas génial ? »

Génial. Deux semaines plus tôt, j'aurais été capable d'interrompre le processus. Mais là, je me suis contentée de hocher la tête.

« J'ai promis à Linda de l'appeler dès que je t'aurais vue, a-t-elle continué sur le chemin de la cuisine, le téléphone déjà en main. D'après elle, la pub a marqué l'esprit des plus jeunes et c'est ce qui a convaincu Kopf. Les filles s'identifient à toi, Annabelle ! Tu imagines ? »

J'ai repensé à la chambre de Marjorie, aux captures d'écran alignées sur son mur. Puis à son visage face à l'objectif, aux plumes de boa qui flottaient autour d'elle.

« Je ne suis pas un exemple.

— Bien sûr que si », a répliqué Maman du tac au tac. Elle s'est retournée et m'a souri avant de composer le numéro et de plaquer le combiné contre son oreille. « Je suis tellement fière de toi, mon trésor. Je te jure… Oui, Linda ? Salut, c'est Grace ! Ta réceptionniste est encore malade ?… Elle… Oh ! La pauvre… Oui, je viens de parler à Annabelle et elle est folle de joie… »

Folle de joie… Folle de joie. Je n'étais pas un exemple. Peu importait : tant que les autres me voyaient ainsi, c'était tout ce qui comptait.

Octobre est devenu novembre, puis décembre sans que je le remarque. Les jours raccourcissaient, se refroidissaient ; les radios diffusaient soudain des chants de Noël. J'allais en cours, j'étudiais, je rentrais à la maison. Quand les autres essayaient de me parler au lycée, je leur répondais à peine. J'étais tellement habituée à la solitude que je la recherchais. Au début, le week-end, mes parents étaient curieux de savoir pourquoi je ne sortais pas le soir, pourquoi personne ne m'invitait. À force de leur répéter que j'étais fatiguée entre les Lakeview Models et les devoirs, ils ne m'ont plus interrogée.

Je n'étais pas tout à fait fermée au monde qui m'entourait. La rumeur courait que Will serait bientôt jugé. Certaines filles de Perkins allaient raconter des histoires semblables à celle d'Emily. Cette dernière se portait comme un charme et n'avait pas l'intention de se cacher. En fait, je la voyais partout – dans les couloirs, dans la cour, sur le parking –, toujours entourée de deux ou trois filles. Une semaine plus tôt, à l'interclasse, je l'ai aperçue devant son casier en train de rire aux éclats. Les joues rosies, elle portait sa main à sa bouche. Ce n'était qu'un instant parmi d'autres, un détail, mais il m'a frappée au point d'y repenser toute la journée. Je ne pouvais la chasser de mon esprit.

Sophie, elle, ne s'en sortait pas aussi bien. À présent, elle déambulait seule et une voiture noire passait la prendre chaque jour à l'heure du déjeuner. Will n'était pas au volant. Sortaient-ils toujours ensemble ? N'ayant pas entendu le contraire, je supposais que oui.

J'avais l'impression que l'école avait repris depuis plusieurs millions d'années. J'avais eu tellement peur de Sophie. Maintenant, quand je la voyais, je me sentais juste fatiguée et triste pour chacune de nous deux. Chaque fois que j'apercevais Phil, je ressentais le poids de la solitude. Bien que nous ne nous parlions plus, je continuais d'écouter. À ma manière.

Pas son émission de radio, même si je me réveillais à sept heures pile tous les dimanches matin, mauvaise habitude qu'il m'était impossible de perdre. Allez comprendre… Il m'était encore plus difficile de renoncer à la musique. Non seulement la sienne, mais toutes les musiques.

J'ignore quand cela a commencé au juste, mais soudain, j'ai pris conscience du silence. Partout où je me rendais, j'avais besoin de bruit. En voiture, j'allumais l'autoradio ; dans ma chambre j'appuyais sur l'interrupteur en premier et sur le bouton du CD en second. En cours ou assise à table avec mes parents, j'avais toujours une chanson qui me trottait dans la tête. Un jour, Phil m'avait dit que la musique lui avait sauvé la vie à Phoenix, qu'elle avait englouti le monde extérieur. Mon tour était venu. Tant que j'avais une chanson à écouter, je pouvais oublier ce qui me contrariait.

Il m'a fallu beaucoup de musique pour y parvenir et au bout de quelques semaines, j'avais épuisé ma collection de CD. Voilà pourquoi un samedi soir, j'ai craqué et j'ai sorti la pile que m'avait gravée Phil. *En désespoir de cause*, ai-je pensé lorsque j'ai ouvert CHANSONS CONTESTATAIRES et pris le CD.

Je n'aimais toujours pas. Certaines étaient bizarres, d'autres incompréhensibles. Contrairement à mes attentes, j'ai trouvé un étonnant réconfort dans la sélection de Phil. Je l'imaginais en train de me choisir des titres, de les organiser avec minutie, dans l'espoir que je serais éclairée. Au moins, ils prouvaient que nous avions été amis, autrefois.

Ces dernières semaines, j'ai écouté consciencieusement chacun de ses disques, titre après titre, jusqu'à les connaître par cœur. Dès que j'en avais terminé un, je ressentais une grande tristesse. À cause de ce compte à rebours, j'avais prévu de garder ÉCOUTE-LA pour la fin. Il représentait un mystère total, comme Phil à mes yeux il y a quelques mois de cela, et parfois, je me disais qu'il valait mieux ne pas lever le voile. Néanmoins, je le sortais de temps à autre, je le manipulais avant de le glisser sous la pile.

Quand Maman et moi sommes enfin sorties du supermarché, il neigeait. Les flocons étaient gros et lourds, trop jolis pour tenir, mais nous nous sommes arrêtées un instant pour les regarder tomber. Le temps que nous arrivions à la voiture et quittions le parking, il neigeait déjà moins, certains flocons s'envolaient au gré du vent en tourbillonnant. À un feu rouge, Maman a mis les essuie-glaces.

« Quelle beauté, a-t-elle remarqué tandis que les flocons frappaient le pare-brise. Je trouve que la neige apporte du renouveau et de la fraîcheur aux choses. Pas toi ? »

J'ai hoché la tête. Le feu était long. Il n'était que dix-sept heures, la nuit tombait déjà. Maman m'a souri avant d'allumer l'autoradio. Tandis que l'habitacle s'emplissait de musique classique, j'ai collé mon épaule contre la portière. La vitre était froide contre ma joue. Envoûtée par ces jolis flocons, j'ai fermé les yeux.

Chapitre 16

Je déjeunais tous les midis à la bibliothèque et la table individuelle où je m'étais installée au fond à droite était hors de vue et loin de tout passage. J'avais donc rarement de la compagnie. Voilà pourquoi, quand Emily est venue me chercher le dernier jour avant les vacances de Noël, je l'ai remarquée la première.

Au départ, je n'ai aperçu qu'un éclat de rouge qui circulait entre les rayons. Mes notes d'anglais étalées devant moi, j'effectuais une révision de dernière minute. J'ai levé la tête. Personne. Mêmes étagères silencieuses, mêmes rangées de livres. Un instant plus tard, j'ai entendu des bruits de pas. Quand je me suis retournée, elle se tenait derrière moi.

« Ah ! a-t-elle murmuré. Te voilà ! »

Comme si j'étais perdue. Égarée telle une vieille chaussette qui réapparaîtrait alors qu'on croyait qu'elle avait été avalée par le sèche-linge. Sentant la panique monter en moi, je n'ai pas répondu. J'avais choisi cette table-là parce qu'elle était à l'écart, face à un mur, isolée. En résumé, le piège idéal.

Emily s'est avancée d'un pas et sans m'en rendre compte, j'ai reculé et poussé la table dans mon dos. Elle a croisé les bras sur la poitrine.

« Écoute, a-t-elle continué. Je sais à quel point les choses ont été bizarres entre nous cette année, mais il faut… il faut que je te parle. »

Auprès de nous, une fille et un garçon discutaient. Emily a attendu qu'ils s'éloignent pour prendre une chaise et s'installer à côté de moi.

« Je me doute que tu as entendu les rumeurs, a-t-elle chuchoté. Sur ce que Will m'a fait. »

Elle était si proche de moi que je sentais son parfum, fleuri et fruité.

« Aussitôt, a-t-elle poursuivi sans un cillement de ses yeux verts, j'ai pensé à toi. À cette nuit-là, pendant la fête qui a suivi la fin de l'année scolaire. »

Je m'entendais respirer, elle aussi probablement. Derrière elle, les arbres étaient balayés par le vent ; un rayon de soleil s'est posé sur les étagères, la poussière dansait dans l'air.

« Tu n'es pas obligée de m'en parler. Il est normal que tu me détestes, après tout. »

J'ai pensé à Claire au Bendo. *C'est ce que tu crois ?* avait été sa réaction.

« Annabelle, s'il t'a agressée, comme moi, ton

témoignage peut nous aider. Pour que cela s'arrête. Pour qu'il arrête. »

Je suis restée muette. Immobile. Elle a plongé la main dans la poche de son jean et en a sorti une petite carte blanche.

« Voici le nom de la femme qui s'occupe de mon dossier. » Elle m'a tendu la carte. Comme je ne la prenais pas, elle l'a posée sur la table, à côté de mon coude, face sur le dessus. Un nom était écrit en noir, il y avait un sceau gravé dans le coin supérieur gauche. « Le procès commence lundi, mais ils aimeraient rencontrer d'autres personnes. N'hésite pas à l'appeler et à lui raconter… Elle est très gentille. »

L'acte qui me terrifiait plus que tout au monde, la raison pour laquelle je ne m'étais pas montrée honnête avec Phil, ce fameux soir au Bendo… Tout paraissait si simple avec elle. Si je ne pouvais pas me confier à Phil, la seule personne qui, à mon avis, encaisserait la nouvelle, comment serais-je capable de m'ouvrir à une inconnue ? C'était impossible. Même si je le voulais. Et je ne le voulais pas.

« Réfléchis-y. » Elle a inspiré, comme pour ajouter quelque chose. Sans rien dire, elle s'est levée. « À plus tard ! »

Elle a remis sa chaise en place. Au moment de s'éloigner, elle m'a fait face.

« Annabelle ? Je suis désolée. »

Ces quatre mots sont restés suspendus entre nous quelques secondes. Puis elle a disparu au bout de la rangée d'étagères. *Je suis désolée.* Voilà ce que j'aurais aimé lui dire ce samedi soir au défilé de mode. Pourquoi s'excusait-elle ?

Alors que mon cerveau essayait d'assimiler ces informations et de leur trouver une logique, ma réaction viscérale ne s'est pas fait attendre. Personne avant elle ne s'était autant approché de la vérité. Ma vérité. Aussitôt, j'ai senti une vague enfler en moi. J'ai jeté des regards affolés aux alentours – où pouvais-je vomir en silence et en toute discrétion ? Un autre événement s'est produit : je me suis mise à pleurer.

À pleurer comme je n'avais pas pleuré depuis des années. Le genre de sanglots qui vous secoue de la tête aux pieds et vous étouffe. Les larmes sont soudain apparues, les sanglots m'ont noué la gorge, mes épaules ont tremblé. Mal à l'aise, je me suis tournée pour me cacher, mon coude a heurté la table si bien que la carte d'Emily est tombée par terre. Elle a virevolté une seconde avant d'atterrir à mes pieds. La tête entre les mains, j'ai appliqué mes paumes sur mes yeux pour bloquer le monde extérieur tandis que les larmes continuaient de couler. J'ai fondu en larmes au beau milieu de la bibliothèque, seule dans mon coin, jusqu'à m'en écorcher le cœur.

J'avais tellement peur qu'on me surprenne. Mais personne n'est venu. Personne ne m'a entendue. Noyés de larmes, mes sanglots me semblaient primitifs et effrayants, un bruit que j'aurais réprimé si j'avais pu. En fait, il fallait qu'ils sortent pour me libérer.

J'ai baissé les mains et regardé autour de moi. Rien n'avait changé. Les livres se trouvaient à la même place, la poussière dansait dans la lumière, la carte gisait à mes pieds. Je me suis penchée pour la ramasser mais je ne l'ai pas lue. Je me suis contentée de la glisser dans la poche de mon sac. À cet instant, la sonnerie a retenti. La pause était terminée.

La suite de la journée s'est déroulée dans une atmosphère de vacances. L'impatience était palpable.

Après avoir fini mon examen en retard, je me suis rendue aux toilettes. Il n'y avait personne, mis à part une fille qui, le nez contre le miroir, se mettait de l'eye-liner bleu. Je suis entrée dans une cabine et quand je l'ai entendue partir, j'ai cru que j'étais seule. Lorsque je suis sortie, Claire Reynolds, vêtue d'un jean et d'un T-shirt TRUTH QUAD était adossée contre un lavabo.

« Salut ! »

Mon premier réflexe a été de me retourner, ce qui était idiot et stupide, vu que le miroir ne me renvoyait aucun autre visage que le mien.

« Salut », ai-je répondu.

Je me suis approchée du lavabo à sa gauche et j'ai ouvert le robinet. Elle m'a regardée m'asperger les mains, prendre du savon au distributeur – qui était vide, comme toujours.

« Alors ? » À nouveau, je n'ai décelé aucune gêne dans sa voix. « Ça va ? »

J'ai fermé l'eau.

« Pardon ? »

Elle a rajusté ses lunettes.

« Ce n'est pas moi qui le demande. Enfin, si, techniquement, c'est moi. Mais Phil veut savoir, lui aussi. »

Entendre son prénom était si étrange qu'il m'a fallu un instant pour percuter.

« Phil, ai-je répété.

— Oui, il est juste… Inquiet. Oui, c'est le mot, inquiet.

— Pour moi ?

— Oui. »

Quelque chose ne tournait pas rond ici.

« Et il t'a demandé de me parler ?

— Oh non ! Non ! Nous en avons discuté plusieurs fois et je me suis demandé si… Et puis, je t'ai vue tout à l'heure. Après le déjeuner. Tu sortais de la bibliothèque. Tu avais l'air bouleversé. »

Soudain, j'ai décidé de me montrer honnête avec elle. Parce qu'elle avait mentionné le nom de Phil ? Parce que je n'avais plus grand-chose à perdre ? Je l'ignore.

« Je suis surprise, ai-je enchaîné. Depuis quand te préoccupes-tu de moi ? »

Elle s'est mordu la lèvre inférieure, un geste qu'elle faisait des millions de fois quand nous étions enfants. À l'évidence, ma réaction l'avait prise au dépourvu.

« C'est ce que tu crois ? m'a-t-elle demandé. Tu penses que je ne t'aime pas.

— Oui. Depuis ce fameux été avec Sophie.

— Annabelle ! C'est toi qui m'as rayée de ta vie. Souviens-toi.

— Oui, mais…

— Oui, mais rien. Tu me détestes, Annabelle. » Elle parlait d'une voix neutre. « Depuis cet été. »

J'ai écarquillé les yeux.

« Tu ne croisais pas mon regard dans les couloirs. Jamais. Et ce premier jour, sur le muret…, ai-je repris faiblement.

— Tu m'avais blessée. Annabelle ! Nous étions amies, et tu m'as lâchée comme une vieille chaussette. Tu t'attendais à quoi ?

— J'ai essayé de te parler. À la piscine.

— La seule et unique fois, a-t-elle rétorqué, le doigt pointé sur moi. Oui, j'étais en colère. Cela venait d'arriver ! Mais tu n'es jamais revenue, tu n'as jamais téléphoné. Tu as disparu de ma vie. »

La situation se répétait. Quelques heures plus tôt, Emily s'excusait auprès de moi. Désormais, je voyais la situation sous un autre angle, ce qui était à la fois insensé et impossible.

« Pourquoi maintenant ? me suis-je enquise. Pourquoi m'adresser la parole aujourd'hui ?

— Eh bien, a-t-elle soupiré, je vais être honnête. Rolly y est pour beaucoup. »

Rolly ? Soudain, je me suis souvenue de la soirée au Bendo. Il serrait des bouteilles d'eau contre lui. *Dis à Phil qu'il avait raison. Sur tous les points*, m'avait-il lancé, tout excité.

« Rolly et toi ? »

Elle s'est encore mordu la lèvre. Et j'aurais juré qu'elle avait rougi, une seconde.

« On discute, m'a-t-elle expliqué en tirant sur son T-shirt TRUTH QUAD, qui m'a soudain paru drôlement usé pour quelqu'un qui avait vu le groupe en concert pour la première fois un mois et demi plus tôt. Ce soir-là, en boîte, quand il t'a forcé la main pour que tu me le présentes, tu as dit que je te détestais. J'ai réfléchi à ce que nous avions vécu toutes ces années. Et comme Phil parle de toi, je pense beaucoup à toi ces derniers temps. Alors quand je t'ai vue aujourd'hui...

— Attends ! Phil parle de moi ?

— Il ne dit pas grand-chose. Vous étiez amis, quelque chose s'est produit et maintenant, vous ne l'êtes plus. Excuse-moi de te dire ça, mais son histoire m'a rappelé des souvenirs. Si tu vois où je veux en venir. »

Rougissante, je me suis imaginé Phil et Claire en train de parler de moi et de ma manie de me dérober. La honte...

« Ne crois pas que l'on parle de toi », a-t-elle ajouté comme si je m'étais exprimée à voix haute.

Un autre trait de caractère dont je me souvenais à présent : Claire était très douée pour lire dans mes pensées.

Claire s'inquiétait à mon sujet, Emily s'excusait. Quelle journée étrange !

« Alors ? » a insisté Claire tandis qu'un groupe de filles entrait, cigarettes déjà allumées. Leurs visages se sont décomposés quand elles nous ont vues là. Elles ont grommelé, se sont bousculées avant de faire demi-tour. Attendaient-elles que l'on sorte ? « Ça va ? »

Que lui répondre ? Soudain, je me suis aperçue que ces dernières semaines, non seulement Phil me manquait, mais aussi cette partie de moi qui était honnête avec lui. Qu'est-ce qui était préférable ? La vérité ou un mensonge ? Comme toujours dans ces cas-là, je me suis réfugiée… au milieu.

« Je ne sais pas. »

Claire m'a dévisagée un long moment.

« Tu… Tu veux en parler ? »

J'avais eu plusieurs opportunités. Elle, Phil, Emily. Pendant longtemps, j'ai cru qu'il me fallait une oreille attentive. J'avais tort. C'était moi, le problème. Je tournais en rond.

« Non. Mais merci quand même. »

Elle s'est éloignée du lavabo et je l'ai suivie dehors. Dans le couloir, alors que nos chemins se séparaient, elle a plongé la main dans son sac pour en extraire un crayon et un morceau de papier.

« Tiens ! » Elle a gribouillé quelques chiffres et m'a tendu le papier. « Mon numéro de portable. Au cas où tu changes d'avis. »

Elle avait marqué son prénom en dessous. J'ai tout de suite reconnu son écriture, nette, en majuscules, la boucle du E final.

« Merci.

— Pas de quoi. Joyeux Noël, Annabelle.

— Joyeux Noël. »

Je ne la rappellerais probablement pas, mais j'ai

quand même ouvert mon sac et rangé son numéro à côté de la carte d'Emily. Au fond de moi, j'appréciais de les savoir là.

Nouvelles vacances, nouvelle visite à l'aéroport. Un an plus tôt, j'étais déjà assise à l'arrière dans la voiture familiale qui filait sur l'autoroute. Un avion s'élevait dans le coin du pare-brise au moment où nous avons pris la sortie. Cette fois, Emma était restée à la maison, elle finissait de préparer le dîner. Il n'y avait donc que mes parents et moi pour attendre derrière la barrière que Christine apparaisse.

« La voilà ! » s'est écriée Maman.

Ma sœur est arrivée dans un manteau rouge vif, les cheveux attachés en queue-de-cheval. Les roues de sa valise grinçaient.

« Bonjour tout le monde ! »

Elle a pris mon père dans ses bras avant d'embrasser Maman qui avait déjà les larmes aux yeux, comme toujours au moment des arrivées et des départs. Quand mon tour est venu, elle m'a serrée fort contre elle et, les yeux fermés, j'ai inspiré son parfum, un mélange de savon, d'air frais et de shampooing à la menthe poivrée.

« Comme je suis contente de vous voir !

— Tu as fait bon voyage ? » lui a demandé Maman pendant que Papa s'emparait de la poignée de sa valise. Nous avons traversé le terminal. « Pas trop long ?

— Non. » Christine m'a prise par le bras. « Tout s'est bien passé. »

J'ai attendu qu'elle continue. Mais non, elle s'est contentée de me sourire. Elle a glissé sa main autour de la mienne, ses doigts se sont contractés quand nous sommes sortis dehors.

Sur le chemin du retour, mes parents l'ont harcelée de questions sur l'école auxquelles elle a répondu et sur Richard – elle est restée évasive sur ce sujet tout en rougissant de temps à autre. La nouvelle Christine que j'avais entraperçue au téléphone était là sous mes yeux. Ses réponses étaient plus brèves que jamais et d'étonnants silences suivaient chacune de ses interventions. Nous étions tellement habitués à ce qu'elle soit un vrai moulin à paroles ! Elle poussait un soupir, regardait par la vitre, me serrait la main qu'elle n'a pas lâchée jusqu'à la maison.

« Mon cœur, a remarqué Maman quand Papa est arrivé dans notre quartier, je te trouve changée.

— Vraiment ?

— Je ne pourrais te dire à quel point de vue, mais... a-t-elle hésité. Je pense que...

— On peut enfin en placer une, a complété mon père qui a regardé Christine dans le rétroviseur, un grand sourire aux lèvres.

— Oh, Papa ! Je ne monopolisais pas la conversation !

— Bien sûr que non, est intervenue Maman. Nous adorions t'écouter. »

Christine a soupiré.

« J'ai appris à être plus concise et je fais des efforts pour écouter ce que les autres ont à dire.

Avez-vous réalisé à quel point les gens n'écoutent pas ? »

Oh oui ! Entre la fin des cours et notre départ pour l'aéroport, j'avais fini le CD intitulé PUNK/SKA BASIQUE, le dernier référencé dans la pile qu'il m'avait gravée. Ensuite, il ne me restait plus que ÉCOUTE-LA, ce qui me rendait triste. J'avais pris l'habitude d'écouter un ou deux titres par-ci par-là, le jour, la nuit. Mon petit rituel, une espèce de confort et de stabilité, même si sa musique était loin d'être ma tasse de thé.

Allongée sur mon lit, les yeux fermés, j'essayais de me perdre dans les notes. Mais aujourd'hui, alors que l'intro à la batterie m'annonçait du reggae, j'ai pris mon sac à dos sous mon lit, j'ai sorti la carte d'Emily et le numéro de Claire et je les ai posés sur ma couette. Je les examinés avec soin ; il était important que je les grave dans mon esprit. Le nom de l'assistante du procureur ÉLISABETH ROBINSON, la barre du sept dans le numéro de Claire. Je n'avais rien à voir avec ces deux bouts de papier. Ce n'était que des options. Comme les deux bagues de Phil, ses deux messages. C'est toujours bon de savoir qu'on a le choix, non ?

Il faisait déjà nuit quand nous sommes arrivés. La maison était éclairée. Dans la cuisine, Emma était penchée au-dessus d'une casserole. Quand Papa s'est garé dans l'allée, la main de Christine s'est de nouveau contractée.

À l'intérieur, il faisait chaud. Je me suis rendu

compte que je mourais de faim. Christine a fermé les yeux et inspiré.

« Hum ! Qu'est-ce qui sent aussi bon ?

— Les petits plats d'Emma.

— Emma cuisine ? » s'est exclamée Christine.

Notre sœur se tenait dans l'entrée, un torchon entre les mains.

« Emma cuisine, a répondu l'intéressée. Ce sera prêt dans cinq minutes.

— Prépare-toi à te régaler, a commenté Maman à voix haute. Emma est un cordon-bleu.

— Waouh ! » s'est écriée Christine. Nouveau silence. « Au fait, Emma, tu es resplendissante.

— Merci. Toi aussi. »

Jusque-là tout allait bien. Ma mère souriait à mes côtés.

« Je monte ta valise, est intervenu mon père.

— Je prépare la salade, nous a informés Maman. Ensuite, nous irons au salon et nous rattraperons le temps perdu. Et si, en attendant, vous alliez faire un brin de toilette, les filles ?

— O.K. », a répondu Christine.

Mon père est passé devant avec les bagages.

Assise dans ma chambre au premier, j'ai écouté les bruits autour de moi. Depuis son départ, personne n'avait touché à la chambre de Christine. Je trouvais bizarre d'entendre du mouvement de l'autre côté de la cloison – des tiroirs ouverts et fermés, son fauteuil déplacé. À l'autre extrémité, il y avait les bruits d'Emma auxquels j'étais habituée :

le craquement de son lit, sa radio au minimum. Quand Maman nous a appelées, nous sommes sorties en même temps dans le couloir.

Emma enfilait un pull. Christine avait changé de chemisier et détaché ses cheveux.

« Prêtes ? » nous a-t-elle demandé, comme si nous allions plus loin que la table de la salle à manger.

J'ai hoché la tête, elle a ouvert la marche.

En bas, la table était mise, les légumes sautés disposés dans un grand plat à côté d'un saladier de riz brun. La salade de ma mère était agrémentée d'une sauce à la Emma. Tout sentait délicieusement bon. En bout de table, mon père attendait que nous prenions place autour de lui.

Une fois que nous avons été assises, Maman a versé un verre de vin à Emma. Mon père, grand amateur de viande rouge et de pommes de terre, a poliment demandé à sa fille en quoi consistait le dîner.

« Tempeh et légumes sautés, accompagnés d'une sauce Hoisin.

— Tempeh ? Jamais entendu parler.

— C'est bon, Papa, est intervenue Christine. Inutile que tu en saches davantage.

— Tu n'es pas obligé d'en manger, a continué Emma. Même si tu as devant toi le meilleur plat que j'aie jamais confectionné.

— Donne-lui juste une cuillère, a décidé Maman. Il aimera. »

Sous le regard inquiet de Papa, Emma l'a servi tout en jetant un œil à notre famille réunie autour de cette table et tellement différente de celle de l'année précédente. Rien ne serait plus comme avant, mais au moins, nous étions ensemble, tous les cinq.

À ce moment-là, j'ai aperçu des phares. Par la fenêtre, derrière les pots d'herbes aromatiques, une voiture passait. Le conducteur a ralenti pour mieux nous voir. Que pouvait-il déduire de nos vies en un coup d'œil furtif ? Bien ou mal, vrai ou faux. Il y avait tant d'autres choses à savoir.

À la maison, la règle était la suivante : celui qui ne cuisinait pas faisait la vaisselle. Après le dîner, nous nous sommes donc retrouvés tous les trois, Christine, mon père et moi, autour de l'évier.

« Je me suis régalée, a affirmé Christine en me tendant une casserole couverte de mousse pour que je la rince. La sauce était à mourir de plaisir.

— Qu'est-ce que je disais ? » est intervenue Maman, assise derrière nous, une tasse de café à la main. Elle a réprimé un bâillement. « Votre père s'est servi trois fois ! J'espère qu'Emma l'aura remarqué. C'est le plus beau compliment que l'on puisse faire à un cuisinier.

— Je ne cuisine jamais, a commenté Christine. Commander une pizza, ça compte ?

— Oui », a répondu Papa qui était censé nous aider. Pour l'instant, il s'était contenté de sortir la

377

poubelle et de mettre un temps fou pour remplacer le sac. « La commande au téléphone est ma recette préférée. »

Maman lui a fait la grimace. Soudain Emma, qui avait disparu à l'étage après le dîner, est entrée, vêtue d'une veste, ses clefs à la main.

« Je sors. Je ne serai pas longue. »

Les mains dans l'eau, Christine lui a demandé où elle allait.

« Au café, rejoindre des gens.

— D'accord.

— Est-ce que tu… Est-ce que tu veux venir ?

— Je ne voudrais pas m'imposer, a répliqué Christine.

— Non, non, pas de problème. Si ça ne te dérange pas de rester un moment là-bas. »

À nouveau, je l'ai ressentie, cette tentative de paix entre mes sœurs, ce lien ni fragile ni solide. Mes parents se sont regardés.

« Annabelle, tu veux venir aussi ? m'a demandé Christine. Je t'offre un cappuccino. »

J'ai repensé à sa main qui serrait la mienne quelques heures plus tôt. Elle était certainement plus nerveuse qu'elle ne le laissait paraître.

« Pourquoi pas ? Oui.

— Merveilleux, s'est exclamée Maman. Amusez-vous bien. Papa et moi finissons de ranger.

— Tu es sûre ? l'ai-je interrogée. On commence à peine…

— Ne t'inquiète pas. » Elle s'est levée et nous a chassées, Christine et moi, de la cuisine. Emma était dans l'encadrement de la porte. Comment me retrouvais-je encore au milieu, je l'ignorais. « Allez-y ! »

« Bonsoir et bienvenue à notre soirée "Micro ouvert" au Jump Java. Je m'appelle Esther et je serai votre hôtesse ce soir. Les habitués connaissent les règles – inscrivez-vous au comptoir, respectez celui qui prend la parole et laissez un pourboire à la serveuse ! Merci ! »

À notre arrivée, je pensais avoir affaire à une animation comme une autre. Lorsque le groupe d'Emma nous a fait signe d'approcher, j'ai compris qu'il ne s'agissait pas d'une coïncidence. Nous avons commandé un café et commencé les présentations.

« Tu es prête ? » lui a demandé une fille prénommée Jane. Grande et très mince, elle portait un pull rouge. Un paquet de cigarettes sortait de sa poche poitrine. « Et, surtout, est-ce que tu te sens tendue ?

— Emma n'est jamais tendue, a déclaré Bianca, une autre qui avait à peu près mon âge, les cheveux courts et noirs, coupés en brosse, ainsi qu'une collection de piercings dans le nez et la lèvre. Tu le sais bien. »

Christine et moi nous sommes regardées.

« Pourquoi serais-tu tendue ? a-t-elle demandé à Emma qui était assise à côté de moi et fouillait au fond de son sac.

— Elle va lire, lui a expliqué Jane tout en sirotant son café. Elle a signé pour ce soir.

— Elle était obligée, a complété Bianca. Un must de Maya.

— Un must de Maya ? ai-je répété.

— Une expression de notre groupe », m'a informée Emma. Elle a sorti des papiers pliés de son sac et les a posés sur la table devant elle. « Maya nous a confié une sorte de mission.

— Ah ! D'accord, a lancé Christine.

— Tu vas lire un texte que tu as écrit ? ai-je poursuivi. Un extrait de ton histoire ?

— En quelque sorte », a répondu Emma.

« Très bien, vous êtes prêts ? nous a interrogés Esther. Et d'abord, accueillons Jacob. Bienvenue parmi nous, Jacob ! »

Tout le monde a applaudi un grand maigre qui portait un bonnet en laine noir. Il s'est frayé un chemin entre les tables jusqu'au micro. Il a ouvert un petit carnet à spirale et s'est raclé la gorge.

« Sans titre, a-t-il annoncé pendant que la machine à espresso sifflait derrière nous. Mon texte parle de… mon ex-petite amie. »

Le poème qu'il a commencé à lire évoquait la lumière du jour, les rêves. Puis rapidement, il s'est transformé en une liste hachée de mots qu'il crachait à tue-tête l'un après l'autre.

« Métal, Froid, Trahison, Interminable ! »

De temps à autre, des postillons fusaient. À côté

de moi, Emma se mordait la lèvre ; Christine semblait passionnée.

« C'est quoi ? ai-je chuchoté.

— Tais-toi. »

Le poème de Jacob a duré une éternité et s'est terminé par une série de longs halètements essoufflés. Quand il a eu fini, la salle a attendu une bonne seconde avant d'applaudir.

« Waouh ! ai-je dit à Bianca. Quelle performance !

— Et encore, ce n'est rien. Tu aurais dû le voir la semaine dernière. Il a tenu dix minutes sur la castration.

— C'était dégoûtant, a commenté Jane. Fascinant, mais dégoûtant.

— La suivante monte pour la première fois sur scène, a chantonné Esther. Réservez un accueil chaleureux, je vous prie, à Emma ! »

Jane et Bianca ont aussitôt applaudi à tout rompre. Christine et moi n'avons pas tardé à les imiter. Tandis que ma sœur s'approchait du micro, j'ai observé la réaction de la foule, d'abord indifférente puis frappée par sa beauté.

« Je vais vous lire un petit texte, a-t-elle murmuré avant de s'approcher du micro. Un petit texte, a-t-elle répété, sur mes sœurs. »

Surprise, j'ai cligné des yeux. Je voulais dire quelque chose à Christine, mais je me suis tue de peur de me faire à nouveau rabrouer.

Emma a dégluti, examiné ses feuilles. Elle

tremblait légèrement. La salle m'a semblé des plus silencieuses.

« Je suis la sœur du milieu. Coincée entre deux. Ni la plus vieille, ni la plus jeune. Ni la plus hardie, ni la plus sage. Je suis la touche de gris, le verre à moitié plein ou à moitié vide, tout dépend du point de vue. Dans ma vie, il n'y a pas grand-chose que j'ai fait la première ou mieux que la précédente ou la suivante. Parmi les trois, je suis la seule qui a été brisée. »

J'ai entendu la sonnette au-dessus de la porte d'entrée. Une femme d'âge mûr aux cheveux bouclés est apparue sur le seuil. Quand elle a vu Emma au micro, elle a souri et a commencé à enlever son écharpe.

« C'est arrivé le jour du neuvième anniversaire de ma jeune sœur, a poursuivi Emma. Je boudais depuis le matin car soit on m'ignorait, soit on me disputait. C'est le programme qu'on m'avait installé pour mes onze ans. »

Christine a écarquillé les yeux quand un homme a éclaté de rire à la table d'à côté. D'autres ont gloussé. Emma a rougi.

« Ma grande sœur, la plus serviable, se rendait à vélo à la piscine municipale pour y retrouver des amis. Elle m'a demandé de l'accompagner. Je n'en avais pas envie. Je voulais être seule. Si ma grande sœur était sociable et la petite adorable, je représentais l'obscurité. Personne n'a jamais compris ma peine. Moi la première. »

Nouvel éclat de rire, au fond de la salle. Emma a souri. Ainsi, elle était drôle ? Qui l'eût cru ?

« Ma grande sœur a enfourché son vélo et a pris la direction de la piscine. J'ai suivi. Je suivais toujours. Quelques mètres plus loin, j'ai senti la colère monter en moi. J'en avais assez d'être la deuxième. »

Christine observait Emma avec intensité, comme s'il n'y avait personne d'autre dans la salle.

« Alors, j'ai fait demi-tour. Soudain, la route était déserte devant moi. Cette nouvelle vue m'appartenait ; j'ai commencé à pédaler de toutes mes forces. »

Bianca a déchiré un sachet de sucre ; sa cuillère tintait contre sa tasse. J'ai attendu la suite, en silence, immobile.

« C'était génial. La liberté, même imaginée, est toujours fantastique. Plus je m'éloignais, moins je reconnaissais le paysage alentour et j'ai commencé à me rendre compte du chemin parcouru. Soudain, alors que j'allais à pleine vitesse, ma roue avant s'est affaissée et je me suis mise à voler. »

À mes côtés, Christine remuait sur sa chaise, je me suis approchée d'elle.

« C'est une sensation extraordinaire de décoller. Dès que vous vous en apercevez, c'est terminé, vous plongez. Quand j'ai heurté la chaussée, j'ai entendu l'os de mon bras se briser, puis j'ai vu la roue de mon vélo qui tournait au ralenti. Et là, pour la millième fois je me suis dit : ce n'est pas juste.

Pourquoi goûter à la liberté pour être punie tout de suite après ? »

Près de la porte, la femme observait ma sœur avec attention.

« J'avais mal partout. J'ai fermé les yeux et posé ma joue contre le bitume. J'ignorais ce que j'attendais. Être sauvée ? Trouvée ? Personne n'est venu. Moi qui désirais être seule au monde, j'étais servie. »

Les mains serrées autour de ma tasse, j'ai dégluti.

« Je ne sais pas combien de temps je suis restée là avant que ma sœur me rejoigne. Je me souviens avoir fixé le ciel, les nuages et l'avoir entendue crier mon prénom. Quand elle a freiné, c'était bien la dernière personne que je voulais voir. Et pourtant, comme de nombreuses fois avant et depuis, elle était la seule que j'avais. »

Emma a repris son souffle.

« Elle m'a soulevée et m'a aidée à m'installer sur le guidon. J'aurais dû lui en être reconnaissante, mais j'étais en colère. Contre moi d'être tombée, contre elle d'avoir assisté à ma chute. Au moment où nous sommes arrivées dans l'allée, ma petite sœur, celle dont on fêtait l'anniversaire, est sortie en courant de la maison. Dès qu'elle a vu mon bras qui pendait, elle s'est précipitée à l'intérieur pour prévenir ma mère. C'était son rôle, en tant que benjamine. Celui de messager. »

Je m'en souvenais. Tout d'abord, je m'étais dit que quelque chose ne tournait pas rond, parce qu'elles étaient ensemble, proches l'une de l'autre et cela n'arrivait jamais.

« Mon père m'a conduite aux urgences où l'on m'a plâtrée. Quand nous sommes revenus à la maison, la fête était presque terminée, les cadeaux déballés, le gâteau découpé. Sur les photos prises ce jour-là, je tiens fermement mon plâtre comme si j'avais peur de ne plus former un tout. Ma grande sœur, l'héroïne, est à ma droite, et la plus jeune, la reine du jour, est à gauche. »

Je connaissais ce cliché. En maillot de bain, j'avais un morceau de gâteau à la main. Christine souriait, une main sur la hanche.

« Pendant des années, chaque fois que je regardais cette photo, je ne voyais que mon bras cassé. C'est plus tard en fait que j'ai commencé à comprendre d'autres choses. Par exemple, mes deux sœurs sont souriantes et penchées vers moi, tandis que je demeure la fille entre elles deux. »

Elle a inspiré, jeté un œil à ses feuilles.

« Depuis, il m'est arrivé de fuir mes sœurs, de penser que la solitude était préférable. Pourtant, je reste la sœur du milieu. Sauf qu'aujourd'hui, je vois les choses d'un autre regard. Il faut un milieu. Sans lui, rien n'est complet. Ce n'est pas seulement un espace au centre, c'est le ciment qui tient le tout. Merci. »

Une boule s'est formée dans ma gorge quand les applaudissements ont éclaté çà et là, puis dans toute la salle. Rougissante, Emma a porté la main à son cœur et, un sourire aux lèvres, elle s'est éloignée du micro. À côté de moi, Christine avait les larmes aux yeux.

Tandis qu'Emma s'approchait de notre table, les gens hochaient la tête. J'étais si fière d'elle, sachant la difficulté de lire un texte à voix haute. Devant des inconnus, mais devant nous aussi. Elle y était parvenue. Finalement, qu'est-ce qui était le plus délicat ? Raconter une histoire ou avoir ses sœurs comme auditrices ? En définitive, seule l'histoire importait.

Chapitre 17

Les chiffres rouges de mon radio-réveil indiquaient 00 : 15. En résumé, cela faisait deux heures et huit minutes que j'essayais de dormir.

Depuis la lecture d'Emma, la veille au soir, tout ce que j'avais essayé de refouler dans un coin de mon esprit – ma dispute avec Phil, ma conversation avec Emily à la bibliothèque, puis avec Claire aux toilettes – me hantait. La maison bourdonnait comme une ruche, mes parents n'avaient pas été aussi détendus depuis des mois, non seulement mes sœurs se parlaient, mais elles s'entendaient bien. Cette soudaine harmonie était si inattendue qu'elle me mettait mal à l'aise.

La veille, sur le chemin du retour, Christine avait parlé à Emma de son film qui abordait le même sujet. Comme Emma avait insisté pour le voir, ce soir avant le dîner, Christine a posé son ordinateur portable sur la table du salon et toute la famille s'est installée pour le regarder.

Mes parents se sont assis sur le canapé et Emma s'est perchée sur l'accoudoir à leurs côtés. Christine a pris un fauteuil et m'a fait signe de m'asseoir plus près.

« C'est bon, je l'ai déjà vu. Assieds-toi là.

— Je l'ai vu un million de fois, a-t-elle répliqué en m'obéissant néanmoins.

— Que c'est excitant ! » s'est exclamée Maman.

Était-ce l'idée de voir le film ou le sentiment que nous soyons unis qui la rendait heureuse ?

Christine a inspiré avant de lancer son court-métrage. Au moment où le gros plan sur la pelouse verte est apparu, j'ai essayé de me concentrer. Impossible, mon regard se tournait vers ma famille. Mon père était sérieux, Maman avait les mains croisées sur les genoux, Emma un genou sous le menton. La lumière dansait sur leurs visages.

« Emma ? a demandé Maman tandis que les fillettes pédalaient le long de la rue. Cela me rappelle le texte que tu nous as fait lire l'autre jour.

— Bizarre, hein ? a murmuré Christine. On s'en est rendu compte hier soir. »

Les yeux rivés sur l'écran, Emma n'a rien dit. La caméra montrait la plus jeune par terre, la roue de son vélo tournant dans le vide à côté d'elle. Puis il y a eu les images plus sombres du voisinage – le chien fou, le vieil homme et son journal. Quand l'écran s'est à nouveau rempli de vert, nous sommes restés muets.

« Mon Dieu, Christine, a fini par commenter Maman. Je n'en reviens pas.

— Oui, c'est à peine croyable », a enchaîné Christine en glissant une mèche derrière son oreille. Elle semblait contente d'elle. « Et vous n'avez rien vu !

— Qui aurait cru que tu avais un tel œil ? l'a complimentée mon père en lui pinçant la cuisse. Toutes ces soirées devant la télé ont été payantes, finalement ! »

Bien que souriante, Christine attendait la réaction d'Emma.

« Qu'en penses-tu ?

— J'ai aimé, lui a-t-elle répondu. Cependant, je n'ai jamais cru que tu m'avais semée exprès.

— Et moi jamais je n'aurais pensé que tu avais fait demi-tour. C'est trop drôle. »

Emma a secoué la tête sans rien dire.

« Je n'avais pas conscience de l'importance qu'avait eue cette journée, a soupiré Maman.

— Non ? Tu ne te souviens pas qu'Emma s'est cassé le bras ? s'est étonnée Christine.

— Votre mère a une mémoire sélective, lui a expliqué Papa. Par contre, moi, je me souviens très bien de ce drame collectif.

— Bien sûr que je m'en souviens. Je… J'ignorais juste à quel point elle vous avait marquées. » Elle m'a cherchée du regard. « Et toi, Annabelle ? Te souviens-tu de cette journée ?

— Tes neuf ans ? » a complété Papa.

Je n'étais pas sûre de me rappeler grand-chose. Difficile de le dire après avoir entendu la version des autres. C'était mon anniversaire, j'avais un gâteau, je m'étais précipitée vers Maman pour lui dire qu'Emma était blessée. Quant au reste…

Pendant le repas, j'ai observé ma famille : Christine qui admirait le sérieux de ses camarades en cours de cinéma ; Emma qui expliquait en détail son après-midi passé à préparer des sushis ; les joues roses de ma mère quand elle riait. Même mon père était détendu, heureux d'avoir ses femmes autour de lui, en ces jours meilleurs. Bizarrement, je me sentais déconnectée. Comme si j'étais une voiture dehors qui ralentissait pour contempler le spectacle, n'ayant que cette proximité en commun avec eux.

J'ai repoussé les couvertures et je me suis levée. J'ai entrouvert ma porte. Le calme et l'obscurité régnaient dans le couloir, mais comme je m'en doutais, une lumière était visible dans l'escalier. Mon père n'était pas encore couché.

Dès qu'il m'a aperçue dans le vestibule, il a coupé le son de la télé.

« Hep, là-bas ! On ne dort pas ? »

J'ai secoué la tête. À l'écran ont surgi les images granuleuses en noir et blanc d'un vieux bulletin d'informations. Deux hommes se serraient la main au-dessus d'une table. Derrière eux, la foule applaudissait.

« Tu tombes à pic. Je n'arrive pas à choisir entre cette fascinante émission sur le début de la Première Guerre mondiale et un reportage sur les catastrophes écologiques. Qu'en penses-tu ? »

Il a changé de chaîne. Une voiture traversait lentement un paysage dévasté.

« Je n'en sais rien. Ils m'ont l'air intéressant tous les deux.

— Hé ! Ne critique pas l'histoire. L'un et l'autre sont importants. »

Un sourire aux lèvres, je me suis assise sur le canapé.

« Tu comprends que j'ai du mal à me passionner pour le passé.

— Pardon ? Annabelle, ce n'est ni de la fiction, ni un récit idiot imaginé par le premier venu. Ces événements sont survenus pour de bon.

— Il y a très longtemps, ai-je ajouté.

— Exactement. Voilà où je veux en venir. Voilà pourquoi on ne peut pas oublier. Peu importe le nombre d'années écoulées, ils nous affectent encore, nous et le monde qui nous entoure. Si nous négligeons le passé, nous ne comprendrons jamais l'avenir. Tout est lié. Tu saisis ? »

Au début, je dois admettre que non. Puis, j'ai regardé les images qui défilaient et là, j'ai su qu'il avait raison. Le passé influençait le présent et l'avenir d'une manière ou d'une autre. Le temps ne se divisait pas facilement ; le milieu, le début et la fin n'étaient pas prédéfinis. Je pouvais toujours faire semblant de laisser le passé derrière moi, lui, il ne me quitterait pas.

Assise là, j'ai senti une inquiétude étrange monter en moi. Impossible de me concentrer sur les images. Mon cerveau s'emballait et m'empêchait

391

de réfléchir correctement, si bien qu'au bout de quelques minutes, je suis montée me coucher.

Quelle folie ! Tandis que mes sœurs dormaient paisiblement dans leur chambre, j'ai fermé les yeux. Je me suis remémoré par petits bouts les événements de ces derniers jours. Mon cœur battait à cent à l'heure. Il se produisait quelque chose que je ne comprenais pas. J'ai jeté les couvertures par terre et je me suis levée. J'avais besoin de me calmer, de chasser ces idées noires. J'ai ouvert le tiroir de ma table de nuit, j'ai pris mes écouteurs et je les ai branchés dans mon lecteur CD. Puis je suis allée à mon bureau. Parmi les CD de Phil que j'avais rangés dans le tiroir du bas, j'ai sorti le dernier, le jaune sur lequel était inscrit ÉCOUTE-LA.

« *Tu risques de détester*, m'avait prévenue Phil. *Ou d'adorer. Ce disque contient peut-être la réponse à toutes les questions de ton existence. Ce qui fait toute sa beauté. Tu comprends ?* »

Quand j'ai appuyé sur PLAY, je n'ai entendu que des parasites. J'ai fermé les yeux en attendant la première chanson. Rien. Ni durant les minutes suivantes. Le CD était vierge.

Était-ce une blague ? Ou son geste avait-il une intention plus profonde ? Allongée sur mon lit, j'avais l'impression que le silence me remplissait les oreilles. Et il était horriblement fort.

Quelle sensation étrange ! Le silence était si différent de la musique. Le son était inexistant, creux, mais en même temps, il poussait tout le reste, il me calmait assez pour que je puisse distinguer quelque chose au loin. Il était là, à peine audible, il venait d'un endroit sombre que je n'avais jamais vu, mais que je connaissais bien.

Chut, Annabelle. Ce n'est que moi.

Ces mots ne représentaient que le milieu de l'histoire. Le début se trouvait là aussi. Et soudain, j'ai su que si je restais où j'étais, dans mon mutisme, si je ne le fuyais pas, je continuerais à l'entendre. Il fallait que je retourne à cette nuit, à la fête, quand j'avais entendu Emily appeler Sophie, pour m'en sortir. C'était la seule solution pour parvenir à la fin de l'histoire.

Je ne voulais qu'une chose : oublier. Chaque fois que je croyais y être parvenue, des pièces du puzzle émergeaient, tels des morceaux de bois remontant à la surface, derniers vestiges du bateau naufragé. Un haut en daim rose, un poème comportant mon prénom, une main dans mon cou. Voilà ce qui arrive quand on cherche à fuir son passé. Il ne se contente pas de vous rattraper, il prend le dessus, il efface l'avenir, le paysage, le ciel jusqu'à ce que vous n'ayez plus qu'une route à suivre, celle qui le traverse, la seule qui puisse vous ramener à la maison.

Je comprenais, maintenant. Cette voix qui essayait d'attirer sans arrêt mon attention, qui m'appelait, qui me suppliait de l'entendre… Ce n'était pas celle de Will. Mais la mienne.

Chapitre 18

« Vous écoutez "Self-control" sur RAD-2000, votre radio libre. Il est 7 h 58 et voici une dernière chanson. »

Il y a eu un pincement de corde suivi de larsens. Quelque chose d'expérimental, de différent et, pour ne pas changer, d'inaudible. Un dimanche comme les autres dans l'émission de Phil.

Pour moi, ce n'était pas un dimanche comme les autres. Entre le moment où j'avais mis les écouteurs la veille et maintenant, un changement s'était produit. Allongée sans dormir pendant un moment, je suis retournée à cette soirée et à la fête. J'ai été emportée par le silence, par la voix dans ma tête. Quand je me suis réveillée à sept heures, j'avais encore les écouteurs. J'entendais les battements de mon cœur. Je me suis assise et je les ai enlevés. Ce matin, le calme autour de moi ne m'a pas semblé immense et vide. Pour la première fois depuis long-temps, il m'a semblé plein.

Lorsque j'ai allumé la radio, l'émission venait de commencer. Du trash metal à plein tube, un type qui hurlait, des guitares lourdes. Après un titre qui ressemblait à une chanson pop russe, Phil a pris la parole.

« C'était Leningrad. Ici Phil, vous écoutez "Self-control". Il est 7 h 06. Merci de nous accompagner ce matin. Une dédicace ? Une suggestion ? Des questions ? Appelez-nous. Envoyez un texto. Et maintenant Dominic Waverly. »

De l'électro. Une série de pulsations apparemment déphasées qui ont fini par se synchroniser. Les autres dimanches, j'écoutais avec attention ; je voulais tellement apprécier, comprendre la musique qu'il choisissait. Dans le cas contraire, je n'avais jamais hésité à en discuter avec Phil. Si seulement j'avais été capable de lui confier le reste aussi ! Le moment idéal se présente rarement. Parfois, on fait de son mieux, selon les circonstances.

Voilà pourquoi je me trouvais au volant de ma voiture, direction la radio. Il était 8 h 02 quand je suis arrivée sur le parking. « Homeopathos », l'émission suivante, commençait à peine. Je me suis garée entre la voiture de Phil et celle de Rolly, j'ai pris le CD sur le siège passager et je suis entrée dans le bâtiment.

La station était calme. À mi-voix, une femme parlait du gingko biloba. Le studio vitré se trouvait à ma droite, au bout du couloir. Dans la pièce adjacente, Rolly était aux manettes. Il portait un T-shirt vert pomme et des écouteurs par-dessus sa casquette de base-ball à l'envers. À côté de lui, Claire buvait un café et faisait des mots croisés. Comme ils parlaient, ils n'ont pas remarqué mon arrivée. Quand je me suis tournée vers le studio principal, Phil m'a regardée droit dans les yeux.

Assis derrière le micro, une pile de CD devant lui, il ne semblait pas ravi de me voir. L'expression de son visage était pire que sur le parking. Ce qui m'a donné la force d'ouvrir la porte en verre et d'entrer.

« Salut !

— Salut », m'a-t-il répondu au bout d'une longue seconde, la voix monocorde.

J'ai entendu un bourdonnement et la voix de Rolly a résonné au-dessus de ma tête.

« Annabelle ! » Sa voix chaleureuse contrastait avec le ton glacial de Phil. « Salut ! Quoi de neuf ? »

Je me suis tournée vers lui et je lui ai adressé un signe de la main auquel il a répondu, ainsi que Claire. Il se penchait pour me dire autre chose quand il s'est ravisé, après que Phil l'eut fusillé du regard. Il y a eu un clic et le micro s'est coupé.

« Que fais-tu ici ? » s'est enquis Phil.

Droit au but, comme d'habitude.

« Il faut que je te parle. »

Du coin de l'œil, j'ai perçu du mouvement dans l'autre pièce. Claire fourrait son journal dans un sac pendant que Rolly ôtait ses écouteurs. *Qui est allergique aux conflits aujourd'hui ?* ai-je pensé tandis qu'ils sortaient de la pièce en quatrième vitesse.

« Euh… On part devant… On se retrouve aux Beignets à gogo ? » a bafouillé Rolly.

Phil a hoché la tête. Rolly m'a souri avant de s'éloigner. La main sur la porte, Claire m'a demandé comment j'allais.

« Bien. Merci. Je vais bien. »

Tout en mettant son sac sur l'épaule, elle a lancé à Phil un regard que je n'ai pu interpréter. Elle a couru jusqu'à Rolly, a mis la main dans la sienne et ils ont disparu dans le hall.

De son côté, Phil remballait, lui aussi. Il enroulait le cordon autour de ses écouteurs.

« Je n'ai pas beaucoup de temps, a-t-il déclaré, le nez baissé. Si tu as quelque chose à me dire, vas-y, je t'écoute.

— O.K. Je… » Mon cœur battait à toute allure, j'avais la nausée. D'habitude, je m'arrêtais là, je me dégonflais et je filais à l'anglaise. « Je voulais te parler de ceci. » Je lui ai tendu mon CD. Comme j'avais la voix tremblotante, j'ai toussoté. « Il était censé me transcender, tu te souviens ?

— Vaguement.

— Je l'ai mis hier soir. Je voulais être… sûre de comprendre le message. Ton intention.

— Mon intention ?

— Oui, tu sais… Tout est question d'interprétation. » Je parlais d'une voix plus assurée. Le pouvoir de la musique, sans doute. « Je voulais être certaine d'avoir compris, voilà. »

Nous nous sommes regardés dans le blanc des

yeux et je n'ai pas flanché. Au bout d'un moment, il a tendu la main pour prendre le CD.

Il a examiné le boîtier sous toutes ses coutures.

« Je ne vois aucun titre.

— Tu as oublié ce que tu avais gravé ?

— Ça remonte à loin… Et puis je t'en ai gravé plein.

— Dix. Je les ai tous écoutés.

— Vraiment ?

— Oui. Selon tes instructions. Avant de mettre celui-ci.

— Et depuis quand suis-tu mes conseils ? »

À l'extérieur, la voiture de Claire et Rolly reculait sur le parking. Il parlait et elle riait aux éclats en secouant la tête.

« Depuis toujours.

— Ah oui ? Je ne m'en serais pas douté vu que tu m'évites depuis deux mois. » Il a appuyé sur un bouton devant lui. Un tiroir s'est ouvert ; il a inséré le disque.

« Je pensais que tel était ton souhait, ai-je répliqué.

— Pourquoi ? »

Il a tourné un bouton sous le lecteur. J'ai dégluti.

« C'est toi qui es sorti de la voiture sur le parking et qui es parti. Tu en avais assez de moi.

— Tu me plantes en boîte et tu ne me dis pas pourquoi », a-t-il riposté. Il a tourné un peu plus le bouton. « J'étais furax, Annabelle !

— Exactement. » Les parasites crépitaient au-dessus de nos têtes. « Tu étais furax parce que je t'ai laissé tomber. Je ne correspondais pas à la fille que tu t'imaginais.

— Alors tu m'as abandonné », a-t-il complété. Il a tourné le bouton à fond. Le bruit des parasites a augmenté. « Tu as disparu. Une dispute et il n'y a plus personne.

— Que voulais-tu que je fasse ?

— Dis-moi ce qui se passe pour commencer. Allez, dis quelque chose ! Tu sais que je peux gérer.

— Comme tu gères mon silence. Tu étais furieux contre moi.

— Et alors ? J'avais le droit. » Il a manipulé un autre bouton. « Les gens se mettent en colère, Annabelle. Ce n'est pas la fin du monde.

— Mettons que je me sois expliquée. Tu te serais mis en colère contre moi et peut-être serait-elle retombée ?

— Elle serait retombée.

— Ou pas. Peut-être que tout aurait changé entre nous.

— Regarde où on en est ! Oui, regarde-nous. Si au moins tu m'avais dit ce qui se passait, on aurait pu faire face ensemble ! Non, tu as tout laissé en suspens. Rien n'a été résolu. Rien. C'est ce que tu voulais ? Que je m'en aille pour de bon au lieu d'être en colère quelque temps ? »

Ses paroles s'enfonçaient en moi.

« Non. Je ne me rendais pas compte qu'il y avait une option.

— Bien sûr qu'il y en avait une. » Il a scruté le haut-parleur. Les parasites emplissaient la pièce.

« Quoi qu'il en soit, ce ne doit pas être si terrible. Il te suffisait d'être honnête avec moi. Dis-moi ce qui s'est vraiment passé.

— Ce n'est pas si facile.

— Ah oui ? M'ignorer, m'éviter, faire comme si nous n'avions jamais été amis. Pour toi, je ne sais pas mais pour moi, c'était l'enfer. Je n'aime pas jouer à ces jeux-là. »

Soudain, j'ai ressenti un point dans l'estomac. Ce n'était pas mes haut-le-cœur habituels. Non, juste une légère ébullition.

« Moi non plus. Mais…

— Si ton secret vaut la peine d'avoir vécu des jours aussi horribles et sordides, il est trop gros pour que tu le gardes au fond de toi. Tu le sais.

— Non, toi, tu le sais, Phil. Parce que tu n'as pas de problème avec la colère – la tienne ou celle des autres. Tu utilises tes petites expressions et tout ce que tu as appris. Tu es toujours honnête, tu ne regrettes jamais un de tes gestes, une de tes paroles…

— Si.

— Moi, je ne suis pas comme ça. Je ne suis pas comme toi.

— Alors, qui es-tu, Annabelle ? Une menteuse, comme tu me l'as affirmé le premier jour ? Allez ! C'était le plus gros mensonge que tu m'aies raconté. »

Mes mains tremblaient.

« Si tu étais une menteuse, tu m'aurais menti à l'instant. Tu aurais agi comme si tout allait bien. Et tu ne l'as pas fait.

— Non.

— Et ne dis pas que c'est facile pour moi, parce que c'est tout le contraire. Ces deux derniers mois ont été pourris. Ne pas savoir… Que se passe-t-il, Annabelle ? Qu'est-il arrivé de si horrible que tu ne puisses pas m'en parler ? »

Mon cœur battait à cent à l'heure. Phil a trafiqué la console, augmenté le son et pendant que les parasites m'assourdissaient, j'ai compris ce qui me tourmentait. J'étais en colère.

Une colère noire. Contre lui qui m'attaquait. Contre moi qui avais attendu ce jour pour riposter. Contre toutes ces occasions que je n'avais pas saisies. Pendant des mois, j'avais eu cette réaction que j'avais mise sur le compte des nerfs, de la peur. Faux.

« Tu ne comprends pas…

— Dis-moi et peut-être que je pourrai comprendre ? » Il a tiré une chaise. Soudain, il s'est énervé. « Bon sang, qu'est-ce qu'il a, ce CD ? Où est la musique ? Pourquoi on n'entend rien ?

— Pardon ? »

Tout en grommelant, il a poussé quelques boutons. « Mais il n'y a rien sur ce CD. Il est vierge !

— Ce n'était pas le but ?

— Quoi ? Quel but ? »

Oh ! Mon Dieu ! J'ai posé la main sur le dossier du siège et je me suis écroulée dessus. Ce geste que je croyais profond et réfléchi n'était qu'une… erreur. Un dysfonctionnement. J'avais tout faux !

Peut-être pas.

Soudain, le silence me transperçait les tympans. Sa voix, mon cœur, les parasites. J'ai fermé les yeux. J'aurais tant aimé revenir à la veille au soir, quand j'étais capable d'entendre des choses que j'avais tues si longtemps.

Chut, Annabelle, a chuchoté une voix différente et familière à la fois. *Ce n'est que moi.*

Phil a baissé le son. Les parasites se sont atténués peu à peu. Chacun vit cela un jour : le calme s'abat sur le monde et il ne reste qu'un bruit, celui de son cœur. Mieux vaut apprendre à le reconnaître. Sinon, on ne comprend jamais ce qu'il a à nous dire.

« Annabelle ? » Il parlait à voix basse, semblait inquiet. « Que se passe-t-il ? »

Il m'avait déjà tant donné. Je me suis penchée vers lui pour lui demander une dernière chose. Une chose qu'il faisait mieux que tout le monde

« Ne réfléchis pas, ne juge pas. Contente-toi d'écouter. »

La voix douce de ma mère s'est élevée. Elle croyait que je dormais.

« Annabelle ? Le film va commencer... Tu es prête ?

— Presque.

— O.K. On t'attend en bas. »

La veille, je n'avais pas simplement raconté à Phil ce qui m'était arrivé à la soirée. Je lui avais tout raconté. Les insultes de Sophie au lycée, la guérison d'Emma, le court-métrage de Christine. Mon accord pour participer à une autre publicité, ma discussion sur l'histoire avec mon père, l'écoute de son CD vierge la veille. Assis derrière la console, il a bu mes paroles. À la fin de mon récit, il m'a adressé trois mots qui sont en général vides de sens. Cette fois-ci, ils voulaient tout dire.

« Je suis désolé, Annabelle. Je suis désolé que cela te soit arrivé. »

Était-ce ce que j'avais toujours voulu entendre ? Non pas une excuse – et encore moins présentée par Phil – mais une reconnaissance. Le plus important ? J'étais parvenue à compléter mon histoire, à en exposer le début, le milieu et la fin. Ce qui ne signifiait pas qu'elle était terminée.

« Que comptes-tu faire ? » m'a-t-il demandé un peu plus tard. Nous nous tenions à côté de sa Land Cruiser, parce qu'il avait fallu laisser la place à l'émission suivante animée par deux agents immobiliers joviaux. « Appeler cette femme ? Avant le procès ?

— Je ne sais pas. »

En d'autres temps, il n'aurait pas hésité à me dire le fond de sa pensée. Cette fois-ci, il s'est retenu. Une bonne minute.

« Ce que j'en pense… Dans la vie, les occasions qui font vraiment la différence ne se présentent pas souvent. Et là, tu en as une à portée de main.

— Facile à dire. Toi, tu prends toujours la bonne décision.

— Non, c'est faux. Je fais juste de mon mieux…

— Selon les circonstances, je sais, ai-je complété. Je suis terrifiée. J'ignore si je peux le faire.

— Bien sûr que tu en es capable !

— Comment peux-tu en être aussi sûr ?

— Parce que tu viens de me le prouver. Tu es venue ici, tu m'as tout raconté. C'est énorme ! La plupart des gens n'en sont pas capables. Toi, tu y es arrivée.

— Je le devais. Il fallait que je m'explique.

— Tu peux recommencer ! Appelle cette femme et répète-lui ce que tu viens de me confier. »

Je me suis ébouriffé les cheveux.

« Et si elle me demande de témoigner à la barre ? Il faut que j'en parle à mes parents… Je ne sais pas comment ma mère réagira.

— Bien.

— Tu ne la connais pas !

— Pas besoin. Écoute, c'est important. Tu le sais. Fais ce que tu as à faire, point. Ta mère pourrait te surprendre, crois-moi. »

Une boule s'est formée dans ma gorge. J'aurais tellement aimé le croire…

Phil a posé son sac par terre, s'est accroupi à côté et a fouillé dedans. Je me suis souvenue de cette fin d'après-midi derrière l'école, je n'avais pas la moindre idée de ce qu'il sortirait de son sac, de ce que Phil Armstrong avait à m'offrir. Au bout d'un moment, il a extirpé une photo.

« Tiens ! Pour te donner de l'inspiration. »

Il s'agissait d'un cliché qu'il avait pris le soir du shooting de Marjorie. Je me trouvais sur le seuil du cabinet de toilette, sans maquillage, les traits détendus, une lumière jaune derrière moi. *Regarde !* avait-il dit alors. *Le vrai toi !* La preuve était là, je n'étais pas la fille qui tapissait les murs de Marjorie, qui apparaissait dans les pubs pour Kopf, qui s'était rendue à cette soirée de juin. Cet automne, une partie de moi avait changé grâce à Phil et je ne m'en apercevais que maintenant.

« Marjorie m'avait demandé de te la donner. Mais…

— Mais ?

— Je l'ai gardée », a-t-il avoué.

Peut-être n'aurais-je pas dû lui poser la question ? Tant pis.

« Pourquoi ?

— Elle me plaisait, a-t-il affirmé avec un haussement d'épaules. Je voulais m'accrocher à elle. »

J'avais cette photo sous les yeux quand, cet après-midi-là, j'ai pris mon courage à deux mains et ai appelé Élisabeth Robinson. J'ai laissé un message sur son répondeur et elle m'a rappelée dix minutes plus tard. Emily avait raison : cette femme était gentille. Nous avons discuté trois quarts d'heure. Quand elle m'a demandé de venir au tribunal le lendemain, au cas où ils auraient besoin de moi, j'ai accepté, tout en sachant ce que cela impliquait. Elle n'avait pas raccroché que je composais déjà le numéro de Phil.

« Très bien », a-t-il conclu quand je lui ai raconté mon coup de fil. La chaleur de sa voix et sa satisfaction étaient si poignantes que j'ai pressé le combiné contre mon oreille. « Tu as fait le bon choix.

— Oui. Je sais. Maintenant, il faut que j'affronte le regard des gens.

— Tu en es capable. » Quand j'ai soupiré, il a ajouté : « Je te le jure. Écoute, si tu angoisses pour demain, je…

— Oui ?

— Je t'accompagne. Si tu es d'accord ?

— Tu ferais ça ?

— Bien sûr, a-t-il répondu avec une telle aisance, sans arrière-pensée. Dis-moi juste où et à quelle heure ? »

Nous avons pris rendez-vous près la fontaine devant le palais de justice, un peu avant neuf heures. Même sans lui, je n'étais pas seule, mais il était bon de connaître ses options.

J'ai jeté un dernier coup d'œil à la photo que j'ai glissée dans le tiroir de ma table de chevet.

Avant de rejoindre ma famille réunie dans la salle à manger, je me suis arrêtée pour regarder celle du vestibule. Comme toujours, mes yeux ont été attirés en premier par mon visage, puis par celui de mes sœurs et enfin par ma mère qui paraissait si petite entre nous. Aujourd'hui, je les voyais sous un autre angle.

Le jour où cette photo avait été prise, nous étions autour d'elle, nous la couvions. Un jour, une image.

Depuis, les rôles avaient été redistribués. Nous nous étions rassemblées autour d'Emma, bien qu'elle refusât notre aide ; Christine et moi nous étions rapprochées quand elle nous avait chassées de sa vie. Des changements continuaient à s'opérer, comme je l'avais remarqué l'autre soir à table – mes sœurs et ma mère étaient plus proches que jamais. Moi, je me pensais sur la touche alors qu'en vérité, j'étais restée à portée de main. Il me suffisait d'appeler au secours et à mon tour, on me ramènerait sur la berge ; je serais submergée d'amour, enfin en sécurité, quelque part au milieu.

Dans la salle à manger, ma famille était réunie devant la télé. Comme personne ne m'a vue arriver, je suis restée une bonne seconde debout à les observer. Enfin Maman a tourné la tête et j'ai pris une profonde inspiration, sachant que je pouvais le faire, peu importait l'expression de son visage. Il le fallait.

« Annabelle ! » Tout sourires, elle s'est poussée pour me laisser une place sur le canapé. « Viens t'asseoir. »

Un instant, j'ai hésité. Le visage grave, Emma me regardait. J'ai repensé à cette nuit, il y avait un an déjà, où j'avais poussé une porte et l'avais exposée à la lumière. Quelle peur j'avais eue ! Mais elle avait survécu. Sans la quitter des yeux, je me suis avancée jusqu'au canapé.

Ma mère souriait encore. Aussitôt, j'ai été submergée par une vague de tristesse et de peur. *Tu es*

408

prête ? m'avait-elle demandé un peu plus tôt, alors que je ne l'étais pas. Et peut-être ne le serais-je jamais ? Comme il m'était impossible de reculer désormais, j'ai raconté une nouvelle fois mon histoire. Phil m'était venu en aide tant de fois… Là, j'ai tendu la main vers ma mère et ma famille. Seule différence : je les ai tirées vers moi.

Chapitre 19

Quand je suis entrée dans la salle d'audience, j'ai entraperçu Will Cash. Sa nuque, puis la manche de son costume, un profil. Vaguement. Au début, je me sentais frustrée, voire encore davantage sur les nerfs. Puis plus les minutes s'écoulaient, plus je me disais que c'était une bonne chose. Il était plus facile de digérer des petits bouts de lui que toute sa personne, l'histoire en son entier. Qui sait ? Parfois, les gens peuvent vous surprendre.

Au final, j'ai eu plus de mal à me confier à ma famille qu'à Phil. Mais j'y suis parvenue. Lors des moments difficiles, j'entendais ma mère reprendre son souffle, je sentais mon père qui plissait les yeux, Christine qui tremblait à côté de moi. Je suis allée jusqu'au bout. Chaque fois que j'étais sur le point de flancher, je regardais Emma qui ne cillait pas. C'était elle la plus forte d'entre nous.

Ma mère m'a le plus surprise. Elle ne s'est ni brisée en morceaux, ni effondrée. Elle a encaissé avec bravoure ce qui m'était arrivé. Christine a fondu en larmes. Emma et mon père sont allés chercher la carte d'Élisabeth Robinson dans ma chambre pour l'appeler et lui fournir davantage de détails. Ma mère m'a prise dans ses bras et m'a longuement caressé les cheveux.

Ce matin, en route pour le tribunal, j'étais assise à l'arrière de la voiture familiale entre mes deux sœurs. De temps à autre, l'épaule de ma mère se soulevait. Je savais qu'elle tapotait la main de mon père, comme une autre fois, un autre jour quand les secrets commençaient à s'éventer, il n'y avait pas si longtemps.

Ma vie durant, j'avais toujours vu mes parents sous le même angle, immuable. L'un fort, l'autre faible. L'une effrayée, l'autre courageux. Je comprenais à présent que l'absolu n'existe pas, ni dans la vie, ni chez les gens. Comme Phil le disait, il fallait prendre les événements au jour le jour. Le but était de porter ce dont on était capable et avec un peu de chance, quelqu'un de proche serait là pour vous aider à prendre le reste.

Nous sommes entrés dans la salle d'audience à neuf heures moins le quart. À l'extérieur, j'ai scanné la foule dans l'espoir de voir Phil près de la fontaine. Il n'était pas là. Maman et moi sommes allées dans un bureau voisin répéter une dernière fois mon histoire à Élisabeth Robinson. Toujours pas de Phil. Dès que la salle a été ouverte, nous nous sommes installées tout près d'Emily et sa mère. Je ne cessais de le chercher du regard, persuadée qu'il apparaîtrait à la dernière minute, juste à temps. Non. J'étais inquiète : cela ne lui ressemblait pas.

Une heure et demie plus tard, on m'a appelée à la barre. Je me suis levée. La paume moite sur le banc devant moi, je me suis faufilée le long de la rangée où étaient assises mes sœurs. J'ai fait un pas dans l'allée centrale. Seule.

Là, j'ai eu une bonne vision d'ensemble de la salle – la foule, le juge, les avocats de la défense et des plaignants. Je me suis obligée à regarder l'huissier, et uniquement lui. Il m'attendait près de la barre des témoins. Je me suis assise. Le cœur battant à cent à l'heure, j'ai répondu à ses questions. Puis le juge s'est tourné et m'a fait un signe de tête. C'est seulement quand l'avocat d'Emily s'est approché de moi que je me suis autorisé un regard en direction de Will Cash.

Ce n'est pas son costume fantaisie que j'ai remarqué en premier. Ou sa nouvelle coupe de cheveux – courte tel un écolier pour avoir l'air jeune et innocent. Je ne me suis pas non plus attardée sur son visage, ses yeux plissés, ses lèvres pincées. Je n'ai vu que le cercle noir autour de son œil gauche, la joue rouge en dessous. Quelqu'un avait essayé de le dissimuler avec du maquillage, mais on ne pouvait pas le rater.

« Votre nom ? m'a demandé l'avocat.

— Annabelle Green, ai-je répondu d'une voix chevrotante.

— Connaissez-vous Will Cash ?

— Oui.

— Pouvez-vous me le désigner dans la salle, Annabelle ? »

Après être demeurée silencieuse si longtemps, j'avais l'impression de m'être drôlement rattrapée ces dernières vingt-quatre heures. Avec un peu de chance, ce serait une des dernières fois. Voilà pourquoi il était difficile de me calmer, d'inspirer un bon coup et de commencer.

« Là-bas. » J'ai pointé mon doigt sur lui. « Il est assis là-bas. »

Quand nous sommes enfin sortis de la salle d'audience, nous avons traversé le hall sombre du tribunal pour aller à la rencontre d'un soleil si brillant qu'il a fallu un moment à mes yeux pour s'y accommoder. Aussitôt, ils se sont posés sur Phil.

Vêtu d'un jean et d'une veste bleue par-dessus un T-shirt blanc, ses écouteurs autour du cou, il était assis au bord de la fontaine. Il était midi. La place était noire de monde – des hommes d'affaires, des étudiants, des bambins qui avançaient main dans la main en file indienne. Dès qu'il m'a vue, Phil s'est levé.

« Et si nous allions manger un morceau ? a proposé Maman en m'effleurant le bras. Qu'en penses-tu, Annabelle ? Tu as faim ? »

Phil me regardait, les mains dans les poches.

« Oui. Vous m'attendez une minute ? »

Tandis que je descendais les marches, j'ai entendu mon père lui demander où j'allais et ma mère lui répondre qu'elle n'en avait aucune idée. J'étais sûre qu'ils m'observaient, mais je ne me suis pas retournée. Je me suis précipitée vers Phil qui avait l'air bizarre. Jamais je ne l'avais vu comme ça. Visiblement mal à l'aise, il ne tenait pas en place.

« Salut ! m'a-t-il lancé.

— Salut. »

Au moment de parler, il s'est arrêté et s'est passé la main sur le visage.

« Écoute, je sais que tu m'en veux à mort. »

Le pire était que non, je ne lui en voulais pas. Au début, son absence m'avait surprise, puis inquiétée. Mais cette expérience avait été si intense que je l'avais quasiment oublié une fois à la barre. Au moment où j'ouvrais la bouche pour le lui dire, il a repris la parole.

« À la base, j'aurais dû être là. Je n'ai pas d'excuse. » Il a baissé les yeux, ses pieds raclaient le sol. « Enfin si, il y a une raison. Mais ce n'est pas une excuse.

— Phil… Ne…

— Il s'est passé quelque chose. » Il a soupiré, secoué la tête. Les joues rouges, il ne cessait de gigoter. « Quelque chose d'idiot. J'ai commis une erreur et… »

Et là, j'ai percuté. Son absence. Son embarras soudain. L'œil au beurre noir de Will Cash. *Oh, mon Dieu !*

« Phil, ai-je chuchoté. Tu n'as pas…

— C'était une erreur de jugement. Quelque chose que je regrette.

— Un truc…

— Oui. »

Un homme d'affaires hurlait sur son portable à côté de nous.

« Mot fourre-tout… »

Il a froncé les sourcils.

« Je pensais que tu me dirais ça.

— Non, tu savais que je te le dirais.

— O.K. O.K. » Il s'est gratté la tête. « J'ai eu une discussion approfondie avec ma mère. Du genre impossible à abréger.

— Une discussion ? À quel propos ? »

Il a de nouveau tressailli. Ça le tuait et pourtant, je ne pouvais pas m'en empêcher. Après avoir vécu aussi longtemps loin de la vérité, je me suis rendu compte que j'aimais beaucoup poser des questions.

« Eh bien… » Il s'est mis à tousser. « En résumé, je suis censé être puni, là. Pour un bout de temps. J'ai dû négocier une permission et ça m'a pris plus longtemps que prévu.

— Tu es privé de sortie ?

— Oui.

— Pour quelle raison ? »

Il a sourcillé puis secoué la tête. Qui aurait cru que Phil Armstrong, le garçon le plus honnête de la planète, aurait autant de mal à dire la vérité ? Une chose était certaine : si je la lui demandais, il me la dirait.

« Phil, ai-je insisté, alors que ses épaules frémissaient. Qu'as-tu fait ? »

Il m'a fixée une minute avant de soupirer.

« J'ai frappé Will Cash au visage.

— À quoi pensais-tu ?

— À rien, à l'évidence. » Il a rougi comme une pivoine. « Je n'en avais pas l'intention.

— Tu l'as frappé par accident ?

— Non. » Il m'a foudroyée du regard. « O.K. Tu veux vraiment tout savoir.

— Oui.

— Voilà. Après ton départ, hier, j'étais en rogne. C'est humain, non ?

— Oui.

— Il fallait que je le voie de mes propres yeux. C'est tout. Je sais qu'il accompagne parfois les Day After, un groupe pourri qui jouait au Bendo hier soir. Je me suis dit qu'il s'y trouverait peut-être. Je ne m'étais pas trompé. Quand tu y repenses, son comportement est vraiment méprisable. Quel genre de personne va en boîte – voir un groupe de ringards – la veille de son procès, hein ? Je…

— Phil !

— Sérieux ! Tu ne t'imagines pas à quel point ils puent. Même pour des amateurs, ils sont pathétiques. O.K. Admettons que ces gars-là ne sachent pas écrire leurs propres chansons, mais qu'ils ne saccagent pas celles des autres ! »

Je n'ai pas répondu.

« Enfin, bon. Il était là-bas, je l'ai vu, fin de l'histoire.

— Phil, nous savons tous les deux que ce n'est pas la fin de l'histoire.

— J'ai assisté au concert, a-t-il continué à contrecœur. Qui, je persiste, était nul de chez nul. Quand je suis sorti prendre l'air, il fumait une cigarette. Il a commencé à me parler, comme si on se connaissait. Comme s'il n'était pas le pire salaud que la Terre ait jamais porté !

— Phil…

— Ça commençait à bouillonner sérieux. » Il a froncé les sourcils. « J'aurais dû respirer un bon coup et m'en aller. Je ne l'ai pas fait. Pour finir, il a écrasé sa cigarette et m'a tapé sur l'épaule avant de retourner à l'intérieur. Et là… »

J'ai avancé d'un pas.

« J'ai craqué. J'ai perdu mon sang-froid.

— Ne t'inquiète pas.

— Je savais très bien que j'allais le regretter ensuite. Qu'il n'en valait pas la peine. Trop tard. Si tu veux savoir, j'étais vraiment furax contre moi.

— Je sais.

— Un seul coup de poing, a-t-il marmonné. Ce qui ne m'excuse pas. J'ai eu de la chance que le videur se soit interposé et n'ait pas appelé les flics. S'il ne nous avait pas dit de rentrer chez nous… Quel idiot !

— Tu en as parlé à ta mère.

— Quand je suis rentré, elle a vu que j'étais en rogne. Comme elle m'a demandé ce qui n'allait pas, j'ai dû lui dire…

— Parce que tu es quelqu'un d'honnête. »

J'ai fait un autre pas en avant.

« Oui. Elle était livide. Plus tard, elle m'a infligé la punition que je méritais. Ce matin, au moment de te rejoindre, j'ai eu un peu de mal à m'échapper.

— Ce n'est pas grave.

— Si, c'est grave ! » Derrière lui, la fontaine jaillissait, le soleil se reflétait sur l'eau. « Parce que je ne suis pas comme ça. Je ne le suis plus. J'ai… disjoncté. »

J'ai écarté une mèche de sa joue.

« Oh ! Vraiment ?

— Quoi ?

— Pour moi, ce n'est pas disjoncter.

— Non ? » Il m'a regardée une seconde. « Oh ! D'accord.

— Pour moi, une personne qui disjoncte agit différemment. Elle s'enfuit, ne dit à personne ce qui ne va pas, bouillonne jusqu'à ce qu'elle explose.

— Ce serait une question de sémantique ?

— Oui, je pense. »

Les gens circulaient autour de nous, occupaient leur heure du déjeuner comme ils pouvaient avant que le reste de la journée ne commence. Quelque part derrière moi, ma famille m'attendait. J'ai frôlé sa main. Ses doigts se sont refermés sur les miens.

« Tu sais ? Je commence à croire que tu as toutes les réponses, m'a-t-il déclaré.

— Nan… Je fais juste de mon mieux, selon les circonstances.

— Et tu t'en sors ? »

Je n'avais pas de réponse courte à lui offrir. Juste une longue histoire. Ce qui rend les histoires vivantes, c'est de savoir que quelqu'un les entendra. Et les comprendra.

« Tu sais, Phil. C'est un peu au jour le jour. »

Nous nous sommes souri. J'ai levé la tête vers lui. Tandis qu'il se penchait pour m'embrasser, j'ai fermé les yeux et je n'ai pas plongé dans les ténèbres. J'ai vu un éclat de lumière, petit, fixe. Cela suffisait pour qu'une partie de moi décide de bouger et d'aller à sa rencontre.

Chapitre 20

J'ai mis mes écouteurs et j'ai fixé Rolly. Quand il a levé le pouce, je me suis penchée au-dessus du micro.

« Il est 7 h 50 et vous écoutez RAD-2000, votre radio libre. Ne cherchez pas "Self-control", votre émission reviendra dans… » J'ai jeté un œil à mes notes. Au-dessus de ma playlist écrite avec soin était marqué un gros numéro deux suivi d'un point d'exclamation. « Deux semaines. En attendant, voici "L'Histoire de Ma Vie". Je suis Annabelle et vous écoutez The Clash. »

J'ai gardé mes écouteurs jusqu'à ce que les premières notes de « Rebel Waltz » soient audibles. Enfin, j'ai poussé un soupir que je retenais depuis des siècles au moment où le haut-parleur au-dessus de ma tête a grésillé. La voix de Claire a retenti.

« Super. On sentait à peine ta nervosité.

— Cela veut dire qu'on la sentait.

— Tu fais du bon boulot, a renchéri Rolly. Pourquoi tu t'inquiètes, hein ? Ce n'est pas comme si tu marchais devant des gens en maillot de bain ! » Claire lui a lancé un regard méchant. « Quoi ? C'est vrai !

— L'exercice est plus difficile, ai-je répondu. Bien plus difficile.

— Pourquoi ? a-t-il voulu savoir.

— Je ne sais pas. C'est plus réel, plus personnel. »

En vérité, j'avais été pétrifiée de peur quand Phil m'avait demandé de le remplacer – sa mère avait décidé que la suspension de son émission de radio était la seule punition à la hauteur de son geste envers Will Cash. Dès qu'il m'a appris que Rolly (et Claire) me seconderait et s'occuperait de la technique, j'avais accepté d'essayer au moins une fois. Mon premier essai avait eu lieu quatre semaines plus tôt et, bien que nerveuse, je devais admettre que je m'amusais beaucoup. À tel point que Rolly me tannait afin que je prenne des cours et postule pour avoir mon créneau horaire. Je n'étais pas encore prête à présenter ma propre émission. Mais il ne faut jamais dire « jamais ».

Bien entendu, Phil surveillait l'émission de loin. Au départ, il avait insisté pour que je m'en tienne à sa liste, même si cela signifiait obliger les auditeurs à écouter des morceaux que je détestais. La semaine suivante (quand il s'est rendu compte qu'il ne pouvait m'en empêcher), il a rechigné, mais j'ai commencé à passer mes chansons. Quelle sensation fantastique de partager quelque chose avec le monde – une chanson, une présentation, ma voix – et de laisser les gens libres d'aimer ou non. Je me fichais de savoir si l'image que les gens avaient de moi me correspondait vraiment. La musique parlait pour elle-même et pour moi. Après des années passées à être observée et étudiée, je découvrais que j'aimais beaucoup la radio.

Rolly a tapoté sur la vitre entre nous pour me signaler de préparer la chanson suivante. Il s'agissait d'un single de Jenny Reef dédicacé à Marjorie, ma première vraie fan qui s'était fait un point d'honneur de régler son réveil sur sept heures le dimanche pour demander une chanson. Je l'ai mise en attente et j'ai attendu que The Clash s'estompe avant d'appuyer sur le bouton et de déclencher les rythmes bondissants (ce fondu enchaîné agacerait Phil qui, pour diverses raisons, avait insisté pour écouter l'émission seul, dans sa voiture). J'ai jeté un œil à la rangée de clichés que j'avais disposée près du moniteur. Le premier dimanche, j'étais tellement nerveuse que je pensais trouver mon inspiration dans quelques photos : celle de Marjorie avec son boa en plumes pour me rappeler qu'au moins une personne m'écoutait, celle que Phil avait prise de moi pour me souvenir d'une chose : peu importait si elle était ma seule auditrice. Plus une.

Cette photo de ma mère, mes sœurs et moi avait été prise au Nouvel An. Contrairement à celle du vestibule, elle avait tout du cliché amateur sans vue spectaculaire en arrière-plan. Nous nous tenions devant le comptoir de la cuisine. Je ne me souviens plus de quoi nous discutions quand soudain, le petit ami de Christine, Richard – comme les cours étaient terminés, ils étaient libres de vivre leur amour au grand jour –, nous a demandé de le regarder et le flash nous a éblouies. Ce n'était pas une grande photo au sens technique du terme. Le flash se reflétait dans la vitre derrière nous, ma mère avait la bouche ouverte et Emma riait. Mais je l'aimais, parce qu'elle nous ressemblait. Et, cerise sur le gâteau, personne ne se trouvait au milieu.

Chaque fois que je la regardais, je me répétais à quel point j'aimais ma nouvelle vie, sans secret à porter. Grâce à ce nouveau départ, je n'étais plus obligée de jouer la fille qui avait tout ou rien et j'osais enfin m'exprimer.

« Prochaine pause dans deux minutes », a lancé Rolly.

J'ai remis mes écouteurs. Tandis qu'il s'éloignait du micro, Claire lui a ébouriffé les cheveux. Il lui a souri puis lui a fait la grimace quand elle est retournée à ses mots croisés du dimanche. Chaque semaine, elle se dépêchait de les terminer durant l'émission. Claire aimait la compétition. J'avais oublié ce trait de caractère chez elle. Maintenant je me souvenais aussi qu'elle adorait chanter en même temps que la radio, refusait de voir des films d'horreur et était capable de me faire hurler de rire pour une broutille. Peu à peu, nous rattrapions le temps perdu. Notre amitié n'était plus ce qu'elle était, mais aucune de nous n'aurait souhaité revenir en arrière, de toute façon. En fait, nous étions simplement contentes de nous fréquenter. Le reste venait au jour le jour.

Voilà comment j'abordais la vie désormais : je prenais le bon quand il se présentait, le mauvais de la même manière en sachant que tout passait avec le temps. Mes sœurs continuaient à se parler… et à se disputer. Christine suivait d'autres cours de cinéma et bizarrement, elle préparait un film sur le mannequinat qui, selon elle, allait « mettre notre monde sens dessus dessous ». En janvier, Emma s'était inscrite à deux cours d'écriture de l'université locale, l'un sur la fiction, l'autre sur les biographies. Au printemps, avec la bénédiction de son médecin, elle a emménagé dans un appartement qu'elle a choisi en fonction de sa luminosité (pour ses plantes). En attendant, je rendais tous les jours une petite visite à ses herbes aromatiques sur le rebord de la fenêtre. J'effleurais leurs feuilles qui embaumaient l'air de leur parfum.

Quant à ma mère, elle avait accepté tous ces changements avec quelques larmes bien sûr, mais aussi avec une force qui me surprenait. J'ai fini par lui avouer que j'abandonnais le mannequinat, pour de bon. Alors qu'il lui était difficile de se couper de cette partie de ma vie et de la sienne, elle a surmonté sa peine en travaillant à temps partiel avec Linda, qui désespérait de trouver une réceptionniste. Bon compromis. À présent, elle expédiait d'autres filles aux castings et traitait avec les clients. Elle gardait un pied dans cet univers qui lui plaisait plus qu'à nous.

Je savais pourtant que ce serait dur pour elle de regarder la diffusion de la pub Kopf qui commencerait dans quelques semaines. D'après les rumeurs, ils avaient continué dans la même optique et s'étaient focalisés sur la Fille Idéale qui jouait les pom-pom-girls sur les terrains de sport. Je n'aurais pas supporté d'endosser ce rôle une nouvelle fois et puis j'étais contente de ma remplaçante : Emily. Quel meilleur modèle auraient-ils pu trouver ?

Emily et moi n'étions pas de vraies amies. Mais nous savions toutes les deux que cette épreuve nous lierait à jamais, que nous le voulions ou non. Chaque fois que nous croisions dans les couloirs, nous nous disions bonjour, au minimum. Je ne dirais pas la même chose de Sophie qui nous ignorait consciencieusement. Après la condamnation de Will pour viol – six ans fermes, même s'il sortirait sûrement plus tôt –, elle a fait profil bas quelque temps. À l'évidence, elle était mal à l'aise d'être au centre des conversations. Parfois, quand je la voyais seule dans le hall ou au déjeuner, j'envisageais de la rejoindre, de proposer une réconciliation, de faire pour elle ce qu'elle n'avait jamais fait pour moi.

Ou pas.

À ce moment-là, j'ai ôté l'anneau en argent de mon pouce pour y lire ces deux petits mots. Il était trop grand pour mes autres doigts et je devais le scotcher afin qu'il tienne, mais pour l'instant il me convenait. En fait, je réfléchissais à ce que je voulais mettre sur la bague que Rolly m'avait promise. En attendant, Phil m'avait dit de me raccrocher à cet anneau, histoire de me rappeler qu'il est toujours bon de connaître ses options.

« Trente secondes », a annoncé Rolly dans mes écouteurs.

J'ai approché ma chaise du micro. Pendant que les secondes s'égrenaient, j'ai jeté un coup d'œil par la fenêtre et vu une Land Cruiser bleue qui entrait sur le parking. Pile à l'heure.

« Et... a chantonné Rolly. C'est à toi !

— C'était Jenny Reef et son tube "Whatever". Vous avez écouté "L'Histoire de Ma Vie", sur RAD-2000, avec Annabelle. À suivre, "Homeopathos". Merci de votre fidélité. Voici une dernière chanson. »

Les premières notes de "Thank You" par Led Zeppelin sont parties et j'ai repoussé ma chaise. Puis j'ai fermé les yeux, comme chaque fois que j'écoutais ce titre. Mon petit rituel à moi. Au moment du refrain, j'ai entendu la porte s'ouvrir puis j'ai senti une main sur mon épaule.

« S'il te plaît... » Phil s'est effondré dans le siège à côté de moi. « Ne me dis pas que tu as programmé Jenny Reef pendant mon émission ?

— C'était une demande d'auditeur. Et puis tu m'as dit que je pouvais passer ce que je voulais tant que ce créneau portait un autre nom.

— Heureusement ! As-tu pensé à mes auditeurs ? Ils risquent de ne plus rien comprendre. Ils allument encore leur radio et attendent une émission de qualité. Voire un éclairement. Pas une débilité commerciale produite en masse interprétée par une ado contrôlée par le marketing.

— Phil.

— L'humour a sa place, mais l'équilibre est délicat. Trop et tu perds toute crédibilité. Ce qui signifie que…

— Tu entends ce qui passe en ce moment ? »

Il s'est arrêté au milieu de sa tirade, a fixé le haut-parleur et écouté une seconde.

« Exactement ce que je disais. C'est ma…

— … chanson préférée de Led Zeppelin. Je sais. »

Dans le studio vitré, Rolly écarquillait les yeux.

« O.K. Tu as passé du Jenny Reef. Sinon, j'ai trouvé le reste de l'émission pas mal. Même si je ne suis pas sûr que la juxtaposition dans la seconde partie…

— Phil.

— … un titre d'Alamance suivi par Etta James. J'ai trouvé ça un peu… Et…

— Phil.

— Quoi ? »

J'ai collé ma bouche contre son oreille.

« Chut ! »

Il reprenait quand j'ai glissé mes doigts entre les siens. Il s'est tu, mais ce n'était pas fini. Il m'adresserait ses critiques en temps voulu et enfoncerait le clou. Pour l'instant, les accords s'enchaînaient au-dessus de nous avant un dernier refrain. J'ai posé la tête sur son épaule, tandis que le soleil apparaissait à la fenêtre. Chaud et lumineux, il s'est reflété sur la bague de mon pouce. Lentement, très lentement, Phil l'a fait tourner tandis que la chanson se terminait.

Ouvrage composé par
PCA - 44400 Rezé

Cet ouvrage a été imprimé
en France par

CPi

BRODARD & TAUPIN

La Flèche (Sarthe), le 29-04-2013
N° d'impression : 72503

Dépôt légal : mai 2013

FSC
www.fsc.org

MIXTE
Papier issu de
sources responsables
FSC® C003309

Pocket Jeunesse, une marque d'Univers Poche,
est un éditeur qui s'engage pour
la préservation de son environnement
et qui utilise du papier fabriqué à partir
de bois provenant de forêts gérées
de manière responsable.

PKJ • POCKET JEUNESSE
www.pocketjeunesse.fr

12, avenue d'Italie – 75627 PARIS Cedex 13